TRANZLATY

La Langue est pour tout le Monde

Language is for everyone

Contes populaires du Bengale

Folk Tales of Bengal

Première partie
Part One

1/2

Lal Behari Day

Français / English

Published by Tranzlaty

ISBN: 978-1-80572-841-2

Original text by Reverend Lal Behari Day

Folk Tales of Bengal

First published in 1912

www.tranzlaty.com

Contes populaires du Bengale
Folk Tales of Bengal

Le secret de la vie
Life's Secret

Il était une fois un roi.
Once upon a time there was a king.
Ce roi avait épousé deux reines.
This King had married two Queens.
Les deux reines s'appelaient Duo et Suo.
The two queens were called Duo and Suo.
Les deux reines n'avaient pas d'enfants.
Both of the queens were childless.
Un jour, un Fakiri arriva à la porte du palais.
One day a Faquir came to the palace gate.
Le Fakhir était venu demander l'aumône.
The Faquir had come to ask for alms.
La reine Suo se dirigea vers la porte.
Queen Suo went to the door.
Et elle lui donna une poignée de riz.
And she gave him a handful of rice.
Le mendiant lui a posé une question.
The mendicant asked her a question.
« Avez-vous des enfants ? »
"Do you have any children?"
La reine n'avait pas d'enfants.
The queen had no children.
« J'aimerais avoir des enfants, mais je n'en ai pas »
"I wish had children, but I have none"
Le saint homme refusa de recevoir son aumône.
The holy man refused to take alms from her.
À cette époque, il y avait différentes traditions.
In these times there were different traditions.
Et les gens croyaient à beaucoup de choses différentes.
And the people believed many different things.
N'acceptez pas la charité des mains d'une femme sans enfant.
Don't take charity from the hands of a childless woman.
De telles mains étaient cérémoniellement impures.

Such hands were ceremonially unclean.

Le mendiant lui a offert un médicament.

The mendicant offered her a drug.

Ce médicament devait lui faire perdre sa stérilité.

This drug was to remove her barrenness.

Elle a exprimé sa volonté de prendre le médicament.

She expressed her willingness to take the drug.

Le mendiant lui a expliqué comment prendre le médicament.

The mendicant told her how to take the drug.

« C'est la potion que tu dois avaler »

"This is the potion you must swallow"

« Préparer le jus d'une fleur de grenade »

"Prepare the juice of a pomegranate flower"

« Avalez la drogue avec le jus »

"Swallow the drug with the juice"

« Si tu fais cela, tu auras bientôt un fils »

"If you do this, you will soon have a son"

« Votre fils sera extrêmement beau »

"Your son will be exceedingly handsome"

« Son teint sera beau »

"His complexion will be beautiful"

« Il aura la couleur des fleurs de grenadier »

"He will have the colour of pomegranate flowers"

« Et tu l'appelleras Dalim Kumar »

"And you shall call him Dalim Kumar"

« Mais il aura aussi des ennemis »

"But he will also have enemies"

« Ils essaieront de prendre la vie de votre fils »

"They will try to take your son's life"

« Mais il y a un secret dans sa vie »

"But there is a secret to his life"

« Et je te dirai ce secret »

"And I will tell you this secret"

« Devant votre palais se trouve un étang »

"In front of your palace is a pond"

« Dans cet étang, il y a un gros poisson Boal »

"In that pond there is a big Boal fish"
« La vie de votre fils est liée à ce poisson »
"Your son's life is connected to that fish"
« Au cœur du poisson se trouve une petite boîte »
"In the heart of the fish is a small box"
« Cette petite boîte est en bois »
"This small box is made of wood"
« Dans la boîte en bois se trouve un collier en or »
"In the box of wood is a necklace of gold"
« Ce collier est la vie de votre fils »
"That necklace is the life of your son"
Le mendiant lui a donné les médicaments.
The mendicant gave her the drugs.
Et ils ont fait leurs adieux.
And they said their farewells.

Bientôt, tout le monde dans le palais murmura à propos d'un héritier.
Soon all in the palace whispered of an heir.
Grande était la joie du roi.
Great was the joy of the King.
Il avait des visions d'un héritier du trône.
He had visions of an heir to the throne.
Une succession sans fin de monarques puissants.
A never-ending succession of powerful monarchs.
Il rêvait de la manière dont ils perpétueraient sa dynastie.
He dreamt of how they perpetuated his dynasty.
Ces idées flottaient dans son esprit.
These ideas floated before his mind.
Cela l'a rendu plus heureux qu'il ne l'avait jamais été.
It made him the happiest he had ever been.
De nombreuses cérémonies ont été célébrées pour l'occasion.
Many ceremonies were performed for the occasion.
Les gens du royaume jouaient de la musique forte.
The people of the kingdom played loud music.
La naissance d'un prince était un événement vraiment spécial.

The birth of a prince was a truly special event.
Bientôt, la reine Suo donna naissance à un fils.
Soon queen Suo gave birth to a son.
Il était plus beau que quiconque l'avait imaginé.
He was more beautiful than anyone had imagined.
Le roi vit le visage de son fils.
The King saw his son's face.
Et son cœur bondit de joie.
And his heart leaped with joy.
Bientôt, l'enfant mangea son premier riz.
Soon the child ate his first rice.
Mukhe Bhaat a été célébrée avec une grande joie.
Mukhe bhaat was celebrated with great joy.
Et tout le royaume fut rempli de joie.
And the whole kingdom was filled with gladness.

Dalim Kumar est devenu un bon garçon.
Dalim Kumar grew up to be a fine boy.
Il y avait une activité qu'il aimait particulièrement.
There was one activity he particularly liked.
Il adorait jouer avec les pigeons.
He loved playing with the pigeons.
Cependant, les pigeons volaient souvent vers la reine Duo.
However, the pigeons often flew to Queen Duo.
Personne ne sait pourquoi ils ont fait ça.
Nobody knows why they did this.
Et ils ont volé dans son appartement.
And they flew into her apartment.
Dalim Kumar rencontrait donc souvent Queen Duo.
So Dalim Kumar often met Queen Duo.
Au début, elle rendit les pigeons avec joie.
At first, she happily gave the pigeons back.
Mais plus tard, elle n'était plus aussi disposée à rendre les pigeons.
But later she wasn't as willing to return the pigeons.
Elle abandonna les pigeons avec une certaine réticence.
She gave the pigeons up with some reluctance.

Elle sentait qu'elle pouvait utiliser cela à son avantage.
She felt she could use this to her advantage.
Elle détestait naturellement l'enfant.
She naturally hated the child.
Depuis la naissance de Dalim, le roi l'avait négligée.
Since Dalim's birth the king had neglected her.
Et le roi idolâtrait la mère de Dalim.
And the King idolized the mother of Dalim.
D'une manière ou d'une autre, elle avait entendu parler du mendiant.
Somehow, she had heard of the mendicant.
Elle a entendu dire qu'il avait donné un médicament à la reine Suo.
She heard he had given queen Suo a medicine.
Elle avait également entendu ce qu'il avait dit.
She had also heard about what he had said.
Il y avait un secret dans la vie du prince.
There was a secret to the prince's life.
Elle avait entendu dire que sa vie était liée à quelque chose.
She had heard his life was bound to something.
Mais elle ne savait pas à quoi sa vie était liée.
But she did not know what his life was bound to.
Elle était déterminée à découvrir le secret.
She was determined to get the secret.

Bien sûr, les pigeons sont revenus vers elle.
Of course, the pigeons came back to her.
Et les pigeons ont de nouveau volé dans sa chambre.
And the pigeons flew into her room again.
Cette fois, elle a refusé de rendre les pigeons.
This time she refused to give the pigeons back.
« Je ne te rendrai pas ton pigeon comme ça »
"I won't just give you your pigeon back"
« D'abord, tu dois me dire quelque chose. »
"First, you have to tell me something"
« Que veux-tu, tante ? » demanda le garçon.
"What do you want, aunty?" the boy asked.

« Oh, ma chérie, ne t'inquiète pas »
"Oh, my darling, do not worry"
« C'est juste une petite chose que je veux »
"It's just a small thing I want"
« Je veux savoir où ta vie est cachée »
"I want to know where your life is hidden"
Le garçon était très confus par cela.
The boy was very confused by this.
« Qu'est-ce que c'est, ma tante ? »
"What is that, aunty?"
« Où peut être ma vie, sinon en moi ? »
"Where can my life be, except in me?"
« Non, mon enfant, ce n'est pas ce que je voulais dire. »
"No, child, that is not what I meant"
« Un saint mendiant a révélé un secret à ta mère »
"A holy mendicant told your mother a secret"
« Votre vie est liée à quelque chose »
"Your life is bound up with something"
« Je voudrais savoir ce qu'est cette chose »
"I wish to know what that thing is"
Le garçon était confus par ce qu'elle disait.
The boy was confused by what she said.
« Je n'ai jamais entendu parler d'une telle chose »
"I never heard of any such thing"
Mais Queen Duo a insisté sur le fait que c'était vrai.
But Queen Duo insisted it was true.
« Promets-moi de te renseigner auprès de ta mère »
"Promise to find out from your mother"
« Demande-lui où ta vie est cachée »
"Ask her where your life is hidden"
« Alors je te laisserai avoir les pigeons »
"Then I will let you have the pigeons"
« Sinon, je garderai les pigeons »
"Otherwise, I will keep the pigeons"
Le garçon voulait récupérer ses pigeons.
The boy wanted his pigeons back.
Il a donc accepté d'obtenir l'information.

So he agreed to get the information.
Mais d'abord, elle lui a fait promettre.
But first she made him promise.
« Promets-moi que tu ne le diras pas à ta mère »
"Promise me you won't tell your mother"
Et le garçon a promis de ne pas le lui dire.
And the boy promised not to tell her.
« Je promets que je ne le dirai pas à ma mère »
"I promise I won't tell my mum"
La reine Duo a libéré les pigeons du prince.
Queen Duo freed the prince's pigeons.
Dalim était ravi d'avoir à nouveau ses oiseaux.
Dalim was overjoyed to have his birds again.
Et il a oublié toute la conversation.
And he forgot the entire conversation.

Le lendemain, Dalim jouait à nouveau.
The next day Dalim was playing again.
Vous pouvez imaginer ce qui s'est passé encore une fois.
You can imagine what happened again.
Les pigeons ont volé jusqu'à l'appartement de la reine Duo.
The pigeons flew to Queen Duo's apartment.
Et ils ont de nouveau volé dans sa chambre.
And they flew into her room again.
Dalim est entré dans l'appartement de sa belle-mère.
Dalim went in to his stepmother's apartment.
Et il lui a demandé les pigeons.
And he asked her for the pigeons.
Bien sûr, elle lui a demandé l'information.
Of course she asked him for the information.
Dalim ne pouvait pas lui dire où sa vie était cachée.
Dalim could not tell her where his life was hidden.
« Je promets que je lui demanderai aujourd'hui. »
"I promise I will ask her today"
« Mais s'il vous plaît, puis-je avoir mes pigeons ? »
"But please can I have my pigeons"
Elle n'a pas rendu les pigeons si vite.

She didn't give the pigeons back so quickly.
Mais, à la fin, il a récupéré ses pigeons.
But, in the end, he got his pigeons again.

Après avoir joué, Dalim est allé voir sa mère.
After playing, Dalim went to his mother.
« Maman, s'il te plaît, dis-moi où est cachée ma vie »
"Mamma, please tell me where my life is hidden"
« Que veux-tu dire, mon enfant ? » demanda la mère.
"What do you mean, child?" asked the mother.
Elle fut étonnée par la question.
She was astonished at the question.
Pourquoi son enfant lui demanderait-il cela ?
Why would her child ask her this?
« Oui, maman », répondit l'enfant.
"Yes, mamma," replied the child.
« J'ai entendu parler d'un saint mendiant »
"I have heard of a holy mendicant"
« Il t'a raconté quelque chose sur ma vie »
"He told you something about my life"
« Il a dit que ma vie était cachée dans quelque chose »
"He said my life is hidden in something"
« Dis-moi ce qu'est cette chose »
"Tell me what that thing is"
« Mon enfant, mon chéri, mon trésor »
"My child, my darling, my treasure"
« Ma lune d'or », supplia sa mère.
"My golden moon," his mother pleaded.
« Ne posez pas une telle question »
"Do not ask such a question"
« Couvrez la bouche de mes ennemis de cendres »
"Cover my enemies' mouths with ashes"
« Laissez mon Dalim vivre pour toujours », supplia-t-elle.
"Let my Dalim live forever," she begged.
Mais l'enfant a insisté pour connaître le secret.
But the child insisted knowing the secret.
Il a refusé de manger ou de boire jusqu'à ce qu'il sache.

He refused to eat or drink until he knew.

La reine Suo n'avait pas d'autre choix que de le lui dire.

Queen Suo had no choice but to tell him.

Finalement, elle lui a révélé le secret de sa vie.

Eventually she told him the secret of his life.

Le lendemain, Dalim jouait à nouveau.

The next day Dalim was playing again.

Vous pouvez imaginer où les pigeons volaient.

You can imagine where the pigeons flew.

Dalim a poursuivi les oiseaux dans l'appartement.

Dalim chased after the birds into the apartment.

Sa belle-mère lui a dit beaucoup de mots doux.

His stepmother told him many sweet words.

Et finalement, elle a obtenu son secret de lui.

And finally, she got his secret from him.

Elle n'a pas perdu de temps pour mettre son plan diabolique à exécution.

She wasted no time to start her wicked plan.

Et elle donna des ordres à ses serviteurs.

And she gave orders to her servants.

« Prenez quelques tiges séchées de la plante de chanvre »

"Get some dried stalk from the hemp plant"

« Assurez-vous que les tiges sont très cassantes »

"Make sure the stalks are very brittle"

Les tiges de chanvre cassantes produisent un bruit de craquement.

Brittle hemp stalks make a cracking sound.

Le son est semblable au craquement des articulations.

The sound is similar to the cracking of joints.

Et cela ressemble aux os de personnes âgées.

And it sounds like the bones of old people.

Elle a mis les tiges de chanvre cassantes sous son lit.

She put the brittle hemp stalks under her bed.

Et puis elle s'est allongée sur son lit.

And then she lied on her bed.

Elle voulait tester les tiges de chanvre.

She wanted to test the hemp stalks.
Les tiges craquaient autant qu'elle le voulait.
The stalks cracked just as much as she wanted.
Elle était satisfaite de la façon dont son plan se déroulait.
She was satisfied with how her plan was going.
Elle donna davantage d'ordres à ses serviteurs.
She gave more orders to her servants.
« Dites au roi que je suis très malade »
"Tell the King I am very ill"
« Il doit venir me voir immédiatement »
"He must come to see me immediately"
Le roi n'aimait pas cette reine.
The king did not love this queen.
Mais il avait toujours le devoir de prendre soin d'elle.
But he still had a duty to care for her.
Si elle était malade, il devait prendre soin d'elle.
If she was ill, he had to look after her.
Le roi est venu dans sa chambre.
The King came to her bedroom.
Elle s'est roulée sur le lit de douleur.
She rolled on the bed in pain.
Le roi entendit le craquement de ses os.
The King heard the cracking of her bones.
Il a ordonné à son meilleur médecin de la soigner.
He ordered his best physician to attend her.
Mais la reine avait pensé à cela.
But the queen had thought of this.
Elle avait déjà parlé avec le médecin.
She had already spoken with the physician.
« Il n'y a qu'un seul remède », dit-il au roi.
"There is only one remedy," he told the king.
« Il y a un étang devant le palais »
"There's a pond in front of the palace"
« Dans l'étang, il y a un gros poisson Boal »
"In the pond there's a large Boal fish"
« Le remède est dans ce poisson »
"The remedy is in that fish"

Le roi laissa donc le médecin attraper le poisson.
So the king let the physician catch the fish.
Pendant ce temps, Dalim était occupé à jouer.
Meanwhile Dalim was busy playing.
Il ne savait rien de la maladie de sa tante.
He knew nothing of his aunt's illness.
Le poisson a été sorti de l'eau.
The fish was taken out the water.
immédiatement au sol .
Dalim fell to the ground immediately.
Il s'est effondré sur le sol.
He flopped around on the floor.
Et il ne pouvait pas respirer.
And he could not breathe.
Les gardes l'ont immédiatement remarqué.
The guards immediately noticed.
Dalim a été emmené dans la chambre de sa mère.
Dalim was taken to his mother's room.
Et le roi fut informé de son fils.
And the King was informed of his son.
Il ne pouvait pas croire à la maladie de son fils.
He couldn't believe his son's illness.
Le poisson a été amené à Queen Duo.
The fish was taken to Queen Duo.
La reine Duo était en train d'être sauvée.
Queen Duo was being saved.
Au même moment, Dalim était en train de mourir.
At the same time Dalim was dying.
Le poisson a été ouvert.
The fish was cut open.
Et ils ont trouvé la boîte en bois.
And they found the wooden box.
Dans la boîte se trouvait un collier en or.
In the box lay a necklace of gold.
La reine Duo a mis le collier.
Queen Duo put on the necklace.
Et Dalim est mort au même moment.

And Dalim died at the very same moment.

La nouvelle de la tragédie parvint jusqu'au roi.
News of the tragedy reached the king.
Il était plongé dans un océan de chagrin.
He was plunged into an ocean of grief.
La nouvelle du rétablissement de Queen Duo n'a pas aidé.
News of Queen Duo's recovery did not help.
Il pleurait des larmes douloureuses et amères.
He wept painful and bitter tears.
Personne ne pensait qu'il se rétablirait.
No one thought he would recover.
Il ne pouvait pas supporter d'enterrer son fils.
He could not bear to bury his son.
Il n'a pas non plus permis que son corps soit brûlé.
Nor did he allow his body to be burned.
Il ne pouvait pas accepter que son fils soit mort.
He could not accept that his son had died.
Sa mort a été si soudaine et insensée.
His death was so sudden and senseless.
Il fit déplacer le corps du défunt dans une maison de jardin.
He had the dead body moved to a garden-houses.
Cette maison de jardin se trouvait dans la banlieue.
This garden-house was in the suburbs.
C'est ici que son fils fut exposé en grande pompe.
Here his son was laid in state.
On y déposait toutes sortes de provisions.
All sorts of provisions were put there.
Même si tout le monde savait que ce n'était pas nécessaire.
Although everyone knew it was unnecessary.
Le jeune garçon n'avait plus besoin de nourriture.
The young boy did not need food anymore.
La maison était fermée à clé jour et nuit.
The house was kept locked day and night.
Dalim avait un ami très proche.
Dalim had had one very close friend.
Seul cet ami était autorisé à venir nous rendre visite.

Only this friend was allowed to visit.
Il était le fils du Premier ministre.
He was the son of the prime minister.
On lui a confié la clé de la maison.
He was entrusted with the key of the house.
Une fois par jour, il pouvait rendre visite à son ami décédé.
Once a day he could visit his dead friend.

La reine Suo a pris sa retraite après la perte de son fils.
Queen Suo retired after the loss of her son.
Maintenant, le roi passait les nuits avec la reine Duo.
Now the King spent the nights with Queen Duo.
La reine voulait éviter les soupçons.
The Queen wanted to avoid suspicion.
Alors elle a enlevé le collier la nuit.
So she took the necklace off at night.
Mais la vie de Dalim était liée au collier.
But Dalim's life was tied to the necklace.
Et sa mort n'a pas été si simple.
And his death was not so simple.
Il était mort lorsque la reine portait le collier.
He was dead when the queen wore the necklace.
Mais quand elle lui a enlevé le collier, il est revenu à la vie.
But when she took the necklace off, he returned to life.
Et ainsi il revenait à la vie chaque nuit.
And so he returned to life every night.
Chaque matin, elle remettait le collier.
Every morning she put the necklace on again.
Et ainsi, il mourait à nouveau chaque matin.
And so, he died again every morning.
La nuit, il mangeait ce qu'il voulait.
At night he ate whatever food he liked.
Parce qu'il y avait suffisamment de nourriture pour lui.
Because there was plenty of food for him.
Il se promenait dans les locaux.
He walked around in the premises.
Et il méditait sur l'étrangeté de sa vie.

And he meditated on the strangeness of his life.
L'ami de Dalim ne lui rendait visite que pendant la journée.
Dalim's friend only visited him during the day.
Il l'a donc toujours vu comme un cadavre sans vie.
So he always saw him as a lifeless corpse.
Mais son corps ne semblait jamais changer.
But his body never seemed to change.
Il n'y avait aucun signe de putréfaction.
There was no sign of putrefaction.
Le corps était sans vie et pâle.
The body was lifeless and pale.
Mais il n'y avait aucun symptôme de mort.
But there were no symptoms of death.
Tout cela lui semblait trop étrange.
It all seemed too strange for him.
Il décida donc d'observer le cadavre de plus près.
So he decided to watch the corpse more closely.
Et il a rendu visite à son ami la nuit.
And he visited his friend at night.
Il fut étonné de ce qu'il vit cette nuit-là.
He was astonished at what he saw that night.
Son ami mort se promenait dans le jardin.
His dead friend was walking about in the garden.
Au début, il pensait que Dalim était peut-être un fantôme.
At first he thought Dalim might a ghost.
Alors il est allé voir s'il pouvait le toucher.
So he went to see if he could touch him.
Et puis il a vu que c'était vraiment son ami.
And then he saw it was really his friend.
Dalim a raconté à son ami tout ce qui s'était passé.
Dalim told his friend everything that had happened.
Il lui raconta toutes les circonstances de sa mort.
He told him all the circumstances of his death.
Et bientôt ils ont résolu le mystère.
And soon they solved the mystery.
Ils ont compris pourquoi il ne revenait à la vie que la nuit.
They understood why he revived only at night.

Chaque nuit, le roi venait voir la reine Duo.
Every night the king came to see Queen Duo.
Lorsque le roi lui rendit visite, elle retira son collier.
When the King visited, she took off her necklace.
La vie du prince dépendait du collier.
The life of the prince depended on the necklace.
Les deux amis ont donc élaboré un plan.
So the two friends worked on a plan.
Nuit après nuit, ils se consultaient.
Night after night they consulted together.
Mais ils ne parvenaient pas à imaginer un plan réalisable.
But they could not think of any feasible scheme.

Finalement, les dieux ont dû avoir pitié.
Eventually the Gods must have taken pity.
Et ils décidèrent de libérer Dalim.
And they decided to free Dalim.
Mais nous devons comprendre comment fonctionnent les Dieux.
But we must understand how the Gods work.
Ces choses sont planifiées bien à l'avance.
These things are planned long before.
La sœur de Bidhata-Purusha avait eu une fille.
The sister of Bidhata-Purusha had had a daughter.
Bidhata-Purusha était une grande diseuse de bonne aventure.
Bidhata-Purusha was a great fortune teller.
Il avait écrit quelque chose sur le front de l'enfant.
He had written something on the child's forehead.
« Cet enfant épousera l'époux mort »
"This child will marry the dead bridegroom"
Sa mère était très attristée par cela.
Her mother was very saddened by this.
Elle ne voulait pas de ce destin pour sa fille.
She did not want this destiny for her daughter.
Mais elle ne pouvait pas discuter avec lui.
But she could not argue with him.

Il n'a jamais changé ce qu'il avait écrit.
He never changed what he had written.
L'enfant est devenu extrêmement beau.
The child became exceedingly beautiful.
Mais la mère ne pouvait en tirer aucun plaisir.
But the mother could not take any pleasure in this.
Parce qu'elle connaissait le destin de son enfant.
Because she knew the destiny of her child.
Finalement, la jeune fille atteignit l'âge du mariage.
Eventually the girl came to marriageable age.
Elle devait trouver un moyen d'éviter son destin.
She had to find a way to avoid her fate.
La mère a donc fui le pays avec son enfant.
So the mother fled the country with her child.
Peut-être pourrait-elle éviter son terrible destin.
Perhaps she could avoid her dreadful destiny.
Mais ce qui a été écrit a été écrit.
But what was written was written.
Et le destin ne peut pas être renversé de cette façon.
And fate cannot be overruled like this.
Ensemble, ils ont parcouru le pays.
Together they journeyed through the land.
Vous pouvez imaginer comment le destin a agi.
You can imagine how fate was working.
Ils passèrent devant le lieu de repos de Dalim.
They wandered past Dalim's resting place.
L'ombre du soir approchait.
The shade of the evening was approaching.
« Maman, j'ai soif », dit son enfant.
"Mother, I am thirsty," said her child.
« Assieds-toi à cette porte », répondit sa mère.
"Sit at this gate," replied her mother.
« Je vais chercher de l'eau dans le village »
"I will search for water in the village"
La fille était curieuse au sujet du jardin.
The girl was curious about the garden.
Et dans le jardin, elle vit une étrange maison.

And in the garden she saw strange house.

Elle poussa le portail qui s'ouvrit tout seul.

She pushed the gate, which opened itself.

Lorsqu'elle entra, elle vit un magnifique palais.

When she went in, she saw a beautiful palace.

Mais elle avait un mauvais pressentiment à propos du palais.

But she had an uneasy feeling about the palace.

Cependant, la porte s'était fermée d'elle-même.

However, the door had shut itself.

Elle n'avait donc aucun moyen de sortir.

So she had no way of getting out.

Quand la nuit arriva, le prince reprit vie.

When night came the prince revived.

Comme d'habitude, il se promenait dans le jardin.

As usual, he walked around in the garden.

Mais cette fois, il vit une silhouette féminine.

But this time he saw a female figure.

La silhouette se tenait près de la porte.

The figure was standing near the gate.

Bientôt, il vit que c'était une fille.

Soon he saw that it was a girl.

Et il vit qu'elle était d'une beauté incomparable.

And he saw she was of unsurpassed beauty.

« Qui es-tu ? » lui demanda-t-il.

"Who are you?" he asked her.

Elle a raconté à Dalim tout ce qui s'était passé.

She told Dalim everything that had happened.

Tous les détails de sa petite histoire.

All the details of her little history.

"Mon oncle est le divin Bidhata-Purusha"

"My uncle is the divine Bidhata-Purusha"

« Il a écrit sur mon front à la naissance »

"He wrote on my forehead at birth"

« Cet enfant épousera l'époux mort »

"This child will marry the dead bridegroom"

« **Ma mère ne voulait pas de cette vie pour moi** »
"My mother did not want that life for me"
« **Nous avons donc quitté notre maison et notre ville** »
"So we left our house and city"
« **Et nous avons erré à travers le pays** »
"And we wandered through the country"
« **Nous étions arrivés à la porte de votre palais** »
"We had come to the gate of your palace"
« **Après notre voyage, j'avais soif** »
"After our journey I was thirsty"
« **Alors ma mère est allée chercher de l'eau** »
"So my mother went to look for water"
« **Et maintenant je me tiens ici devant vous** »
"And now I am standing here before you"
Dalim Kumar connaissait le sens de l'histoire.
Dalim Kumar knew the meaning of the story.
« **Je suis l'époux mort** », dit-il à la jeune fille.
"I am the dead bridegroom," he told the girl.
« **C'est moi que tu épouseras** »
"It is me who you will marry"
« **Viens avec moi à la maison** », lui demanda-t-il.
"Come with me to the house," he asked of her.
Mais la jeune fille ne s'est pas laissée convaincre si facilement.
But the girl wasn't so easily persuaded.
« **Tu es debout et tu me parles** »
"You are standing and speaking to me"
« **Comment peux-tu être l'époux mort ?** »
"How can you be the dead bridegroom?"
Le prince comprit son objection.
The prince understood her objection.
« **Tu le comprendras après** »
"You will understand it afterwards"
La fille suivit le prince dans la maison.
The girl followed the prince into the house.
Elle avait jeûné toute la journée.
She had been fasting the whole day.

Alors le prince lui donna de la nourriture merveilleuse.
So the prince gave her wonderful food.
Pendant ce temps, la mère de la fille était revenue.
Meanwhile, the girl's mother had come back.
Elle se tenait aux portes du jardin.
She was standing at the gates of the garden.
Mais sa fille n'était plus là.
But her daughter was not there anymore.
Elle a crié après sa fille.
She cried out for her daughter.
Mais elle n'a reçu aucune réponse de sa fille.
But she got no reply from her daughter.
Elle partit donc à sa recherche dans le village.
So she went looking for her in the village.

Comme d'habitude, l'ami de Dalim est venu ce soir-là.
As usual, Dalim's friend came that night.
Dalim continuait à divertir son invité.
Dalim was still entertaining his guest.
Il ne s'attendait pas à voir un étranger.
He was not expecting to see a stranger.
Et la fille lui raconta son histoire.
And the girl retold him her story.
Vous pouvez imaginer sa surprise quand elle le lui a dit.
You can imagine his surprise when she told him.
Il a pu confirmer l'histoire de Dalim.
He was able to confirm Dalim's story.
Bientôt, ils avaient tous accepté le destin.
Soon they had all accepted destiny.
Cette nuit-là, ils ont accompli leur destin.
That night they fulfilled their fates.
Ils ont décidé d'unir le couple par les liens du mariage.
They decided to unite the couple in matrimony.
Il allait être impossible de trouver un prêtre.
It was going to be impossible to get a priest.
L'ami de Dalim a donc accompli les rites hyménaux.
So Dalim's friend performed the hymeneal rites.

L'ami du marié a quitté le palais.

The friend of the bridegroom left the palace.

Les jeunes mariés avaient le palais pour eux seuls.

The newly-weds had the palace to themselves.

L'heureux couple n'a pas beaucoup dormi cette nuit-là.

The happy couple did not sleep much that night.

C'est donc bien après le lever du soleil qu'ils se sont réveillés.

So it was long after sunrise that they woke up.

Bien sûr, seule la jeune femme s'est réveillée.

Of course it was only the young wife that woke up.

Le prince était redevenu un cadavre froid.

The prince had become a cold corpse again.

La reine avait mis son collier.

The queen had put on her necklace.

Et la vie l'avait à nouveau quitté.

And life had departed from him again.

Vous pouvez imaginer ce que ressentait la jeune épouse.

You can imagine how the young wife felt.

Elle secoua son mari pour essayer de le réveiller.

She shook her husband to try and wake him.

Elle l'embrassa sur ses lèvres froides.

She kissed him on his cold lips.

Mais tous ses efforts furent vains.

But all her efforts were in vain.

Il était aussi sans vie qu'une statue de marbre.

He was as lifeless as a marble statue.

La jeune épouse fut frappée d'horreur.

The young wife was stricken with horror.

Elle frappa sa poitrine avec ses poings.

She smote her breast with her fists.

Elle s'est frappé le front avec ses paumes.

She struck her forehead with her palms.

Et elle s'arracha les cheveux de la tête.

And she tore her hair from her head.

Elle a couru dans le jardin comme une folle.

She ran through the garden like a mad woman.

L'ami de Dalim n'est pas venu pendant la journée.
Dalim's friend did not come during the day.
Il ne voulait pas voir son ami ainsi.
He did not want to see his friend this way.
La pauvre fille ne savait pas quoi faire.
The poor girl did not know what to do.
Le temps ne pouvait pas passer assez vite.
Time could not pass quickly enough.
La journée semblait aussi longue qu'une année.
The day seemed as long as a year.
Mais même le jour le plus long a une fin.
But the even longest day has its end.
Les ombres du soir descendaient.
The shades of evening were descending.
Son mari décédé a repris conscience.
Her dead husband was awakened into consciousness.
Il se leva à nouveau de son lit.
He rose up from his bed again.
Et il embrassa sa nouvelle épouse.
And he embraced his new wife.
Ils mangèrent, burent et se réjouirent à nouveau.
Again they ate, drank, and became merry.
Son ami a fait son apparition habituelle.
His friend made his usual appearance.
Et toute la nuit a été consacrée à la fête.
And the whole night was spent celebrating.

Ils passèrent ainsi les sept années suivantes.
They spent the next seven years this way.
Pendant la journée, Dalim était sans vie.
During the day Dalim was lifeless.
Mais la nuit, il est revenu à la vie.
But at night he came to life.
Et leur vie était tout à fait normale.
And their life was quite usual.
La princesse a donné à son mari deux beaux garçons.
The princess gave her husband two lovely boys.

Ils étaient l'image exacte de leur père.
They were the exact image of their father.
Bien sûr, le roi et les reines ne le savaient pas.
Of course the king and Queens did not know.
Ils ne savaient pas qu'ils étaient grands-parents.
They did not know they were grandparents.
Et ils ne savaient pas que Dalim était vivant.
And they did not know Dalim was alive.
Pour être précis, je devrais dire qu'il était vivant la nuit.
To be precise I should say he was alive at night.
Ils pensaient tous qu'il était mort depuis longtemps.
They all thought he had long been dead.
Ils ont supposé que son cadavre aurait désormais disparu.
They assumed his corpse would now be gone.
Mais le cœur de la femme de Dalim était ardent.
But the heart of Dalim s wife was yearning.
Elle ne voulait rien de plus que sa belle-mère.
She wanted nothing more than her mother-in-law.
Au fil des années, elle avait élaboré un plan.
Over the years she had come up with a plan.
Peut-être qu'elle pourrait voir sa belle-mère.
Perhaps she could see her mother-in-law.
Peut-être qu'ils pourraient mettre la main sur le collier.
Maybe they could get hold of the necklace.
Elle a demandé le consentement de son mari.
She asked for the consent of her husband.
Et il lui a permis de se déguiser.
And he allowed her to disguise herself.
Elle a pris l'apparence d'une coiffeuse.
She took on the appearance of a female barber.
Comme toute femme coiffeuse, elle avait besoin de matériel.
Like every female barber, she needed equipment.
Elle a pris les outils suivants :
She took the following tools;
Un instrument en fer pour préparer les ongles des doigts.
An iron instrument for preparing finger nails.
Un autre instrument en fer pour gratter les pieds.

Another iron instrument for scraping the feet.
Un morceau de brique jhama brûlée.
A piece of burnt jhama brick.
Pour frotter la plante des pieds.
For rubbing the soles of the feet.
Et de la peinture pour les bords des pieds.
And paint for the edges of the feet.
Elle a emporté tous ses outils avec elle.
She took all her tools with her.
Et elle se tenait à la porte du palais du roi.
And she stood at the gate of the King's palace.
J'ai oublié autre chose qu'elle a apporté.
I forgot something else she brought.
Elle était venue avec ses deux fils.
She had come with her two sons.
Elle a parlé avec les gardes.
She spoke with the guards.
« Je travaille comme coiffeur »
"I work as a barber"
« Je suis venu offrir mes services »
"I have come to offer my services"
« Je désire voir la reine Suo »
"I desire to see Queen Suo"
La reine Suo lui a rapidement accordé une interview.
Queen Suo quickly gave her an interview.
La reine aimait beaucoup les deux petits garçons.
The queen was quite fond of the two little boys.
Ils lui rappelaient étrangement son propre fils.
They strangely reminded her of her own son.
Et elle se souvint de son trésor perdu.
And she remembered her lost treasure.
Des larmes coulaient abondamment de ses yeux.
Tears fell profusely from her eyes.
Elle n'avait pas la moindre idée de qui ils étaient.
She had not the remotest idea who they were.
Bien sûr, nous savons qui ils sont.
Of course we know who they are.

Les deux petits garçons sont ses petits-fils.
The two little boys are her grandsons.
Elle a parlé au coiffeur.
She spoke to the barber.
« Mon fils est mort quand il était jeune »
"My son died when he was young"
« J'ai renoncé à ces vanités »
"I have given up these vanities"
« J'ai arrêté de me faire teindre les pieds cérémonieusement»
"I stopped having my feet ceremoniously dyed"
« Mais je serais heureux de voir vos deux beaux garçons »
"But I would be glad to see your two fine boys"
Le barbier a accepté de laisser la reine Suo voir ses garçons.
The barber agreed to let Queen Suo see her boys.
Mais elle avait une question avant de partir.
But she had one question before she went.
« Y a-t-il d'autres dames dans le palais ?
"Are there other ladies in the palace?
« Quelqu'un d'autre à qui je pourrais fournir mes services »
"Someone else I could provide my service to"
On lui a dit qu'il y avait une autre reine.
She was told there was another queen.
Et elle a également été autorisée à aller voir cette reine.
And she was also allowed to go to that queen.
La reine Duo lui a permis de préparer ses ongles.
Queen Duo allowed her to prepare her nails.
Et elle a été autorisée à se gratter les pieds.
And she was allowed to scrape her feet.
Elle a peint ses pieds avec de l'alakta.
She painted her feet with alakta.
Et la reine était très satisfaite de son talent.
And the queen was very pleased with her skill.
Elle appréciait également la douceur de son caractère.
She also enjoyed the sweetness of her disposition.
Elle a donc réservé pour bénéficier davantage de ses services.
So she booked to have more of her services.

La coiffeuse était venue pour autre chose.
The female barber had come for something else.
Et elle remarqua rapidement le collier.
And she quickly noticed the necklace.
Le collier était autour du cou de la reine.
The necklace was around the Queen's neck.

Le jour de sa deuxième visite était arrivé.
The day of her second visit had come.
Elle a donné les instructions à son fils aîné.
She gave her eldest son the instructions.
« Nous entrons à nouveau dans le palais »
"We are going into the palace again"
« Quand on est au palais, il faut pleurer »
"When in the palace you have to cry"
« Dis que tu aimerais le collier de la reine »
"Say you would like the queen's necklace"
« N'arrête pas de pleurer jusqu'à ce que tu aies son collier »
"Don't stop crying until you have her necklace"
La coiffeuse s'est rendue à l'appartement de la reine Duo.
The female barber went to queen Duo's apartment.
Bientôt, le garçon aîné commença à pleurer.
Soon the elder boy started to cry.
Le garçon a bien joué son rôle.
The boy acted his role well.
Rien ne pouvait consoler le garçon.
Nothing would console the boy.
« Qu'est-ce qui ne va pas ? » demanda Queen Duo.
"What is wrong?" Queen Duo asked.
Le garçon pouvait à peine parler.
They boy could hardly speak.
« Ton collier est si beau »
"Your necklace is so beautiful"
Et il continua à sangloter.
And he continued to sob.
« Puis-je tenir le collier, s'il vous plaît ? »
"Can I please hold the necklace?"

La reine Duo ne voulait pas le laisser faire.
Queen Duo did not want to let him.
« Je ne peux pas me séparer de mon collier »
"I cannot part with my necklace"
« C'est mon bijou le plus précieux »
"It is my most valuable jewel"
Mais le garçon n'arrêtait pas de pleurer.
But the boy did not stop crying.
Alors elle a enlevé le collier de son cou.
So she took the necklace off her neck.
Et elle mit le collier dans la main du garçon.
And she put the necklace into the boy's hand.
Le garçon a rapidement arrêté de pleurer.
The boy quickly stopped crying.
Et il tenait le collier dans sa main.
And he held the necklace in his hand.
La coiffeuse avait terminé son travail.
The female barber had finished her work.
Elle rangeait ses outils.
She was packing up her tools.
Et elle était sur le point de quitter le palais.
And she was about to leave the palace.
Alors la reine voulait récupérer le collier.
So the queen wanted the necklace back.
Mais le garçon ne voulait pas lui laisser le collier.
But the boy would not let her have the necklace.
Sa mère a tenté de lui arracher le collier.
His mother attempted to snatch the necklace from him.
Mais il pleurait amèrement quand elle essayait.
But he wept bitterly when she tried.
Et il pleurait comme si son cœur allait se briser.
And he cried as if his heart would break.
La coiffeuse demanda poliment à la reine :
The female barber politely asked the queen;
«S'il vous plaît, laissez le garçon emporter le collier chez
lui.»
"Please let the boy take the necklace home"

« Il s'endormira après avoir bu son lait »
"He will fall asleep after drinking his milk"
« Et puis je te ramènerai ton collier »
"And then I will bring your necklace back"
Elle pouvait voir qu'elle n'avait pas le choix.
She could see she had no choice.
Le garçon ne lui a pas permis de prendre le collier.
The boy would not allow her to take the necklace.
Elle a donc accepté la proposition.
So she agreed to the proposal.
« **Dalim doit être mort depuis longtemps** », pensa-t-elle.
"Dalim must now be long dead," she thought.
Et elle n'avait rien à craindre.
And she had nothing to worry about.

La princesse avait le précieux collier.
The princess had the prized necklace.
Le trésor lié à la vie de son mari.
The treasure bound to her husband's life.
Elle se précipita vers la maison du jardin.
She rushed back to the garden-house.
Et elle a donné le collier à Dalim.
And she gave the necklace to Dalim.
Dalim était en vie depuis toute la matinée.
Dalim had been alive all morning.
C'était la première fois qu'il revoyait le soleil.
It was the first time he saw the sun again.
Leur joie de vivre ne connaissait pas de limites.
Their joy of his life knew no bounds.
Leur ami leur a conseillé d'aller au palais.
Their friend advised them to go to the palace.
« **Va au palais demain** »
"Go to the palace tomorrow"
« **Présentez-vous au Roi et à la Reine** »
"Present yourselves to the King and Queen"
« **Faites-leur savoir que vous êtes en vie et en bonne santé** »
"Let them know you're alive and well"

Le couple a suivi le conseil de leur ami.
The couple accepted their friend's advice.
Et ils préparèrent tout pour leur arrivée.
And they prepared everything for their arrival.
Un éléphant a été amené pour le prince.
An elephant was brought for the prince.
Une paire de poneys a été amenée pour les garçons.
A pair of ponies were brought for the boys.
Et il y eut un grand chaturdala.
And there was a grand chaturdala.
Elle était meublée de rideaux de dentelle dorée.
It was furnished with curtains of gold lace.
Un message fut envoyé au roi et à la reine Suo.
Word was sent to the king and the Queen Suo.
« Le prince Dalim Kumar est vivant et en bonne santé »
"Prince Dalim Kumar is alive and well"
« Et il vient vous rendre visite »
"And he is coming to visit you"
« Maintenant, il a une femme et deux fils »
"Now he has a wife and two sons"
Le roi et la reine Suo pouvaient à peine y croire.
The King and Queen Suo could hardly believe it.
Mais on leur a assuré que tout cela était vrai.
But they were assured that it was all true.
La reine Duo a rapidement réalisé sa situation difficile.
Queen Duo quickly realized her predicament.
Et elle fut accablée de chagrin.
And she became overwhelmed with grief.
Une bande de musiciens suivait le prince.
A band of musicians followed the prince.
Le prince Dalim Kumar s'est approché de la porte du palais.
Prince Dalim Kumar approached the palace-gate.
Le roi et la reine Suo se rendirent aux portes.
The King and Queen Suo went to the gates.
Et ils ont accueilli leur fils perdu depuis longtemps.
And they welcomed their long-lost son.
Vous pouvez imaginer à quel point ils étaient heureux.

You can imagine how happy they were.
Dalim a annoncé sa mort à ses parents.
Dalim told his parents of his death.
Il leur parla de l'étang près du palais.
He told them of the pond by the palace.
Et il leur parla des poissons dans l'étang.
And he told them of the fish in the pond.
Il leur parla de la boîte en bois dans le poisson.
He told them of the wooden box in the fish.
Il leur a parlé du collier dans la boîte en bois.
He told them of the necklace in the wooden box.
Et il leur révéla le secret de sa vie.
And he told them the secret of his life.
Il leur racontait comment il mourait chaque nuit.
He told them how he died each night.
Bien sûr, il a également mentionné sa nouvelle épouse.
Of course he also mentioned his new wife.
Le roi fut enflammé de rage à cette nouvelle.
The king was inflamed with rage at the news.
Il ordonna à la reine Duo de se présenter devant lui.
He ordered Queen Duo into his presence.
Un grand trou a été creusé dans le sol.
A large hole was dug in the ground.
Le trou était aussi profond que la taille d'un homme.
The hole was as deep as the height of a man.
La reine Duo a été obligée de se tenir dans le trou.
Queen Duo was made to stand in the hole.
Des épines piquantes étaient entassées autour d'elle.
Prickly thorns were heaped around her.
Les épines montaient jusqu'au sommet de sa tête.
The thorns went up to the crown of her head.
Et c'est ainsi qu'elle fut enterrée vivante.
And in this manner she was buried alive.

Phakir Chand
Phakir Chand

Il était une fois un roi qui avait un fils.
There was once a king, who had a son.
Le ministre du roi avait également un fils.
The king's minister also had a son.
Les deux fils s'aimaient tendrement.
The two sons loved each other dearly.
Et ils ont tout fait ensemble.
And they did everything together.
Les deux fils s'assirent et se levèrent ensemble.
The two sons sat and stood up together.
Ils marchaient ensemble vers les mêmes endroits.
They walked together to the same places.
Ils ont mangé leurs repas ensemble.
They ate their meals together.
Ils dormaient et se levaient ensemble.
They slept and got up together.
Ils ont passé des années ensemble.
They spent years in each other's company.
Un jour, ils ressentirent tous deux un nouveau désir.
One day they both felt a new desire.
Ils voulaient voir des terres étrangères.
They wanted to see foreign lands.
Et ainsi ils se mirent en route.
And so they set out on their journey.
L'un d'eux était le fils d'un roi.
One of them was the son of a king.
L'un d'eux était le fils de son ministre en chef.
One of them was the son of his chief minister.
Alors bien sûr, ils étaient tous les deux assez riches.
So of course they were both quite rich.
Mais ils n'emmenèrent aucun serviteur avec eux.
But they did not take any servants with them.
Ils y sont allés seuls, à cheval.
They went by themselves, on horseback.

Les chevaux étaient beaux à regarder.
The horses were beautiful to look at.
C'étaient des chevaux Pakshirajes.
They were Pakshirajes horses.
Ces chevaux sont connus comme les rois des oiseaux.
Such horses are known as the kings of birds.
Les deux fils ont voyagé ensemble pendant plusieurs jours.
The two sons rode together for many days.
Ils traversèrent de vastes plaines.
They passed through extensive plains.
Et les plaines étaient couvertes de riz.
And the plains were covered with paddy.
Et ils traversèrent des villes étranges.
And they passed through strange cities.
Et ils traversèrent des villes et des villages.
And they passed through towns, and villages.
Ils ont traversé des déserts sans arbres.
They passed through treeless deserts.
Et ils traversèrent des forêts.
And they passed through forests.
Et les forêts étaient denses en arbres.
And the forests were dense with trees.
Ces forêts étaient la demeure du tigre.
These forests were the abode of the tiger.
Et l'ours vivait aussi dans ces forêts.
And the bear also lived in these forests.
Un soir, ils furent rattrapés par la nuit.
One evening they were overtaken by the night.
Ils n'avaient vu aucune habitation humaine.
They had not seen any human habitations.
Mais il faisait de plus en plus sombre.
But it was getting darker and darker.
Ils descendirent donc de cheval sous un arbre élevé.
So they dismounted beneath a lofty tree.
Ils ont attaché leurs chevaux à l'arbre.
They tied their horses to the tree.
Et puis ils sont montés dans l'arbre.

And then they climbed up the tree.
Ils ont recouvert les branches d'un feuillage épais.
They covered the branches with thick foliage.
Pour qu'ils puissent s'asseoir sur les branches.
So that they could sit on the branches.
L'arbre avait poussé près d'un grand plan d'eau.
The tree had grown near a large body of water.
L'eau était aussi claire que l'œil d'un corbeau.
The water was as clear as the eye of a crow.
Les deux amis s'installèrent confortablement.
The two friends made themselves comfortable.
Bien sûr, ce n'était pas très confortable dans un arbre.
Of course it wasn't very comfortable in a tree.
Mais ce n'était pas non plus inconfortable dans l'arbre.
But it wasn't uncomfortable in the tree either.
Ils avaient décidé de passer la nuit là-bas.
They had decided to spend the night there.
Ils discutaient parfois ensemble en chuchotant.
They sometimes chatted together in whispers.
Ils pensaient qu'il valait mieux chuchoter que parler.
They felt whispering was better than talking.
Parce que la région leur semblait très étrange.
Because the region seemed very strange to them.
Et bientôt ils s'endormirent.
And soon they were falling into a doze.
Mais leur attention fut soudainement attirée.
But their attention was suddenly jolted.
Ils entendirent un bruit provenant de l'eau.
From the water they heard a noise.
Cela ressemblait au bruit de l'eau qui coulait.
It sounded like the rushing of water.
Devant eux se trouvait un spectacle terrible !
In front of them was a terrible sight!
Un énorme serpent est sorti de sous l'eau.
A huge serpent came from under the water.
Le serpent a nagé jusqu'au rivage et a rampé tout autour.
The snake swam ashore and slithered around.

Mais quelque chose d'autre a attiré leur attention.
But something else attracted their attention.
La crête du serpent brillait.
The crested hood of the serpent was shining.
Le serpent avait un manikya brillant incrusté.
The snake had a brilliant manikya embedded.
Le bijou brillait comme mille diamants.
The jewel shone like a thousand diamonds.
Le cristal a illuminé l'eau du réservoir.
The crystal lit up the water in the tank.
Les talus et les arbres ont été irradiés.
The embankments and trees were irradiated.
Le serpent retira le joyau de sa crête.
The serpent doffed the jewel from its crest.
Et le serpent jeta le joyau à terre.
And the serpent threw the jewel on the ground.
Et puis le serpent partit à la recherche de nourriture.
And then the serpent went in search of food.
Ils ne pouvaient pas croire ce qu'ils avaient vu.
They could not believe what they had seen.
Ils sont restés en sécurité dans l'arbre.
They stayed in the safety of the tree.
Mais ils admiraient beaucoup le bijou.
But they greatly admired the jewel.
Le rubis répandait un éclat ineffable.
The ruby shed an ineffable luster.
Tout avait une lueur magique autour de lui.
Everything had a magical glow around it.
Ils n'avaient jamais rien vu de tel.
They had never seen anything like it.
Bien qu'ils aient entendu parler de ce trésor.
Although, they had heard of this treasure.
Le joyau équivalait aux trésors de sept rois.
The jewel equaled the treasures of seven kings.
Mais leur admiration s'est vite transformée en peur.
But their admiration soon changed to fear.
Le serpent arriva au pied de leur arbre.

The serpent came to the foot of their tree.
Le serpent avait trouvé leurs chevaux !
The serpent had found their horses!
Les pauvres chevaux avaient été attachés à l'arbre.
The poor horses had been tied to the tree.
Les animaux n'avaient aucun moyen de s'échapper.
The animals had no way of escaping.
Un par un, le serpent mangea leurs chevaux.
One by one the serpent ate their horses.
Mais l'appétit du serpent ne semblait pas satisfait.
But the serpent's appetite did not seem satisfied.
Ils craignaient d'être les prochaines victimes.
They feared they would be the next victims.
Mais leurs craintes furent bientôt apaisées.
But their fears were soon relieved.
Le cobra géant ne les avait pas vus.
The gigantic cobra had not seen them.
Et finalement le serpent est reparti.
And eventually the snake left again.
Le fils du ministre a vu une opportunité.
The minister's son saw an opportunity.
C'était sa chance de prendre la gemme.
This was his chance to take the gem.
Mais ils avaient un problème.
But there was one problem they had.
Le bijou brillait incroyablement fort.
The jewel shone incredibly bright.
Le serpent saurait ce qui s'était passé.
The serpent would know what had happened.
Mais il y avait un moyen de surmonter ce problème.
But there was a way to overcome this problem.
Et le fils du ministre connaissait la solution.
And the minister's son knew the solution.
Il a dû recouvrir la pierre de crottin de cheval.
He had to cover the stone with horse-dung.
Et il y avait du fumier de cheval près de l'arbre.
And there was some horse-dung by the tree.

Il est descendu tranquillement de l'arbre.
He quietly came down from the tree.
Il ramassa le crottin de cheval sur le sol.
He picked up the horse-dung off the floor.
Et il jeta les excréments sur la pierre précieuse.
And he threw the dung upon the precious stone.
Et puis il est remonté dans l'arbre.
And then he climbed up into the tree again.
Le serpent remarqua que quelque chose s'était produit.
The serpent noticed something had happened.
La lumière du bijou avait disparu.
The light of the jewel had vanished.
Le serpent se précipita en arrière avec une grande fureur.
The serpent rushed back with great fury.
Le serpent retourna là où il avait laissé la pierre.
The serpent returned to where it had left the stone.
Le serpent émit un sifflement effrayant dans la nuit.
The serpent let out a frightful hiss at the night.
Les gémissements et les convulsions du serpent étaient terribles.
The snake's groans and convulsions were terrible.
Le serpent tournait en rond autour du bijou.
The snake went round and round the jewel.
Mais la pierre était couverte de crottin de cheval.
But the stone was covered with horse-dung.
De cette façon, le serpent ne pouvait pas voir son trésor.
This way the serpent could not see its treasure.
Finalement, le serpent rendit son dernier souffle.
Finally, the serpent breathed its last breath.

Les deux amis n'ont pas beaucoup dormi cette nuit-là.
The two friends did not sleep much that night.
Le matin, ils descendirent de l'arbre.
In the morning they came down from the tree.
Ils se dirigèrent vers l'endroit où se trouvait le joyau de la crête.
They went to where the crest-jewel was.

Le puissant serpent était toujours couché là.
The mighty serpent was still laying there.
Mais maintenant, le corps du serpent était parfaitement sans vie.
But now the snake's body was perfectly lifeless.
L'ami du prince a enjambé le serpent mort.
The friend of the prince stepped over the dead snake.
Et il ramassa le bijou couvert de fumier.
And he picked up the dung covered jewel.
Ils se rendirent tous les deux au bord de l'eau.
Both of them went to the bank of the water.
Et ils lavèrent la pierre précieuse.
And they washed the precious stone.
Finalement, toutes les excréments avaient été lavés.
Finally, all the dung had been washed off.
Et le joyau brillait aussi brillamment qu'avant.
And the jewel shone as brilliantly as before.
Le bijou illuminait tout le lit du réservoir d'eau.
The jewel lit up the entire bed of the tank of water.
Maintenant, ils pouvaient voir les innombrables poissons.
Now they could see the innumerable fishes.
Mais la lumière a également révélé autre chose.
But the light also revealed something else.
Cela les étonna plus que tous les poissons.
This astonished them more than all the fishes.
Au fond de l'eau, il y avait quelque chose.
In the bottom of the water there was something.
Ils pouvaient voir qu'il y avait de hauts murs.
They could see there were lofty walls.
Les murs provenaient d'un magnifique palais.
The walls were from a magnificent palace.
L'ami du prince se sentait aventureux.
The prince's friend was feeling venturesome.
Il a convaincu le fils du roi de le suivre.
He convinced the king's son to follow him.
Et puis ils voulaient nager jusqu'au palais en contrebas.
And then they wanted to swim to the palace below.

L'ami du prince prit le bijou dans sa main.
The prince's friend took the jewel in his hand.
Et ils plongèrent tous les deux dans l'eau.
And they both dived into the waters.
Bientôt, ils se trouvèrent à la porte du palais.
Soon they stood at the gate of the palace.
À leur grande surprise, la porte était ouverte.
To their surprise the gate was open.
Ils ne virent aucun être, humain ou surhumain.
They saw no being, human or superhuman.
Ils décidèrent donc de s'aventurer à l'intérieur de la porte.
So they decided to venture inside the gate.
À l'intérieur des murs, il y avait un beau jardin.
Inside the walls there was a beautiful garden.
Au milieu du jardin se trouvait une maison.
In the middle of the garden was a house.
Personne n'avait jamais vu autant de fleurs.
No one had ever seen so many flowers.
Il y avait des roses de toutes les variétés imaginables.
There were roses of all imaginable varieties.
Il y avait un nombre infini de jasmin jaune.
There were endless numbers of yellow jessamine.
Et il y avait de nombreuses clochettes blanches.
And there were numerous white bell flowers.
Ces fleurs étaient les reines des odeurs.
These flowers were the king of smells.
Le muguet le plus parfumé.
The most scented lily of the valley.
Il y avait les fleurs de l'arbre champaka.
There were the flowers from the champaka tree.
Et mille autres fleurs au parfum sucré.
And a thousand other sweet-scented flowers.
Des hectares couverts de délicieux jasmin.
Acres covered with the delicious jessamine.
Toutes les plantes étaient parsemées de fleurs.
All the plants were gemmed with flowers.
Et toutes les fleurs étaient en pleine floraison.

And all the flowers were in full bloom.
L'air était donc chargé d'un parfum riche.
So the air was loaded with rich perfume.
Un désert de doux parfums partout.
A wilderness of sweet scents everywhere.
Ils ont traversé ce paradis de la parfumerie.
They went through this paradise of perfumery.
Et finalement ils arrivèrent à la maison.
And eventually they reached the house.
La maison était entourée de grands arbres.
The house was surrounded by lofty trees.
Bientôt, ils se trouvèrent devant la porte de la maison.
Soon they stood at the door of the house.
Maintenant, ils pouvaient voir que c'était un palais de fées.
Now they could see it was a fairy palace.
Les murs étaient en or bruni.
The walls were of burnished gold.
Ici et là brillaient des diamants aux teintes éblouissantes.
Here and there shone diamonds of dazzling hue.
Mais ils ne virent aucun être.
But they did not see any beings.
Ils entrèrent donc dans le palais.
So they went inside the palace.
Le palais était richement meublé.
The palace was richly furnished.
Ils allaient de pièce en pièce.
They went from room to room.
Mais ils n'ont vu personne.
But they did not see anyone.
Cela semblait être une maison déserte.
It seemed to be a deserted house.
Mais finalement, ils trouvèrent une pièce spéciale.
At last, however, they found a special room.
Dans cette pièce, il y avait une jeune femme.
In this room there was a young lady.
Elle dormait sur un lit doré.
She was sleeping on a golden bed.

La jeune femme était d'une beauté exquise.
The young lady was of exquisite beauty.
Son teint était un mélange de rouge et de blanc.
Her complexion was a mixture of red and white.
Elle semblait avoir environ seize ans.
She seemed to be about sixteen years of age.
Les deux amis la regardèrent.
The two friends gazed upon her.
Ils étaient enchantés par sa beauté.
They were enchanted by her beauty.
Mais ils ne purent l'admirer longtemps.
But they could not admire her for long.
Parce que la jeune femme a ouvert les yeux.
Because the young lady opened her eyes.
Ses yeux semblaient être ceux d'une gazelle.
Her eyes seemed like the eyes of a gazelle.
En voyant les étrangers, elle dit :
On seeing the strangers she said;
« Comment êtes-vous arrivés ici, malheureux ? »
"How have you come here, ye unfortunate men?"
« Allez-vous-en, partez ! Je vous en prie, tous les deux. »
"Be gone, be gone! I beg of you two"
« C'est la demeure d'un puissant serpent »
"This is the abode of a mighty serpent"
« Le serpent qui a dévoré mes parents »
"The serpent which has devoured my parents"
« Et mes frères et toute ma famille »
"And my brothers, and all my relatives"
« Je suis le seul qu'il a épargné »
"I am the only one that he has spared"
« Fuyez pour sauver votre vie tant que vous le pouvez encore »
"Flee for your lives while you still can"
« Sinon le serpent vous mangera tous les deux »
"Or else the serpent will eat you both"
L'ami du prince lui raconta ce qui s'était passé.
The prince's friend told her what had happened.

« Le serpent a rendu son dernier souffle »
"The serpent has breathed his last breath"
« Le corps du serpent gît sans vie sur le sol »
"The snake's body lies lifeless on the floor"
« Nous avons pris le joyau de la tête du serpent »
"We took the head-jewel of the serpent"
« La lumière du joyau nous a montré le palais.
"The jewel's light showed us to the palace.
Elle a remercié les étrangers pour leur courage.
She thanked the strangers for their bravery.
« Tu m'as libéré du serpent infernal »
"You have freed me from the infernal serpent"
« S'il te plaît, vis avec moi dans mon palais »
"Please live with me in my palace"
« Mais promets-moi de ne jamais m'abandonner. »
"But please promise never to desert me"
Ils ont accepté avec plaisir l'invitation.
They gladly accepted the invitation.
Le fils du roi était amoureux de la princesse.
The king's son was smitten with the princess.
Il adorait les charmes de la princesse sans pareille.
He adored the charms of the peerless princess.
Et il l'épousa peu de temps après.
And he married her after a short time.
Il n'y avait pas de prêtre au palais.
There was no priest at the palace.
Le nœud hyménéal a donc été noué par d'autres moyens.
So the hymeneal knot was tied by other means.
Un simple échange de guirlandes de fleurs.
A simple exchange of garlands of flowers.
Le fils du roi devint indiciblement heureux.
The king's son became inexpressibly happy.
Il se réjouissait de la compagnie de la princesse.
He delighted in the company of the princess.
L'ami du prince avait également une femme.
The prince's friend also had a wife.
Bien sûr, elle vivait dans le monde supérieur.

Of course she was living in the upper world.
Mais il participait au bonheur de son ami.
But he participated in his friend's happiness.
Le temps qu'ils ont passé ensemble s'est déroulé joyeusement.
The time they spent together passed merrily.
Mais ils ne pouvaient pas vivre ici éternellement.
But they could not live here forever.
Le prince a dû retourner dans son royaume.
The prince had to return to his kingdom.
Mais il savait que le retour nécessiterait une certaine planification.
But he knew the return would require some planning.
L'occasion se présenterait avec beaucoup de faste.
The occasion would come with a lot of pomp.
Il y aurait de nombreuses cérémonies.
There were going to be many ceremonies.
Parce qu'il y avait beaucoup de choses à célébrer.
Because there was a lot to be celebrated.
D'abord, l'ami du prince allait partir.
First the prince's friend was going to go.
Et puis il allait revenir avec les serviteurs.
And then he was going to return with the attendants.
Des chevaux et des éléphants pour l'heureux couple.
Horses, and elephants for the happy pair.
Le prince accompagnait son ami.
The prince accompanied his friend.
Ensemble, ils remontèrent à la surface.
Together they went back to the surface.
Et ils virent à nouveau le monde supérieur.
And they saw the upper world again.
Les deux amis se disent au revoir.
The two friends bid each other adieu.
Le prince est retourné auprès de sa charmante épouse.
The prince returned to his lovely wife.
Avant de partir, tout avait été organisé.
Before leaving everything had been organized.

L'ami du prince a organisé son retour.
The prince's friend arranged his return.
Il a dit quand il allait aller au quai.
He said when he was going to go the embankment.
Il allait avoir les chevaux dont ils avaient besoin.
He was going to have the horses that they needed.
Il y aurait également des éléphants et des accompagnateurs.
Elephants were going to be there too, and attendants.
Ils allaient servir le prince et la princesse.
They were going to wait upon the prince and princess.
Le serpent-bijou leur a donné le droit de le faire.
The snake-jewel gave them the rights to this.
L'ami du prince est retourné dans son pays.
The prince's friend went back to his country.
Pour préparer le retour de son ami.
To prepare for the return of his friend.

Un jour, le prince dormait.
One day the prince was sleeping.
Il venait de prendre son repas de midi.
He had just had his midday meal.
La princesse n'avait jamais vu les régions supérieures.
The princess had never seen the upper regions.
Elle ressentait le désir de voir le monde supérieur.
She felt the desire to see the upper world.
Pour cela, elle avait besoin du bijou serpent.
For this she needed the snake-jewel.
Seul cela pouvait l'aider à traverser l'eau.
Only this could help her through the water.
Le bijou brillait de sa lumière vive dans la pièce.
The jewel was shining its bright light in the room.
Elle prit le bijou serpent dans sa main.
She took the snake-jewel into her hand.
Et puis elle quitta le palais et le jardin.
And then she left the palace and the garden.
Elle a réussi à nager jusqu'au monde supérieur.
She successfully swam to the upper world.

Aucun mortel ne l'avait aperçue.
No mortal had caught sight of her.
Au bord de l'eau se trouvaient quelques marches.
At the edge of the water were some steps.
Les marches étaient destinées à la commodité des baigneurs.
The steps were for the convenience of bathers.
Et c'est aussi là qu'elle était assise.
And this is also where she sat.
Elle a frotté son corps avec le sable.
She scrubbed her body with the sand.
Elle s'est lavé les cheveux avec de l'eau fraîche.
She washed her hair with the fresh water.
Et elle jouait avec l'eau pour s'amuser.
And she played with the water for fun.
Elle se promenait au bord de l'eau.
She walked about on the water's edge.
Et elle admirait tout le paysage qui l'entourait.
And she admired all the scenery around.
Mais finalement elle retourna à son palais.
But finally she returned back to her palace.
Son mari dormait encore profondément.
Her husband was still deep in sleep.
Mais finalement, il avait suffisamment dormi.
But eventually he had slept enough.
Elle ne lui a pas raconté ses aventures.
She did not tell him about her adventures.
Le lendemain, son mari s'est rendormi.
The next day her husband fell asleep again.
Et de nouveau elle rendit visite au monde supérieur.
And again she paid a visit the upper world.
Et elle resta inaperçue aux yeux des mortels.
And she remained unnoticed by mortal man.
Son succès commençait à lui donner du courage.
Her success was starting to give her courage.
Elle répéta donc son aventure une troisième fois.
So she repeated her adventure a third time.
Le fils du rajah était à la chasse ce jour-là.

The rajah's son was out hunting that day.
Il avait sa tente non loin de l'eau.
He had his tent not far from the water.
Ses serviteurs préparaient son repas.
His attendants were cooking his meal.
Alors, il erra le long de l'eau.
So, he wandered about along the water.
À proximité, une vieille femme ramassait des bâtons.
Nearby an old woman was gathering sticks.
Elle ramassait des branches d'arbres séchées.
She was collecting dried branches of trees.
Elle avait besoin de bâtons pour allumer du bois.
She needed the sticks for kindling wood.
C'est à ce moment-là que la princesse est sortie de l'eau.
This was when the princess came out the water.
Elle regarda autour d'elle et vit un homme.
She gazed around and she saw a man.
Et puis elle vit qu'il y avait aussi une femme.
And then she saw there was also a woman.
La princesse savait qu'elle ne voulait pas être vue.
The princess knew she didn't want to be seen.
Elle retourna donc à son palais.
So she went back down to her palace.
Mais le fils du rajah l'avait aperçue.
But the rajah's son had caught a glimpse of her.
Et la vieille femme qui ramassait du bois la vit aussi.
And the old woman gathering sticks saw her too.
Le fils du rajah se tenait là, regardant les eaux.
The rajah's son stood gazing on the waters.
Il n'avait jamais vu une femme aussi belle.
He had never seen such a beautiful woman.
Elle lui semblait être une deva-kanyas.
She seemed to him to be a deva-kanyas.
Il avait lu des choses sur les déesses célestes dans de vieux livres.
Heavenly goddesses he had read of in old books.
On dit qu'ils visitent le monde supérieur.

They are said to visit the upper world.
Et le monde supérieur est honoré de les avoir.
And the upper world is honored to have them.
Mais on dit que cela n'arrive que rarement.
But it is said to happen only rarely.
La façon dont les anges ne viennent que rarement.
The way that angels only visit rarely.
Il avait vu la beauté surnaturelle de la princesse.
He had seen the princess' unearthly beauty.
Elle avait fait une profonde impression sur son cœur.
She had made a deep impression on his heart.
Bien qu'il ne l'ait vue que pendant un instant.
Although he had seen her only for a moment.
Mais sa beauté distrayait son esprit.
But her beauty distracted his mind.
Il est resté là comme une statue, pendant des heures.
He stood there like a statue, for hours.
Tout ce qu'il pouvait faire était de regarder dans les eaux.
All he could do was gaze into the waters.
Dans l'espoir de revoir la jolie silhouette.
In the hope of seeing the lovely figure again.
Mais tout son temps fut gaspillé.
But all his time was spent in vain.
La princesse n'est plus apparue.
The princess did not appear again.
Le fils du rajah devint fou d'amour.
The rajah's son became mad with love.
Il n'arrêtait pas de marmonner : « Maintenant ici, maintenant disparu ! »
He kept muttering, "now here, now gone!"
Il a refusé de quitter le bord de l'eau.
He refused to leave the water's edge.
Ses assistants ont dû l'évacuer de force.
His attendants had to forcibly remove him.
Ils l'ont emmené au palais de son père.
They took him to his father's palace.
Mais il était dans un état de folie désespérée.

But he was in a state of hopeless insanity.

Il ne pouvait pas être obligé de parler à qui que ce soit.

He couldn't be made to speak to anyone.

Et il passait ses journées à sangloter abondamment.

And he spent his days sobbing heavily.

Aucun autre mot ne sortit de sa bouche.

No others words came out of his mouth.

« Maintenant ici, maintenant parti ! »

"Now here, now gone!"

« Maintenant ici, maintenant parti ! »

"Now here, now gone!"

Vous pouvez imaginer le chagrin du rajah.

You can imagine the rajah's grief.

« Qu'est-ce qui a bien pu dérangé l'esprit de mon fils ? »

"What could have deranged my son's mind?"

« Maintenant ici, maintenant parti », qu'est-ce que cela signifie ? »

"'Now here, now gone,' what does it mean?"

Il ne pouvait pas démêler le sens des mots.

He could not unravel the words' meaning.

Ses assistants ne pouvaient pas non plus déchiffrer les mots.

His attendants couldn't decipher the words either.

Les meilleurs médecins du pays ont été consultés.

The land's best physicians were consulted.

Mais leur consultation n'a eu aucun effet.

But their consultation had no effect.

Les fils d'Esculape ne purent rien faire.

The sons of æsculapius were not able to help.

Personne n'a pu déterminer la cause de cette folie.

No one could ascertain the cause of the madness.

Sans connaître la cause, il n'y avait pas de remède.

Without knowing the cause there was no cure.

Les médecins ont essayé d'interroger le prince.

The physicians tried to ask the prince.

Mais tout ce qu'il a dit, c'est : « Maintenant ici, maintenant parti ! »

But all he said was, "now here, now gone!"

Le rajah était distrait par le chagrin.
The rajah was distracted with grief.
Jour et nuit, il s'inquiétait pour son fils.
Day and night he worried for his son.
Il souhaitait que l'intelligence de son fils revienne.
He wished for his son's intellects to return.
Une proclamation a été faite dans la capitale.
A proclamation was made in the capital.
Des crieurs publics ont été envoyés dans la ville.
Town criers were sent into the city.
Et ils battent leurs tambours pour attirer l'attention.
And they beat their drums for attention.
« Le fils du rajah a perdu ses facultés mentales »
"The rajah's son has lost his mental faculties"
« Le rajah cherche un remède pour son fils »
"The rajah seeks a cure for his son"
« Une récompense est offerte pour la guérison »
"A reward is offered for the cure"
« La main de la fille du rajah »
"The hand of the rajah's daughter"
« Sa main vient avec la moitié de son royaume »
"Her hand comes with half his kingdom"
Le tambour a été battu dans toute la ville.
The drum was beaten around the city.
Mais personne ne sentait qu'il pouvait toucher le tambour.
But no one felt they could touch the drum.
Personne ne connaissait la cause de sa folie.
No one knew the cause of his madness.
Finalement, une vieille femme s'avança.
At last an old woman came forward.
Et elle s'est approchée pour toucher le tambour.
And she stepped up to touch the drum.
« Je découvrirai la cause de sa folie »
"I will discover the cause of his madness"
« Et je le guérirai de sa maladie »
"And I will cure him from his disease"
Elle avait vu ce qui était arrivé au garçon.

She had seen what happened to the boy.
Elle était au bord de l'eau ce jour-là.
She was at the water's edge that day.
C'était elle qui ramassait des bâtons.
It was her who was gathering up sticks.
Cette femme avait un fils au cerveau fêlé.
This woman had a crack-brained son.
Son fils s'appelait Phakir-Chand.
Her son was named of Phakir-Chand.
Elle fut donc appelée la mère de Phakir.
So she was called Phakir's mother.
La femme fut amenée devant le rajah.
The woman was brought before the rajah.
Et la conversation suivante a eu lieu.
And the following conversation took place.
« Tu es la femme qui a touché le tambour »
"You are the woman that touched the drum"
« Connaissez-vous la cause de la folie de mon fils ? »
"You know the cause of my son's madness?"
« Oui, ô incarnation de la justice ! »
"Yes, oh incarnation of justice!"
« Je connais la cause de la folie de votre fils »
"I know the cause of your son's madness"
« Mais je ne dirai pas la cause de sa folie »
"But I will not say the cause of his madness"
« Je vais d'abord guérir votre fils de sa folie »
"First I will cure your son of his madness"
« Comment puis-je croire que tu en sois capable ? »
"How can I believe you are able to?"
« Les meilleurs médecins du pays ont échoué »
"The best physicians of the land have failed"
« Tu n'as plus besoin de croire maintenant, mon roi »
"You need not now believe, my king"
« Attendez que j'aie effectué la guérison »
"Wait till I have performed the cure"
« Plusieurs vieilles femmes connaissent de nombreux secrets »

"Many an old woman knows many secrets"
« Les secrets que les sages ignorent »
"Secrets wise men are unacquainted with"
« Très bien, laissez-moi voir ce que vous pouvez faire »
"Very well, let me see what you can do"
« À quelle heure allez-vous effectuer la guérison ? »
"In what time will you perform the cure?"
« Il est impossible de fixer le temps »
"It is impossible to fix the time"
« Bien sûr que je vais commencer à travailler immédiatement. »
"Ff course I will begin work immediately"
« Mais j'ai besoin de l'aide de Votre Seigneurie. »
"But I need your lordship's assistance"
« De quelle aide avez-vous besoin de ma part ? »
"What help do you require from me?"
« Votre Seigneurie voudra bien commander une cabane »
"Your lordship will please order a hut"
« Faites élever la cabane sur la berge de l'eau »
"Have the hut raised on the embankment of the water"
« Là où votre fils a attrapé la maladie pour la première fois »
"Where your son first caught the disease"
« J'ai l'intention de vivre dans cette hutte pendant quelques jours. »
"I mean to live in that hut for a few days"
« Et s'il vous plaît, ordonnez à certains de vos serviteurs »
"And please order some of your servants"
«Ils doivent être présents à distance»
"They have to be in attendance at a distance"
« Dites-leur de s'éloigner d'environ cent mètres. »
"Tell them to be about a hundred yards away"
« De cette façon, je peux les appeler quand nous en avons besoin. »
"That way I can call them over when we need them"
Le roi avait écouté attentivement.
The king had listened attentively.
« Je vais ordonner que cela soit fait immédiatement »

"I will order that to be immediately done"
« Tu veux autre chose ? »
"Do you want anything else?"
« Ce sont tous les préparatifs dont j'ai besoin »
"Those are all the preparations I need"
« Mais laissez-moi vous rappeler l'accord »
"But let me remind you of the agreement"
« Tu as promis la main de ta fille »
"You promised the hand of your daughter"
« Et tu as promis la moitié de ton royaume »
"And you promised half your kingdom"
« Mais je ne peux pas épouser ta fille »
"But I can't marry your daughter"
« Parce que ta fille doit épouser un homme »
"Because your daughter has to marry a man"
« Mais j'ai aussi un fils en âge de se marier »
"But I also have a son of marriageable age"
«Permettez à mon fils d'épouser votre fille»
"Allow my son to marry your daughter"
« Accorde-lui la moitié de ton royaume »
"Allow him to have half of your kingdom"
Le roi était d'accord avec les conditions.
The king was agreed with the terms.
« Si vous trouvez un remède, il épousera ma fille »
"If you find a cure, he marries my daughter"
« Et la moitié de mon royaume sera à lui »
"And half of my kingdom shall be his"
Une cabane temporaire a été rapidement érigée.
A temporary hut was quickly erected.
La cabane a été construite sur la berge de l'eau.
The hut was built on the embankment of the water.
Et la mère de Phakir s'installa chez elle.
And Phakir's mother took up her abode.
Un avant-poste a également été érigé à une certaine distance.
An outpost was also erected at some distance.
Parce que la femme pourrait avoir besoin d'une certaine
assistance.

Because the woman might require some attendance.
Des ordres stricts ont été donnés par la mère de Phakir.
Strict orders were given by Phakir's mother.
Personne n'était autorisé à s'approcher de l'eau.
No one was allowed to go near the water.
Elle seule était autorisée à rester près de l'eau.
Only she was allowed to stay by the water.

Mais laissons la mère de Phakir au bord de l'eau.
But let us leave Phakir's mother at the water.
Hâtons-nous de descendre dans le palais souterrain.
Let us hasten down the subterranean palace.
Pour voir ce que font le prince et la princesse.
To see what the prince and the princess are doing.
La princesse voulait remonter.
The princess did want to go up again.
Mais elle savait maintenant que ce serait dangereux.
But she now knew that it would be dangerous.
Et elle avait abandonné l'idée d'une quatrième visite.
And she had given up the idea of a fourth visit.
Mais les femmes ont généralement une plus grande curiosité.
But women generally have greater curiosity.
Et la princesse ne faisait pas exception à la règle.
And the princess was no exception to the rule.
Un jour, son mari dormait.
One day her husband was asleep.
Il dormait toujours après son repas de midi.
He always slept after his noonday meal.
Elle prit le bijou serpent dans sa main.
She took the snake-jewel in her hand.
Et elle se précipita hors du palais.
And she rushed out of the palace.
Et elle monta dans le monde supérieur.
And she came up to the upper world.
Il y a eu un bouleversement dans les eaux.
There was an upheaval in the waters.

Et la mère de Phakir était en état d'alerte maximale.
And Phakir's mother was on high alert.
Elle se cachait dans la hutte.
She was hiding in the hut.
Et elle regardait à travers les fentes.
And she was looking through the chinks.
La princesse ne vit aucun être humain à proximité.
The princess saw no human being nearby.
Elle arriva donc au bord de l'eau.
So she came to the bank of the water.
La mère de Phakir s'est montrée à l'extérieur de la hutte.
Phakir's mother showed herself outside the hut.
Et elle s'adressa poliment à la princesse.
And she addressed the princess politely.
« Viens, mon enfant, reine de beauté »
"Come, my child, thou queen of beauty"
« Viens à moi et je t'aiderai à te baigner »
"Come to me, and I will help you to bathe"
Ce disant, elle s'approcha de la princesse.
So saying, she approached the princess.
La princesse vit qu'elle n'était qu'une vieille femme.
The princess saw she was just an old woman.
Elle n'opposa donc aucune résistance à son offre.
So she made no resistance to her offer.
La vieille femme lavait les cheveux de la princesse.
The old woman was washing the princess' hair.
Et elle remarqua le joyau brillant dans sa main.
And she noticed the bright jewel in her hand.
« Sortez le bijou ici jusqu'à ce que vous soyez baigné »
"Out the jewel here till you are bathed"
Le bijou était désormais entre les mains de la mère de Phakir.
Now the jewel was in the hands of Phakir's mother.
Elle a enveloppé le bijou dans un tissu.
She wrapped the jewel up in a cloth.
Et elle enroula le tissu autour de sa taille.
And she wrapped the cloth around her waist.

Maintenant, la princesse ne pouvait plus s'échapper.
Now the princess was unable to escape.
Et la mère de Phakir donna le signal.
And Phakir's mother gave the signal.
Les préposés se sont précipités vers l'eau.
The attendants rushed to the water.
Et ils emmenèrent la princesse en captivité.
And they took the princess captive.
La nouvelle parvint bientôt jusqu'à la ville.
The news soon reached the city.
« La mère de Phakir avait capturé une nymphe des eaux »
"Phakir's mother had captured a water-nymph"
Et le peuple se réjouit à la nouvelle.
And the people rejoiced at the news.
Tous sont venus voir la « fille des immortels »
All came to see the"daughter of the immortals"
Elle a été amenée au palais.
She was brought to the palace.
Et elle fut amenée au fils du rajah.
And she was brought to the rajah's son.
Le fils du rajah était encore d'un esprit affaibli.
The rajah's son was still of impaired intellect.
Mais ce nuage dans son esprit s'est vite dissipé.
But that cloud on his brain soon dissipated.
« Je t'ai trouvé ! Je t'ai trouvé ! »
"I have found you! I have found you!"
Ses yeux étaient vides et sans éclat.
His eyes had been vacant and lusterless.
Mais maintenant, ses yeux avaient le feu de l'intelligence.
But now his eyes had the fire of intelligence.
Il avait presque perdu l'usage de sa langue.
He had almost lost the use of his tongue.
**« Maintenant ici, maintenant parti ! » fut tout ce qu'il avait
pu dire.**
"Now here, now gone!" was all he had been able to say.
Mais ce sens aussi a été restauré.
But this sense too was restored.

La joie du rajah ne connaissait pas de limites.
The joy of the rajah knew no bounds.
Il y avait de grandes festivités dans la ville.
There was great festivity in the city.
Les gens ont fait l'éloge de la mère de Phakir-Chand.
The people praised Phakir-Chand's mother.
Et tout le monde s'attendait bientôt au mariage.
And everyone soon expected the marriage.
Le fils du rajah devait épouser la nymphe des eaux.
The rajah's son was to wed the water-nymph.
La princesse, cependant, avait fait une promesse.
The princess, however, had made a promise.
Elle a parlé de sa promesse à la mère de Phakir.
She told Phakir's mother of her promise.
« Je ne regarderai même pas un autre homme »
"I won't as much as look at another man"
« Mes vœux dureront un an »
"For one year my vows shall last"
« Le mariage ne peut pas avoir lieu à ce moment-là »
"The marriage cannot happen in that time"
Le fils du rajah était quelque peu déçu.
The rajah's son was somewhat disappointed.
Mais il a volontiers accepté le report.
But he readily agreed to the delay.
« Le retard renforce la douceur du plaisir »
"Delay enhances the sweetness of the pleasure"
Bien sûr, la princesse a passé son temps dans le chagrin.
Of course the princess spent her time in sorrow.
Elle passait ses jours et ses nuits à soupirer.
She spent her days and nights sighing.
Et elle se lamentait de sa curiosité vaine.
And she lamented her idle curiosity.
La curiosité qui l'a conduite vers le monde supérieur.
The curiosity that led her to the upper world.
La curiosité qui la séparait de son mari.
The curiosity that separated her from her husband.
Elle pensait à son malheureux mari.

She thought of her unfortunate husband.
Elle l'avait laissé tout seul sous les eaux.
She had left him all alone below the waters.
Et elle pleurait des larmes amères chaque jour.
And she wept bitter tears each day.
Elle aurait aimé pouvoir s'enfuir.
She wished that she could run away.
Mais cela aurait été impossible.
But that would have been impossible.
Parce qu'elle était enfermée dans des murs.
Because she was immured within walls.
Et il y avait des murs à l'intérieur des murs.
And there were walls within the walls.
Et à quoi bon sortir du palais ?
And what use was getting out the palace?
De toute façon, elle ne pouvait pas rejoindre son mari.
She couldn't get to her husband anyway.
Elle n'avait pas le bijou du serpent.
She didn't have the serpent jewel.
Les dames du palais ont essayé de la réconforter.
The ladies of the palace tried to comfort her.
Et la mère de Phakir essaya de lui changer les idées.
And Phakir's mother tried to divert her mind.
Mais leurs efforts furent vains.
But their efforts were in vain.
Elle ne prenait plaisir à rien.
She took pleasure in nothing.
Elle parlait à peine à personne.
She hardly spoke to anyone.
Elle a pleuré toute la journée.
She wept throughout the day.
Et elle pleura toute la nuit.
And she wept through the night.

L'année de son vœu touchait à sa fin.
The year of her vow was drawing to a close.
Mais elle était toujours inconsolable.

But she was still disconsolate.
Le mariage devait cependant être célébré.
The marriage, however, had to be celebrated.
Le rajah a consulté les astrologues.
The rajah consulted the astrologers.
Le jour et l'heure avaient été décidés.
The day and the hour had been decided.
Le nœud nuptial devait être noué.
The nuptial knot was to be tied.
De grands préparatifs ont été faits.
Great preparations were made.
Les confiseurs étaient occupés jour et nuit.
The confectioners were busy day and night.
Ils préparaient toutes sortes de friandises.
They prepared all sorts of sweetmeats.
Les laitiers approvisionnaient le palais en citernes de caillé.
Milkmen supplied the palace with tanks of curds.
De grandes quantités de poudre à canon ont été fabriquées.
Great quantities of gunpowder were manufactured.
Il allait y avoir un grand feu d'artifice.
There were going to be grand fireworks.
Des scènes ont été érigées partout.
Stages were erected everywhere.
Et des musiciens ont été sélectionnés pour jouer de la musique.
And musicians were selected to play music.
Toute la ville prit un air de gaieté.
All the city assumed an air of mirth.
Tout le monde attendait avec impatience les festivités.
All looked forward to the festivities.

Nous devons reporter notre attention sur le fils du ministre.
We must return out attention to the minister's son.
Il avait laissé son ami dans le palais souterrain.
He had left his friend in the subterranean palace.
Et il était parti dans son pays.
And he had gone to his country.

Il amenait des chevaux et des éléphants.
He was bringing horses and elephants.
Et il avait avec lui plusieurs serviteurs.
And he had with him many attendants.
Pour le retour du fils du roi.
For the return of the king's son.
Et pour le retour de sa charmante princesse.
And for the return of his lovely princess.
Pour que la cérémonie ait toute la pompe voulue.
So that the ceremony had due pomp.
Les préparatifs lui ont pris plusieurs mois.
The preparations took him many months.
Mais finalement tout était prêt.
But eventually all was prepared.
Et le fils du ministre commença son voyage.
And the minister's son started on his journey.
Il était accompagné d'un long train d'éléphants.
He was accompanied by a long train of elephants.
Et derrière les éléphants, il y avait des chevaux.
And behind the elephants were horses.
Et tous les chevaux avaient leurs propres serviteurs.
And all the horses had their own attendants.
Il a atteint l'eau plus tôt que prévu.
He reached the water ahead of schedule.
Il avait donc deux ou trois jours de libre.
So he had two or three days to spare.
Des tentes ont été dressées sur les pentes des manguiers.
Tents were pitched in the mango slopes.
Les hommes et le bétail avaient donc un logement.
So the men and cattle had accommodation.
Le fils du ministre gardait les yeux fixés sur l'eau.
The minister's son kept his eyes on the water.
Le soleil du jour fixé s'est couché sous l'horizon.
The sun of the appointed day sank below the horizon.
Mais il n'y avait aucun signe du prince.
But there was no sign of the prince.
La princesse n'est pas non plus remontée à la surface.

Nor did the princess come to the surface.
Il a attendu deux ou trois jours de plus.
He waited two or three days longer.
Le prince n'apparut toujours pas.
Still the prince did not make his appearance.
Qu'a-t-il pu arriver à son ami ?
What could have happened to his friend?
Et où était sa belle épouse ?
And where was his beautiful wife?
Un autre serpent les avait-il battus à mort ?
Had another serpent beaten them to death?
Peut-être le compagnon de celui qui était mort.
Possibly the mate of the one that had died.
Avaient-ils d'une manière ou d'une autre perdu le joyau du serpent ?
Had they somehow lost the serpent-jewel?
Ou peut-être avaient-ils visité le monde supérieur ?
Or had they perhaps visited the upper world?
Et avaient-ils été capturés dans le monde supérieur ?
And had they been captured in the upper world?
Telles étaient les réflexions de l'ami du prince.
Such were the reflections of the prince's friend.
L'ami du prince était accablé de chagrin.
The prince's friend was overwhelmed with grief.
Les eaux étaient assez proches de la ville.
The waters were quite close to the city.
Et souvent, on pouvait entendre le son de la musique.
And often the sound of music could be heard.
Il a demandé aux passants ce que signifiait cette musique.
He asked passers-by what that music meant.
On lui a parlé du fils du rajah.
He was told about the rajah's son.
Et on lui parla d'une merveilleuse jeune femme.
And he was told of a wonderful young lady.
Et on lui a dit qu'ils allaient se marier.
And he was told they were going to marry.
Et on lui en dit plus sur la merveilleuse dame.

And he was told more about the wonderful lady.
Elle était sortie des eaux près desquelles il attendait.
She had come out of the waters he was waiting by.
La cérémonie de mariage aura lieu dans deux jours.
The marriage ceremony was in two days.
Le fils du ministre a fait le lien.
The minister's son made the connection.
La merveilleuse jeune femme était l'épouse de son ami.
The wonderful young lady was the wife of his friend.
Il résolut donc d'aller en ville.
He resolved, therefore, to go into the city.
Et il allait découvrir tout ce qu'il pouvait.
And he was going to find out all he could.
S'il le pouvait, il sauverait la princesse.
If he could, he would rescue the princess.
Il a dit aux préposés de rentrer chez eux.
He told the attendants to go home.
Et il leur dit de prendre les éléphants.
And he told them to take the elephants.
Et il leur dit de prendre les chevaux.
And he told them to take the horses.
Et lui-même se rendit à la ville.
And he himself went to the city.
Et il s'installa dans la maison d'un brahmane.
And he took up his abode in the house of a Brahman.
Tout d'abord, il s'est reposé de son voyage.
First, he rested from his journey.
Ensuite, l'ami du prince a dîné.
Then the prince's friend had his dinner.
Et puis il parla au Brahman.
And then he spoke to the Brahman.
« Partout dans la ville, il y a des musiciens et des groupes »
"Throughout the city there are musicians and bands"
« Quelle est la cause de toutes ces célébrations ?
"What is the cause of all the celebrations?
Le Brahmane fut plutôt surpris.
The Brahman was rather surprised.

« De quelle partie du monde venez-vous ? »
"From what part of the world have you come?"
« Sous quel rocher as-tu vécu ? »
"What rock have you been living under?"
« N'as-tu pas entendu la merveilleuse nouvelle ? »
"Have you not heard the wonderful news?"
« Une jeune femme d'une beauté céleste »
"A young lady of heavenly beauty"
« Elle est sortie des eaux »
"She rose out of the waters"
« Et elle s'en va vers le fils de notre rajah »
"And she is going to the son of our rajah"
L'ami du prince voulait en savoir plus.
The prince's friend wanted to know more.
L'information pourrait être utile.
The information could be useful.
« Je n'ai pas entendu parler de cette nouvelle »
"I have not heard of this news"
« Je viens d'un pays lointain »
"I have come from a distant country"
« L'histoire ne nous est pas encore parvenue »
"The story has not reached us yet"
« Pourriez-vous s'il vous plaît me donner les détails ? »
"Will you kindly tell me the particulars?"
Le brahmane était heureux de raconter l'histoire.
The Brahman was happy to relay the story.
« Le fils du rajah est parti à la chasse »
"The rajah's son went out hunting"
« Cela devait être à peu près à la même époque l'année
dernière »
"It must have been about this time last year"
« Ils ont planté leurs tentes au bord de l'eau, dans les
banlieues »
"They pitched their tents by the waters in the suburbs"
« Un jour, le fils du rajah marchait près de l'eau. »
"One day, the rajah's son was walking near the water"
« Ce jour-là, il vit une jeune femme »

"On this day, he saw a young woman"
« Je dois mentionner qu'elle était d'une beauté peu commune »
"I have to mention she was of uncommon beauty"
« Elle était sortie des profondeurs des eaux »
"She had risen from the depth of the waters"
« Elle regarda autour d'elle pendant une minute ou deux. »
"She gazed about for a minute or two"
« Et puis la belle dame a disparu »
"And then the beautiful lady disappeared"
« Le fils du rajah, cependant, l'avait vue. »
"The rajah's son, however, had seen her"
« Il avait été frappé par sa beauté céleste »
"He had been struck by her heavenly beauty"
« Et il devint désespérément amoureux d'elle »
"And so he became desperately enamored by her"
« En effet, elle l'avait beaucoup affecté. »
"Indeed, she had affected him greatly"
« Et ses facultés mentales cédèrent la place à la passion »
"And his mental faculties gave way to passion"
« Il a été ramené chez lui comme un fou »
"He was carried home as a mad man"
« Il n'a prononcé aucun mot, sauf quelques mots »
"He spoke no words except a few"
« Maintenant ici, maintenant parti ! » fut tout ce qu'il dit.
"'now here, now gone!' was all he said"
« Le rajah a fait venir tous les meilleurs médecins »
"The rajah sent for all the best physicians"
« Ils ont essayé de ramener son fils à la raison »
"They tried to restore his son to reason"
« Mais les médecins étaient impuissants »
"But the physicians were powerless"
« Finalement, le rajah fit une proclamation »
"At last the rajah made a proclamation"
« Et il fit battre le tambour dans tout le royaume »
"And he had the drum beat around the kingdom"

« Il y avait une récompense pour quiconque guérissait son fils »

"There was a reward for anyone who cured his son"

« Ils deviendraient le gendre du rajah »

"They would become the rajah's son-in-law"

« Et ils obtiendraient la moitié du royaume »

"And they would get half the kingdom"

« Une vieille femme a répondu à l'appel du tambour »

"An old woman answered the call of the drum"

« Tout le monde la connaissait comme la mère de Phakir »

"All knew her as Phakir's mother"

« Elle a dit qu'elle pouvait guérir le fils du rajah »

"She said she could cure the rajah's son"

« Elle fit construire une cabane à l'extérieur de la ville »

"She had a hut built outside the town"

« En banlieue, au bord de l'eau »

"In the suburbs, next to the waters"

« Et dans la hutte elle a élu domicile »

"An in the hut she took her abode"

« Elle fit également ériger des cabanes à proximité. »

"She also had some huts erected close by"

« Et dans ces huttes, des serviteurs attendaient »

"And in those huts attendants waited"

« Au cas où elle aurait besoin de leur aide »

"In case she might need their help"

« Il semble que la déesse soit sortie des eaux »

"It seems the goddess rose from the waters"

« La mère de Phakir et ses serviteurs l'ont saisie. »

"Phakir's mother and the attendants seized her"

« Et ils la transportèrent dans un palki jusqu'au palais »

"And they carried her in a palki to the palace"

« Le fils du rajah vit la nymphe des eaux »

"The rajah's son saw the water-nymph"

« Et il reprit bientôt ses esprits »

"And he was soon restored to his senses"

« Ils se seraient mariés sur-le-champ »

"They would have married there and then"

« Mais la déesse de l'eau avait fait un vœu »
"But the water goddess had made a vow"
« Elle n'a pas regardé un homme pendant un an »
"She wouldn't look at a man for one year"
« L'année du vœu est désormais terminée »
"The year of the vow is now over"
« La musique vient du palais du rajah »
"The music is from the rajah's palace"
« Voici, en bref, l'histoire »
"This, in brief, is the story"
L'ami du prince pourrait reconstituer l'histoire.
The prince's friend could put the story together.
« une histoire vraiment merveilleuse ! »
"a truly wonderful story!"
« Alors, où est la mère de Phakir ? »
"So where is Phakir's mother?"
« Et où est Phakir-Chand lui-même ? »
"And where is Phakir-Chand himself?"
« A-t-il reçu la main de la fille du rajah ? »
"Has he received the hand of the rajah's daughter?"
« Et a-t-il reçu la moitié du royaume ? »
"And has he received half the kingdom?"
Le Brahman pourrait également répondre à ces questions.
The Brahman could also answer these questions.
« Non, ils ne sont pas encore mariés »
"No, they have not married yet"
« Et il n'a pas encore la moitié du royaume »
"And he doesn't yet have half the kingdom"
« Et je dois dire que c'est un garçon stupide. »
"And, I should say, he is a dimwitted lad"
« En fait, personne ne sait où est le garçon. »
"In fact, no one knows where the lad is"
« Il est loin de chez lui depuis plus d'un an »
"He has been away from home for more than a year"
« C'est sa manière d'être », a-t-il expliqué.
"That is his manner," he explained.
« Il reste longtemps absent »

"He stays away for a long time"
« Et puis soudain, il rentre à la maison »
"And then suddenly he comes home"
« Et puis soudain, il repart »
"And then suddenly he leaves again"
« Je crois que sa mère s'attend à ce qu'il vienne bientôt. »
"I believe his mother expects him to come soon"
C'était une information très utile.
This was very useful information.
« Comment est-il ? » demanda-t-il.
"What is he like?" he asked.
« Et que fait-il quand il rentre chez lui ? »
"And what does he do when he returns home?"
Le Brahman pouvait également répondre à ces questions.
These questions the Brahman could also answer.
« Eh bien, il fait à peu près ta taille. »
"Well, he is about your height"
« Bien qu'il soit un peu plus jeune que toi »
"Though he is somewhat younger than you"
« Il porte un petit morceau de tissu autour de la taille »
"He wears a small piece of cloth round his waist"
« Et il frotte son corps avec des cendres »
"And he rubs his body with ashes"
« Il porte la branche d'un arbre dans sa main »
"He carries the branch of a tree in his hand"
« Et il y a un air sur lequel il danse »
"And there is a tune to which he dances"
« Il arrive à la porte de la hutte de sa mère »
"He comes to the door of the hut of his mother"
"Et il chante 'dhoop ! dhoop ! dhoop !'"
"And he sings 'dhoop! dhoop! dhoop!'"
« Son articulation est très indistincte »
"His articulation is very indistinct"
« Viens, reste avec ta mère », dit-elle.
"'Come, stay with your mother,' she says"
« Et il donne toujours la même réponse »
"And he always gives the same answer"

« Non, je ne resterai pas », dit-il d'une voix inintelligible.

"'No, I won't remain,' he says unintelligibly"

« Tu devrais l'entendre quand il veut dire oui »

"You should hear him when he wants to say yes"

« Pour répondre par l'affirmative, il dit « hoom » »

"To answer in the affirmative he says 'hoom'"

Un flot de lumière pénétra dans l'ami du prince.

A flood of light entered the prince's friend.

Il voyait maintenant très bien comment les choses se présentaient.

He now saw very well how matters stood.

La princesse a dû prendre le bijou du serpent.

The princess must have taken the snake-jewel.

Et elle a dû quitter le palais seule.

And she must have left the palace alone.

Et elle fut capturée sans le fils du roi.

And she was captured without the king's son.

La mère de Phakir doit avoir le joyau du serpent.

Phakir's mother must have the snake-jewel.

Son ami était toujours sous l'eau.

His friend was still below the water.

Le prince n'avait aucun moyen de s'échapper.

The prince had no means of escape.

Il pouvait imaginer l'état de désolation de ses amis.

He could imagine his friends desolate state.

Et il pouvait imaginer à quel point il devait être désespéré.

And he could imagine how hopeless he must be.

L'ami du prince était rempli de chagrin.

The prince's friend was filled with grief.

Mais ce n'était pas une raison pour perdre espoir.

But that was not cause to give up hope.

Peut-être qu'il pourrait sauver son ami.

Perhaps he could rescue his friend.

« Je dois récupérer le bijou auprès de la vieille femme »

"I must get the jewel from the old woman"

« Ne puis-je pas le faire en me faisant passer pour Phakir-Chand ? »

"Can I not do it by personating Phakir-Chand?"
« Sa mère l'attend bientôt »
"His mother is expecting him soon"
« Peut-être que je peux sauver la princesse de la même manière »
"Maybe I can rescue the princess the same way"

Il a décidé de jouer le rôle de Phakir-Chand.
He resolved to act the role of Phakir-Chand.
Le matin, il quitta la maison du brahmane.
In the morning he left the Brahman's house.
Et il s'en alla aux abords de la ville.
And he went to the outskirts of the city.
Il s'est débarrassé de ses vêtements habituels.
He divested himself of his usual clothing.
Autour de sa taille, il mit un étroit morceau de tissu.
Around his waist he put a narrow piece of cloth.
Le tissu lui arrivait à peine aux genoux.
The cloth scarcely reached his knees.
Et il frotta bien son corps avec des cendres.
And he rubbed his body well with ashes.
Et finalement, il a cassé quelques brindilles d'un arbre.
And finally he broke some twigs off a tree.
Et il était donc prêt à jouer son rôle.
And thus he was ready to play his role.
Il se rendit à la porte de la hutte de la mère de Phakir.
He went to the door of the hut of Phakir's mother.
Et il a commencé l'opération en dansant.
And he commenced the operation by dancing.
Il dansait de la manière la plus violente.
He danced in a most violent manner.
Et il a chanté sur l'air de "dhoop ! dhoop ! dhoop !"
And he sung to the tune of "dhoop! dhoop! dhoop!"
La danse a attiré l'attention de la vieille femme.
The dancing attracted the notice of the old woman.
Le moment critique était arrivé.
The critical moment had come.

La vieille femme regarda vers sa porte.
The old woman looked to her door.
« Phakir-Chand, mon fils, es-tu venu ? »
"Phakir-Chand, my son, have you come?"
« Ma chérie, les dieux nous sont devenus propices »
"my darling; the gods have become propitious to us"
Son fils supposé a prononcé le monosyllabe « hoom »
Her supposed son uttered the monosyllable, "hoom"
Et il dansait plus violemment qu'avant.
And he danced more violent than before.
Et il agita la brindille dans sa main.
And he waved the twig in his hand.
« cette fois, tu ne dois pas partir »
"this time you must not go away"
« tu dois rester avec moi »
"you must remain with me"
« Non , je ne resterai pas », dit l'ami du prince.
"no, I won't remain," said the prince's friend.
« Reste avec moi », essaya encore la mère.
"remain with me," the mother tried again.
« Je te marierai à la fille du rajah »
"i'll get you married to the rajah's daughter"
« Veux- tu te marier, Phakir-Chand ? »
"will you marry, Phakir-Chand?"
Le fils du ministre a répondu : « hoom , hoom »
The minister's son replied—"hoom, hoom"
Et il dansait encore plus comme un fou.
And he danced even more like a madman.
« Veux- tu venir avec moi à la maison du rajah ? »
"will you come with me to the rajah's house?"
« Je vais vous montrer une princesse d'une beauté peu commune »
"I'll show you a princess of uncommon beauty"
« Elle est sortie des eaux »
"She rose from the waters"
« Hoom , hoom », fut la réponse qui sortit de ses lèvres.
"hoom, hoom," was the answer from his lips.

Et ses pieds frappaient violemment « dhoop ! dhoop ! »

And his feet stomped violently to"dhoop! dhoop!"

« Souhaites-tu voir un bijou, Phakir ? »

"Do you wish to see a jewel, Phakir?"

« Le joyau de la crête du serpent »

"The crest jewel of the serpent"

« Le trésor des sept rois »

"The treasure of seven kings"

« Hoom , hoom », fut la réponse.

"hoom, hoom," was the reply.

La vieille femme retourna dans la hutte.

The old woman went back into the hut.

Et elle sortit le bijou du serpent.

And she brought out the snake-jewel.

Elle a mis le bijou dans la main de son supposé fils.

She put the jewel into the hand of her supposed son.

Le fils du ministre prit le bijou serpent.

The minister's son took the snake-jewel.

Il a enveloppé le bijou dans le morceau de tissu.

He wrapped the jewel up in the piece of cloth.

Et il enroula le tissu autour de sa taille.

And he wrapped the cloth around his waist.

La mère de Phakir était ravie au-delà de toute mesure.

Phakir's mother was delighted beyond measure.

Son fils était arrivé juste au bon moment.

Her son had come at just the right time.

Elle est allée à la maison du rajah.

She went to the rajah's house.

Elle a annoncé la nouvelle de l'apparition de Phakir.

She announced the news of Phakir's appearance.

Et aussi pour montrer à Phakir la princesse.

And also in order to show Phakir the princess.

Ils ont eu accès au palais du rajah.

They were given access to the rajah's palace.

Et toutes les parties du palais leur étaient ouvertes.

And all parts of the palace were open to them.

La vieille femme avait sauvé le fils du rajah.

The old woman had saved the rajah's son.
Elle était donc la personne la plus importante du royaume.
So she was the most important person in the kingdom.
Elle a emmené son supposé fils faire le tour du palais.
She took her supposed son around the palace.
Et elle l'emmena dans la chambre de la princesse.
And she took him to the princess' room.
La mère de Phakir a présenté son fils à la princesse.
Phakir's mother introduced her son to the princess.
Vous pouvez imaginer que la princesse n'était pas très impressionnée.
You can imagine the princess was not best impressed.
Elle n'appréciait pas la compagnie d'un fou.
She did not appreciate the company of a madman.
Un fou, à moitié nu et couvert de cendres.
A madman, half naked, and covered in ash.
Et il continuait à danser de manière sauvage.
And he kept dancing in a wild manner.

Les trois avaient passé la journée ensemble.
The three had spent the day together.
Le coucher du soleil allait bientôt arriver.
It was soon going to be sunset.
La femme a demandé à son fils de l'accompagner.
The woman asked her son to come with her.
Mais le prétendu Phakir-Chand refusa d'obtempérer.
But the supposed Phakir-Chand refused to comply.
Il a dit qu'il resterait là cette nuit-là.
He said he would stay there that night.
Sa mère a essayé de le persuader de venir avec elle.
His mother tried to persuade him to come with her.
Mais il a persisté dans sa détermination.
But he persisted in his determination.
Il a dit qu'il resterait avec la princesse.
He said he would remain with the princess.
La mère de Phakir est rentrée à la maison sans lui.
Phakir's mother went home without him.

Et elle a dit aux gardes de prendre soin de son fils.
And she told the guards to look after her son.
Finalement, tout le palais se retira pour se reposer.
Eventually all the palace retired to rest.
Le supposé Phakir parla à nouveau à la princesse.
The supposed Phakir spoke to the princess again.
Mais cette fois, il parlait avec sa propre voix.
But this time he spoke in his own voice.
« Princesse ! Ne me reconnais-tu pas ? »
"Princess! do you not recognize me?"
« Je suis l'ami du prince »
"I am the prince's friend"
« Je suis l'ami de votre mari princier »
"I am the friend of your princely husband"
La princesse resta un instant stupéfaite.
The princess was astonished for a moment.
« Qui ? L'ami du prince ? »
"Who? the prince's friend?"
« Oh, le meilleur ami de mon mari »
"Oh, my husband's best friend"
« S'il vous plaît, sauvez-moi de cette terrible captivité »
"Please rescue me from this terrible captivity"
« C'est pire que la mort »
"This is worse than death"
« Tout cela est de ma faute »
"All of this is my own fault"
« Sauve-moi, s'il te plaît, toi mon meilleur ami ! »
"Rescue me, oh please, thou best of friends!"
Elle a alors fondu en larmes.
She then burst into tears.
L'ami du prince parla à nouveau.
The prince's friend spoke again.
« Ne soyez pas désolants »
"Do not be disconsolate"
« Je ferai de mon mieux pour te sauver »
"I will try my best to rescue you"
« J'essaierai de te faire sortir d'ici ce soir. »

"I will try to have you out of here tonight"
« Mais tu dois faire tout ce que je te dis. »
"But you must do whatever I tell you"
La princesse a fait confiance à l'ami du prince.
The princess trusted the prince's friend.
« Je ferai tout ce que tu me diras »
"I will do anything you tell me"
Après cela, le supposé Phakir quitta la pièce.
After this the supposed Phakir left the room.
Il traversa la cour du palais.
He passed through the courtyard of the palace.
Certains gardes l'ont défié.
Some of the guards challenged him.
« Hoom hoom ! » répondit-il.
"hoom hoom!" he replied.
« Je sors juste une minute »
"I'm just going out for a minute"
« Et puis je reviendrai »
"And then I will come back again"
Ils comprirent que c'était le fou Phakir.
They understood that it was the madcap Phakir.
Fidèle à sa parole, il revint peu de temps après.
True to his word he did come back shortly.
Et il retourna vers la princesse.
And again he went to the princess.
Une heure plus tard, il sortit à nouveau.
An hour afterwards he again went out.
Et encore une fois, il fut interpellé par les gardes.
And again he was challenged by the guards.
Il fit la même réponse que la première fois.
He made the same reply as at the first time.
Les gardes ont commencé à parler entre eux.
The guards began to talk among themselves.
« Ce Phakir n'a sûrement aucun sens. »
"This Phakir surely has no sense"
« Il sortira et rentrera toute la nuit »
"He will go out and come in all night"

« Laissons-le faire ce qu'il veut »
"Let us leave him to do what he likes"
« Ça ne sert à rien de le surveiller toute la nuit »
"There's no use guarding him all night"
Le fils du ministre avait épuisé les gardes.
The minister's son had worn down the guards.
Et il cherchait un moyen de s'échapper.
And he was looking for a way to escape.
Il est entré et sorti jusqu'à trois heures du soir.
He kept going in and out until three at night.
Cette fois, il n'y avait pas de gardes.
This time there were no guards there.
Parce que tous les gardes s'étaient endormis.
Because all the guards had fallen asleep.
Il était ravi de cette circonstance propice.
He was overjoyed at the auspicious circumstance.
Puis il retourna vers la princesse.
Then he went back to the princess.
« Maintenant, princesse, il est temps de s'échapper. »
"Now, princess, is the time for escape"
« Les gardes dorment tous »
"The guards are all asleep"
« Tu dois monter sur mon dos »
"You must mount on my back"
« Attache tes mèches de cheveux autour de mon cou »
"Tie the locks of your hair round my neck"
« Et tiens-moi bien »
"And keep tight hold of me"
La princesse a fait ce qu'on lui a demandé.
The princess did what she was asked of.
Il traversa la cour sans être interpellé.
He passed unchallenged through the courtyard.
Et il avait un joli fardeau sur le dos.
And he had a lovely burden on his back.
Finalement, il arriva à la porte du palais.
Eventually he got to the gate of the palace.
Et il a continué sans être contesté.

And he went through without being challenged.

Ils se rendirent ensuite à la périphérie de la ville.

Then they went to the outskirts of the city.

Finalement, il a atteint les banlieues extérieures.

Eventually he reached the outer suburbs.

Ils atteignirent l'eau d'où la princesse était sortie.

They reached the water from which the princess had risen.

La princesse se réjouit de son évasion.

The princess rejoiced at her escape.

Mais elle tremblait encore de peur.

But she was still trembling with fear.

L'ami du prince dénoua le bijou serpent.

The prince's friend untied the snake-jewel.

Et ensemble, ils montèrent dans l'eau.

And together they ascended into the water.

Et bientôt ils se retrouvèrent au palais souterrain.

And soon they found back to the subterranean palace.

Vous pouvez imaginer à quel point le prince était heureux.

You can imagine how happy the prince was.

Il avait failli mourir de chagrin.

He had nearly died of grief.

Et vous pouvez imaginer le bonheur de la princesse aussi.

And you can imagine the princess' happiness too.

Tous les trois étaient fous de joie.

All the three of them were mad with joy.

Ils restèrent trois jours au palais.

For three days they remained in the palace.

Et ils racontèrent toute l'histoire au prince.

And they retold the prince the whole story.

Ils ont raconté comment la princesse a été capturée.

They told of how the princess was seized.

Ils lui parlèrent de sa captivité dans le palais.

They told him of her captivity in the palace.

Ils ont décrit le mariage qui était prévu.

They described the marriage that was planned.

Ils lui ont parlé de la vieille femme.

They told him of the old woman.

Et ils lui ont tout raconté sur son Phakir-Chand.
And they told him all about her Phakir-Chand.
Ils lui ont raconté comment il s'était fait passer pour lui.
They told him how he had impersonated him.
Et ils lui ont raconté comment il avait libéré la princesse.
And they told him how he freed the princess.
Je n'ai pas besoin de vous dire à quel point ils étaient reconnaissants.
I don't need to tell you how grateful they were.
L'ami du prince était vraiment un bon ami.
The prince's friend truly was a good friend.
Ils l'ont remercié dans les termes les plus chaleureux.
They thanked him in the warmest terms.
Et ils jurèrent de toujours suivre ses conseils.
And they vowed to always follow his counsel.

Ils étaient tous résolus à rentrer chez eux.
They were all resolved to return home.
Ils voulaient retourner dans leur pays natal.
They wanted to return to their native country.
Le fils du roi, le fils du ministre et la princesse.
The king's son, the minister's son, and the princess.
Ils quittèrent ensemble le palais souterrain.
They left the subterranean palace together.
Ils ont éclairé le passage avec le bijou-serpent.
They lighted the passage with the snake-jewel.
Et ils se dirigèrent vers le monde supérieur.
And they made their way to the upper world.
Ils n'avaient ni éléphants ni chevaux qui les attendaient.
They had neither elephants nor horses waiting for them.
Ils n'avaient donc pas d'autre choix que de voyager à pied.
So they had no choice but to travel on foot.
Les deux amis avaient été élevés dans le luxe.
The two friends had been bred in the lap of luxury.
Tous deux trouvaient la marche difficile.
Both of them found walking troublesome.
Mais la princesse trouvait cela infiniment plus gênant.

But the princess found it infinitely more troublesome.

Elle était habituée à un traitement encore plus raffiné.

She was used to even finer treatment.

Les pierres de la route étaient trop rugueuses pour elle.

The stones of the road were too rough for her.

Et les pierres rugueuses blessaient ses pieds tendres.

And the rough stones wounded her tender feet.

Finalement, ses pieds sont devenus très douloureux.

Eventually her feet became very sore.

Parfois, le fils du roi la portait sur ses épaules.

At times the king's son carried her on his shoulders.

La charge qu'il portait était bien sûr charmante.

The load he was carrying was of course lovely.

Mais bien que belle, elle était lourde à porter.

But although lovely, she was heavy to carry.

Et elle ne pouvait pas être transportée sur une grande distance.

And she could not be carried a great distance.

Et donc elle aussi devait marcher souvent.

And therefore she too had to walk often.

Un soir, ils arrivèrent sous un arbre.

One evening they arrived beneath a tree.

Il n'y avait aucun signe visible d'habitation humaine.

There were no visible signs of human habitations.

Ils décidèrent donc de faire de l'arbre leur lieu de couchage.

So they decided to make the tree their sleeping place.

L'ami du prince a proposé de monter la garde.

The prince's friend offered to keep guard.

« Vous pouvez tous les deux aller dormir. »

"Both of you can go to sleep"

« Je veillerai sur vous deux cette nuit »

"I will keep watch over you both tonight"

« Afin de prévenir tout danger »

"In order to prevent any danger"

Le couple royal s'est bientôt endormi.

The royal couple soon dozed off.

Et ils étaient enfermés dans les bras du sommeil.

And they were locked in the arms of sleep.
Le fidèle ami du prince ne dormait pas.
The faithful friend of the prince did not sleep.
Il restait éveillé et guettait le danger.
He stayed awake and watched for danger.
Il se trouve qu'ils ont campé sous un arbre spécial.
It so happened they camped under a special tree.
Dans l'arbre se balançait le nid de deux oiseaux.
In the tree swung the nest of two birds.
Les oiseaux immortels Bihangama et Bihangami.
The immortal birds Bihangama and Bihangami.
Ces oiseaux étaient dotés de la parole humaine.
These birds were endowed with human speech.
Et ils pouvaient aussi voir dans le futur.
And they could also see into the future.
Le fils du ministre écoutait la conversation de l'oiseau.
The minister's son listened the bird's conversation.
Il était plus qu'un peu étonné de ce qu'il entendait !
He was more than a little astonished at what he heard!
Bihangama : « L'ami du prince a risqué sa vie »
Bihangama: "The prince's friend risked his own life"
« Il a tout fait pour la sécurité de son ami »
"He did everything for the safety of his friend"
« Mais d'autres dangers s'abattront sur le fils du roi »
"But more dangers will befall the king's son"
« Et il aura du mal à sauver le prince »
"And he will find it difficult to save the prince"
Bihangami : « Pourquoi ça ? »
Bihangami: "Why is that?"
Bihangama : « De nombreux dangers attendent le fils du roi»
Bihangama: "Many dangers await the king's son"
« Le père du prince entendra parler de l'approche de son fils»
"The prince's father will hear of his son's approach"
« Il lui enverra un éléphant et des chevaux. »
"He will send for him an elephant and some horses"
« Et il organisera des serviteurs pour le rencontrer »

"And he will arrange attendants to meet him"
« Le fils du roi montera sur l'éléphant »
"The king's son will ride the elephant"
« Mais il tombera du dos de l'éléphant »
"But he will fall from the back of the elephant"
« Et il mourra de sa chute de l'éléphant »
"And he will die from his fall from the elephant"
Bihangami : « Mais si quelqu'un empêchait cela ? »
Bihangami: "But suppose someone prevented this?"
« Supposons que le fils du roi ne monte pas sur l'éléphant »
"Suppose the king's son is not going to ride on the elephant"
« Que se passerait-il s'il montait à cheval ? »
"What might happen if he rides on a horse instead?"
« Dans ce cas, ne sera-t-il pas sauvé ? »
"Will he not in that case be saved?"
Bihangama : « Oui, dans ce cas, il échapperait à ce sort »
Bihangama: "Yes, in that case he would escape that fate"
« Mais alors un nouveau danger l'attendrait. »
"But then a fresh danger would await him"
« Quand le fils du roi est en vue du palais de son père »
"When the king's son is in sight of his father's palace"
« Lorsqu'il est en train de franchir la porte du lion »
"When he is in the act of passing through the lion-gate"
« À ce moment-là, la porte du lion tombera sur lui. »
"In that moment the lion-gate will fall upon him"
« Et les pierres l'écraseront jusqu'à ce qu'il meure »
"And the stones will crush him to death"
Bihangami : « Mais supposons que quelqu'un arrive en premier »
Bihangami: "But suppose someone gets there first"
« Supposons que quelqu'un détruise la porte du lion »
"Suppose someone destroys the lion-gate"
« Si cela arrive, le fils du roi ne pourra pas passer par la porte du lion. »
"If that happens the king's son couldn't go through the lion-gate"
« Le fils du roi ne sera-t-il pas sauvé dans ce cas ? »

"Will not the king's son in that case be saved?"
Bihangama : « Oui, dans ce cas, il échapperait à son destin »
Bihangama: "Yes, in that case he would escape his fate"
« Mais alors un nouveau danger l'attendrait. »
"But then a fresh danger would await him"
« Quand le fils du roi arrive au palais »
"When the king's son reaches the palace"
« Lorsqu'il s'assied à un festin préparé pour lui »
"When he sits at a feast prepared for him"
« On lui fera cuire une tête de poisson »
"The head of a fish will be cooked for him"
« Il mettra dans sa bouche la tête du poisson »
"He will put into his mouth the head of the fish"
« Mais la tête du poisson restera coincée dans sa gorge »
"But the head of the fish will stick in his throat"
« Et il mourra étouffé avec la tête du poisson »
"And he will choke to death on the head of the fish"
Bihangami : « Mais supposons que quelqu'un arrache le poisson »
Bihangami: "But suppose someone snatches the fish"
« Supposons que quelqu'un retire la tête du poisson de son assiette »
"Suppose someone takes the head of the fish from his plate"
« Supposons qu'il ne puisse pas mettre la tête du poisson dans sa bouche »
"Suppose he can't put the fish's head in his mouth"
« Le fils du roi ne sera-t-il pas sauvé dans ce cas ? »
"Will not the king's son in that case be saved?"
Bihangama : « Oui, dans ce cas, il échappera à son destin »
Bihangama: "Yes, in that case he will escape his fate"
« Mais un nouveau danger l'attendrait »
"But a fresh danger would await him"
« Quand le prince et la princesse se retirent après le dîner »
"When the prince and princess retire after dinner"
« Quand ils entrent dans leur chambre à coucher »
"When they go into their sleeping apartment"
« Ils dormiront ensemble au lit »

"They will lie together in bed"
« Un terrible cobra entrera dans la pièce »
"A terrible cobra will come into the room"
« Et le cobra mordra à mort le fils du roi »
"And the cobra will bite the king's son to death"
Bihangami : « Mais supposons que quelqu'un soit dans la pièce »
Bihangami: "But suppose someone was in the room"
« Supposons que cette personne attendait le serpent »
"Suppose this person was waiting for the snake"
« Et supposons que cette personne coupe le serpent en morceaux »
"And suppose that this person cuts the snake into pieces"
« Le fils du roi ne sera-t-il pas sauvé dans ce cas ? »
"Will not the king's son in that case be saved?"
Bihangama : « Oui, dans ce cas, il échappera à son destin »
Bihangama: "Yes, in that case he will escape his fate"
« Dans ce cas, la vie du fils du roi sera sauvée. »
"In that case the life of the king's son will be saved"
« Mais celui qui le sauve ne peut pas répéter ces mots »
"But he who saves him can't repeat these words"
« S'il révèle son secret, il sera transformé en marbre. »
"If he tells his secret he will be turned into marble"
Bihangami : « La statue peut-elle revenir à la vie ? »
Bihangami: "Can the statue be returned to life?"
Bihangama : « Oui, la statue de marbre peut être ramenée à la vie »
Bihangama: "Yes, the marble statue can be restored to life"
« La princesse donnera naissance à un enfant »
"The princess will give birth to a child"
«Ils doivent laver la statue avec le sang de l'enfant»
"They must wash the statue with the blood of the infant"
Les oiseaux prophétiques avaient parlé jusqu'à ce moment-là.
The prophetical birds had spoken until that point.
Mais ils furent alors interrompus par le chant des corbeaux.
But then they were interrupted by the craw of crows.

Le ciel oriental est teinté d'une teinte rougeâtre.
The eastern sky tinted in a reddish hue.
Et les voyageurs sous l'arbre s'agitèrent.
And the travelers beneath the tree bestirred themselves.
La conversation prophétique a pris fin.
The prophetic conversation came to an end.
Mais l'ami du prince avait tout entendu.
But the prince's friend had heard everything.

Le lendemain matin, ils continuèrent leur voyage.
The next morning they continued their journey.
Le prince, la princesse et l'ami du prince.
The prince, the princess, and the prince's friend.
Bientôt ils rencontrèrent le cortège du roi.
Soon they met the king's procession.
Il y avait un éléphant, un cheval et un palki.
There was an elephant, a horse, and a palki.
Et il y avait un grand nombre de participants.
And there was a large number of attendants.
Ces animaux et ces hommes avaient été envoyés par le roi.
These animals and men had been sent by the king.
Le roi a entendu dire que son fils était avec son ami.
The king heard his son was with his friend.
Et il avait entendu dire que son fils s'était marié.
And he had heard that his son had married.
Et il entendit qu'ils n'étaient pas loin de la capitale.
And he heard they were not far from the capital.
L'éléphant avait été richement caparaçonné.
The elephant had been richly caparisoned.
L'éléphant était destiné au prince.
The elephant was intended for the prince.
Le cadre du palki était en argent.
The framework of the palki was of silver.
Le palki était destiné à la princesse.
The palki was meant for the princess.
Et le cheval était pour l' ami du prince .
And the horse was for the prince's friend.

Le prince était sur le point de monter sur l'éléphant.

The prince was about to mount on the elephant.

Mais ensuite son ami lui a parlé.

But then his friend spoke to him.

« Permettez-moi de monter sur l'éléphant, s'il vous plaît »

"Allow me to ride on the elephant, please"

« Et tu pourras revenir à cheval »

"And you can ride back on horseback"

Le prince n'était pas peu surpris.

The prince was not a little surprised.

La proposition avait été faite de manière très froide.

The proposal had been made in a very cold manner.

Peut-être que son ami se sentait un peu trop privilégié.

Maybe his friend felt a little too entitled.

Et le fils du roi était légèrement agacé.

And the king's son was slightly annoyed.

Mais il se souvint de ce que son ami avait fait pour lui.

But he remembered what his friend had done for him.

Et il se souvint comment il avait sauvé la princesse.

And he remembered how he saved the princess.

Il monta donc à cheval sans protester.

So he mounted the horse without objecting.

Mais son esprit s'est quelque peu éloigné de lui.

But his mind became somewhat alienated from him.

Le cortège vers la capitale reprend sa route.

The procession towards the capital started again.

Après un certain temps, ils arrivèrent en vue du palais.

After some time they came in sight of the palace.

La porte du lion avait été joliment décorée.

The lion-gate had been gaily adorned.

Il y eut une grande réception pour le prince.

There was a grand reception for the prince.

Et la princesse était tout aussi attendue.

And the princess was equally anticipated.

Mais l'ami du prince semblait avoir une objection.

But the prince's friend seemed to have an objection.

« Je veux que la porte du lion soit brisée »

"I want the lion-gate to be broken down"
Le prince fut stupéfait par la proposition.
The prince was astounded at the proposal.
La demande était très inhabituelle.
The request was very out of the ordinary.
Et il n'avait donné aucune raison à sa demande.
And he had given no reason for his demand.
Mais il se souvenait de tout ce que son ami avait fait pour lui.
But he remembered all his friend had done for him.
Et il se souvint comment il avait sauvé la princesse.
And he remembered how he saved the princess.
Il a donc accédé au souhait de son ami.
So he complied with the wish of his friend.
Et la belle porte du lion fut démolie.
And the beautiful lion-gate was torn down.
Mais son esprit s'est encore plus éloigné de lui.
But his mind became even more estranged from him.
Le cortège entra alors dans le palais.
The procession now went into the palace.
Le roi a réservé un accueil chaleureux à son fils.
The king gave a warm reception to his son.
Il a accueilli sa belle-fille avec la même chaleur.
He welcomed his daughter-in-law equally warmly.
Et il était très heureux de voir l'ami du prince.
And he was very pleased to see the prince's friend.
L'histoire de leurs aventures a été racontée.
The story of their adventures was related.
Le roi exprima un grand étonnement face à cette histoire.
The king expressed great astonishment at the tale.
Et ses courtisans furent tout aussi impressionnés.
And his courtiers were equally impressed.
Tous ont loué le dévouement du fils du ministre.
All praised the minister's son's devotion.
Et les dames du palais louèrent la princesse.
And the ladies of the palace praised the princess.
Les connaisseurs de beauté ont fait l'éloge de la princesse.

The connoisseurs of beauty praised the princess.
Son teint était un mélange de lait et de vermillon.
Her complexion was a mixture of milk and vermilion.
Son cou ressemblait à celui d'un cygne.
Her neck was like that of a swan.
Ses yeux étaient comme ceux d'une gazelle.
Her eyes were like those of a gazelle.
Ses lèvres étaient aussi rouges que la baie de bimba.
Her lips were as red as the berry bimba.
Ses joues étaient aussi belles qu'elles pouvaient l'être.
Her cheeks were as lovely as they could be.
Et son nez était droit et haut.
And her nose was straight and high.
Ses cheveux lui arrivaient jusqu'aux chevilles.
Her hair reached down to her ankles.
Sa démarche était aussi gracieuse que celle d'un jeune éléphant.
Her walk was as graceful as that of a young elephant.
La princesse que le destin leur avait amenée.
The princess whom destiny had brought to them.
Ils étaient assis autour d'elle, voulant tout savoir.
They sat around her wanting to know everything.
Et ils lui posèrent mille questions.
And they put to her a thousand questions.
Ils lui ont posé des questions sur ses parents.
They asked her about her parents.
Ils lui ont posé des questions sur le palais souterrain.
They asked her about the subterranean palace.
Et ils lui demandèrent tout sur le serpent.
And they asked her all about the serpent.
Le serpent qui avait tué tous ses proches.
The serpent which had killed all her relatives.
Bientôt, il était temps pour les nouveaux arrivants de dîner.
Soon it was time for the new arrivals to dine.
Le dîner fut servi dans des plats en or.
The dinner was served up in dishes of gold.
Toutes sortes de délices étaient sur la table.

All sorts of delicacies were on the table.
Le plat le plus remarquable était la tête d'un poisson rohita.
The most conspicuous dish was the head of a rohita fish.
La tête du gros poisson a été placée dans une coupe en or.
The large fish's head was placed in a golden cup.
Et la coupe fut placée près de l'assiette du prince.
And the cup was placed near the prince's plate.
Tout le monde mangeait et racontait l'aventure.
All were eating and retelling the adventure.
Et soudain, l'ami du prince lui arracha la tête.
And suddenly the prince's friend snatched the head.
Il prit la tête du poisson dans l'assiette du prince.
He took the fish's head from the prince's plate.
« Laissez-moi, prince, manger la tête de ce rohita »
"Let me, prince, eat this rohita's head"
Le fils du roi était très indigné.
The king's son was quite indignant.
Mais il se souvenait de tout ce que son ami avait fait pour lui.
But he remembered all his friend had done for him.
Et il se souvint comment il avait sauvé la princesse.
And he remembered how he saved the princess.
Il n'a donc fait aucune objection à la demande.
And so he made no objection to the request.
Mais il ne pouvait cacher sa terrible rage.
But he could not hide his terrible rage.
Bien sûr, l'ami du prince l'a remarqué.
Of course the prince's friend noticed this.
Mais il n'y avait rien d'autre qu'il aurait pu faire.
But there was nothing else he could have done.
Sa conduite, aussi étrange soit-elle, était nécessaire.
His conduct, however strange, was necessary.
C'était pour la sécurité de la vie de son ami.
It was for the safety of his friend's life.
Il ne pouvait pas non plus en dire la raison à son ami.
Nor could he tell his friend the reason.
Sinon, il serait transformé en statue de marbre.

Else he would be transformed into a marble statue.

Bientôt le dîner allait être terminé.

Soon the dinner was going to be over.

L'ami du prince avait une autre demande.

The prince's friend had one more request.

Les deux amis avaient passé toutes les nuits ensemble.

The two friends had spent every night together.

Mais ce soir, il voulait rentrer chez lui.

But tonight he wanted to go to his own house.

Le prince fut également choqué par son étrange conduite.

The prince was also shocked at his strange conduct.

Mais il se souvenait de tout ce que son ami avait fait pour lui.

But he remembered all his friend had done for him.

Et il se souvint comment il avait sauvé la princesse.

And he remembered how he saved the princess.

Et il a également accepté cette demande de son ami.

And he also agreed to this request of his friend.

L'ami du prince avait cependant d'autres plans.

The prince's friend, however, had other plans.

Il n'avait pas l'intention d'aller chez lui.

He had no intentions of going to his own house.

Il était résolu à conjurer le dernier péril.

He was resolved to avert the last peril.

La dernière chose qui menacerait la vie de son ami.

The last thing to threaten the life of his friend.

En conséquence, il prit une épée dans sa main.

Accordingly, he took a sword into his hand.

Et il entra furtivement dans la salle royale.

And he stealthily entered the royal room.

La chambre du prince et de la princesse.

The room of the prince and the princess.

Il s'est retranché sous le lit.

He ensconced himself under the bedstead.

Le lit était équipé de matelas en duvet.

The bed was furnished with mattresses of down.

Les rideaux anti-moustiques étaient faits de la soie la plus riche.

The mosquito curtains were of the richest silk.

Et toute la literie était ornée d'or.

And all the bedding was laced with gold.

Bientôt, le prince et la princesse entrèrent dans la chambre.

Soon the prince and princess came into the bedroom.

Ils se sont déshabillés et sont allés se coucher.

They undressed themselves and went to bed.

Et bientôt le couple royal s'endormit.

And soon the royal couple were asleep.

À minuit, il entendit le glissement d'un serpent.

At midnight he heard the slithering of a snake.

Le bruit provenait d'un passage d'eau.

The sound was coming from a water passage.

Un serpent de taille gigantesque est entré dans la pièce.

A snake of gigantic size entered the room.

Le serpent a grimpé sur le cadre du lit.

The serpent climbed up the frame of the bed.

Le fils du ministre s'est précipité avec l'épée.

The minister's son rushed out with the sword.

Et il tua le serpent d'un seul coup.

And he killed the serpent with one blow.

Et puis il a coupé le serpent en morceaux plus petits.

And then he cut the snake into smaller pieces.

Il mit les morceaux dans le plat destiné à contenir les feuilles de bétel.

He put the pieces in the dish for holding betel-leaves.

Mais en faisant cela, il versa une goutte de sang.

But as he did this, he spilled a drop of blood.

La goutte de sang tomba sur la poitrine de la princesse.

The drop of blood fell on the breast of the princess.

Parce que les moustiquaires n'avaient pas été baissées.

Because the mosquito curtains had not been let down.

Il s'inquiétait pour la santé de la princesse.

He worried for the health of the princess.

Le sang pourrait être une sorte de poison.

The blood might be of some sort of poison.
Il décida donc de lécher le sang.
So he resolved to lick up the blood.
Mais il ne pouvait pas regarder la princesse nue.
But he could not look at the naked princess.
Cela aurait été un grand péché.
It would have been a great sin.
Il se banda donc les yeux avec un tissu sept fois plié.
So he blindfolded himself with seven-fold cloth.
Et il lécha la goutte de sang.
And he licked off the drop of blood.
Mais juste à ce moment-là, la princesse se réveilla.
But just at this time the princess awoke.
Son cri a réveillé son mari de son sommeil.
Her scream roused her husband from his sleep.
Et il ne pouvait pas croire ce qu'il voyait.
And he could not believe what he was seeing.
Le prince tomba dans une grande rage.
The prince fell into a great rage.
Et il était prêt à tuer son ami.
And he was prepared to kill his friend.
Mais il a donné à son ami une chance de parler.
But he gave his friend a chance to speak.
« S'il te plaît, mon ami, retiens ta colère. »
"Please, my friend, restrain your anger"
« J'ai fait cela uniquement pour te sauver la vie »
"I have done this only to save your life"
Le prince était plus confus qu'avant.
The prince was more confused than before.
« Je ne comprends pas ce que tu veux dire »
"I do not understand what you mean"
« Depuis que nous sommes sortis du palais souterrain »
"From the time we came out of the subterranean palace"
« Vous vous êtes comporté de manière tout à fait extraordinaire. »
"You have been behaving in a most extraordinary way"
« D'abord, tu as insisté pour monter mon éléphant »

"First, you insisted on riding my elephant"
« L'éléphant que mon père m'avait envoyé chercher »
"The elephant my father had sent for me"
« Je pensais que c'était vain de ta part de demander »
"I thought it was vain of you to ask"
« Mais je me suis souvenu de ce que tu avais fait pour moi »
"But I remembered what you had done for me"
« Et j'ai décidé de laisser passer l'affaire »
"And I decided to let the matter pass"
« Et au lieu de cela, je suis revenu à cheval »
"And instead I rode back on horseback"
« Deuxièmement, vous avez insisté pour détruire la porte du lion. »
"Secondly, you insisted on destroying the lion-gate"
« La porte aux lions que mon père avait décorée pour moi »
"The lion-gate my father had adorned for me"
« J'ai trouvé étrange que tu me demandes ça. »
"I thought it was strange of you to ask"
« Mais je me suis souvenu de ce que tu avais fait pour moi »
"But I remembered what you had done for me"
« Et j'ai décidé de laisser passer l'affaire »
"And I decided to let the matter pass"
« Et j'ai fait détruire la porte du lion »
"And I had the lion-gate destroyed"
« Troisièmement, au dîner, vous vous êtes comporté de manière très honteuse. »
"Thirdly, at dinner you behaved most shamefully"
« Tu as arraché la tête du rohita de mon assiette »
"You snatched the rohita's head from my plate"
« Et tu as insisté pour manger la tête de poisson »
"And you insisted on eating the fish head"
« Je pensais que tu te sentais trop privilégié »
"I thought you felt too entitled"
« Mais je me suis souvenu de ce que tu avais fait pour moi »
"But I remembered what you had done for me"
« J'ai donc décidé de laisser passer l'affaire. »
"So I decided to let the matter pass"

« Vous avez alors fait semblant de rentrer chez vous »
"You then pretended that you were going home"
« Et j'étais très heureux que tu rentres à la maison »
"And I was very glad you were going home"
« Parce que tu t'étais rendu très désagréable »
"Because you had made yourself very disagreeable"
« Et maintenant, tu es réellement dans ma chambre »
"And now you are actually in my bedroom"
« Tu te penches sur la poitrine nue de ma femme »
"You are bending over the naked bosom of my wife"
« Tu devais avoir un plan diabolique »
"You must have had some evil plan"
« Et maintenant tu fais semblant de me sauver la vie »
"And now you pretend you are saving my life"
« Mais je ne crois pas que tu veuilles me sauver la vie. »
"But I don't believe you want to save my life"
« Je crois que vous voulez détruire la chasteté de ma femme
»
"I believe you want to destroy my wife's chastity"
L'ami du prince savait à quoi ressemblaient les choses.
The prince's friend knew how things looked.
« Oh, ne nourrissez pas de telles pensées dans votre esprit. »
"Oh, do not harbor such thoughts in your mind"
« S'il vous plaît, ne pensez pas mal de moi »
"Please do not think badly against me"
« Les dieux savent ce que j'ai fait »
"The gods know what I have done"
« Ils savent que je l'ai fait pour te sauver la vie »
"They know I did it to save your life"
« Vous verriez le caractère raisonnable de ma conduite »
"You would see the reasonableness of my conduct"
« Mais je n'ai pas la liberté d'exposer mes raisons. »
"But I don't have liberty to state my reasons"
Le prince lui a demandé de s'expliquer.
The prince asked him to explain himself.
« Et pourquoi n'es-tu pas libre ? »
"And why are you not at liberty?"

« Qui a mis un sceau sur ta bouche ? »
"Who has put a seal upon your mouth?"
Et l'ami du prince répondit.
And the prince's friend answered.
« Le destin a scellé ma bouche »
"Destiny has put a seal upon my mouth"
« Si je te le disais, je serais transformé en marbre »
"If I told you, I would be transformed into marble"
Le prince devint de plus en plus en colère contre son ami.
The prince grew angrier with his friend.
« Tu devrais être transformé en statue de marbre ! »
"You should be transformed into a marble statue!"
« Vous devez me prendre pour un simplet »
"You must take me to be a simpleton"
« Vous ne pouvez pas vous attendre à ce que je croie à ces
absurdités »
"You can't expect me to believe this nonsense"
Le fils du ministre a fait une dernière demande.
The minister's son made one last request.
« Veux-tu donc, mon ami, que je te le dise ?
"Do you wish me then, friend, for me to tell you?
« Tu transformerais ton ami en pierre ? »
"You would make your friend turn into stone?"
Le prince voulait entendre la raison.
The prince wanted to hear the reason.
Il ne se souciait pas des conséquences.
He did not care about the consequences.
« Dis-moi, sinon tu es un homme mort »
"Tell me, or else you are a dead man"
L'ami du prince voulait laver son nom.
The prince's friend wanted to clear his name.
Il ne voulait pas que de mauvaises accusations soient
portées contre lui.
He wanted no foul accusations brought against him.
Et il a estimé qu'il était de son devoir de révéler le secret.
And he deemed it his duty to reveal the secret.
Même si cela mettait sa vie en danger.

Even if this would put his life at risk.

Il avertit à nouveau le prince de ne pas lui demander.

He again warned the prince not to ask him.

Mais le prince resta inexorable.

But the prince remained inexorable.

L'ami du prince lui révéla alors son secret.

The prince's friend then told him his secret.

« Alors que je dormais sous un grand arbre une nuit »

"While sleeping under a lofty tree one night"

« J'ai entendu une conversation entre deux oiseaux.

"I overheard a conversation between two birds.

« Les oiseaux prophétiseurs Bihangama et Bihangami »

"The prophesizing birds Bihangama and Bihangami"

« Bihangama a prédit tous les dangers de votre vie »

"Bihangama predicted all the dangers in your life"

« D'abord, l'oiseau a prédit que ton père enverrait un éléphant. »

"First the bird predicted your father would send an elephant"

« L'oiseau a dit que tu tomberais de l'éléphant »

"The bird said you would fall from the elephant"

« Et l'oiseau a dit que tu mourrais de la chute »

"And the bird said you would die from the fall"

À ce moment-là, les jambes du fils du ministre se transformèrent en pierre.

At this point the minister's son's legs turned to stone.

« Tu vois ? Mes jambes sont déjà pétrifiées. »

"See? my legs have already turned to stone"

« Continue ton histoire », dit le prince.

"Go on with your story," said the prince.

Et l'ami du prince continua l'histoire.

And the prince's friend continued the story.

« L'oiseau a dit que la porte des lions serait décorée de manière gaie. »

"The bird said the lion-gate would be gaily decorated"

« Et l'oiseau a dit que la porte du lion s'effondrerait sur toi »

"And the bird said the lion-gate would collapse on you"

« Si la porte du lion était tombée sur toi, tu serais mort »

"If the lion-gate had fallen on you, you would have died"

À ce moment-là, le torse du fils du ministre s'est transformé en pierre.

At this point the minister's son's torso turned to stone.

Mais le prince a insisté pour que le fils du ministre continue.

But the prince insisted the minister's son continues.

« Continue ton histoire », dit le prince.

"Go on with your story," said the prince.

« L'oiseau a dit qu'il y aurait une tête de poisson »

"The bird said there would be the head of a fish"

« Et l'oiseau a prédit que tu t'étoufferais avec le poisson »

"And the bird predicted you would choke on the fish"

Désormais, sa tête était la seule chose qui n'était pas en pierre.

Now his head was the only thing not of stone.

« Tu vois ? Mon corps tout entier est devenu pierre. »

"See? my whole body has turned to stone"

« Si je continue, je deviendrai un homme de pierre »

"If I continue, I will become a man of stone"

« Voulez-vous que je vous raconte la suite ? »

"Do you wish me to tell the rest"

« Continue ton histoire », dit le prince.

"Go on with your story," said the prince.

« Très bien, j'irai jusqu'au bout »

"Very well, I will go on to the end"

« Mais vous pourrez vous repentir après que je vous l'aurai dit. »

"But you may repent after I tell you"

« Et vous souhaiterez peut-être me rendre la vie »

"And you may wish to restore me to life"

« Je vais vous dire comment inverser le sort »

"I will tell you how to reverse the spell"

« Dans quelques mois, la princesse aura un enfant »

"In a few months the princess will bear a child"

« Attendre la naissance de l'enfant »

"Wait for the birth of the child"

« Enduisez ma statue du sang de l'enfant »

"Besmear my statue with the infant's blood"

« Ce n'est qu'alors que je serai ramené à la vie »

"Only then will I be restored back to life"

Le dernier mot quitta ses lèvres et il se transforma en pierre.

The last word left his lips, and he turned to stone.

La princesse a sauté du lit.

The princess jumped out of bed.

Elle ouvrit le récipient pour y mettre des feuilles de bétel et des épices.

She opened the vessel for betel-leaves and spices.

Et elle vit les morceaux d'un serpent.

And she saw the pieces of a serpent.

Le prince et la princesse étaient désormais convaincus.

The prince and the princess were now convinced.

Ils ont vu la bonne foi de leur ami disparu.

They saw the good faith of their departed friend.

Ils ont vu la bienveillance de ses actions.

They saw the benevolence of his actions.

Ils se dirigèrent vers la statue de marbre.

They went to the marble statue.

Mais la statue de leur ami était sans vie.

But the statue of their friend was lifeless.

Ils poussèrent un grand cri de lamentation.

They let out a loud cry lamentation.

Mais leurs cris n'ont servi à rien.

But their cries were to no purpose.

Parce que la statue n'était pas émue par les larmes.

Because the statue was not moved by tears.

Le prince et la princesse savaient ce qu'ils avaient à faire.

The prince and princess knew what they had to do.

Ils ont caché la figure de marbre dans un endroit sûr.

They concealed the marble figure in a safe place.

Et ils attendaient la naissance de leur enfant.

And they waited for the birth of their child.

Au fil du temps, l'heure est venue.

In process of time the hour came.

Le moment du travail de la princesse était arrivé.

The princess's travail had arrived.
La princesse a donné naissance à un beau garçon.
The princess bore a beautiful boy.
L'enfant était l'image parfaite de sa mère.
The child was the perfect image of his mother.
La beauté de leur enfant était saisissante.
The beauty of their child was striking.
Et ils étaient en admiration devant lui.
And they were in awe of him.
Ils lui auraient épargné la vie.
They would have spared his life.
Mais ils se souvenaient de leur meilleur ami.
But they remembered their best friend.
Ils se souvenaient de tout ce qu'il avait fait pour eux.
They remembered all he had done for them.
Mais maintenant, il n'était plus qu'une pierre sans vie.
But now he was a lifeless stone.
Et ils se souvinrent des vœux qu'ils avaient faits.
And they remembered the vows they had made.
Et ils coupèrent l'enfant en deux.
And they cut the child into two.
Ils ont enduit la statue du sang de l'enfant.
They besmeared the statue with the child's blood.
Et leur ami reprit vie.
And their friend became animated back to life.
Ils étaient heureux de le revoir vivant.
They were glad to see him alive again.
Mais l'ami du prince était accablé de chagrin.
But the prince's friend was overwhelmed with grief.
Parce qu'il a vu le nouveau-né dans une mare de sang.
Because he saw the new-born in a pool of blood.
Il ramassa donc le nourrisson mort.
So he picked up the dead infant.
Il a soigneusement enveloppé l'enfant dans une serviette.
He carefully wrapped the child in a towel.
Et il résolut de rendre la vie à l'enfant.
And he resolved to get the child restored to life.

Il a consulté tous les médecins du pays.
He consulted all the physicians of the country.
Ils lui ont tous dit la même chose.
They all told him the same thing.
Il est possible de trouver un remède à toute maladie.
A cure can be found for any illness.
Mais la vie a besoin de l'étincelle de la vie.
But life requires the spark of life.
Lorsque l'étincelle s'éteint, l'affaire est hors de leur juridiction.
When the spark is gone, it is beyond their jurisdiction.
Et ainsi ils ont dû continuer leur vie.
And so they had to go on with their lives.

Finalement, l'ami du prince est retourné auprès de sa femme.
Eventually the prince's friend returned to his wife.
Elle était une adoratrice dévouée de la déesse Kali.
She was a devoted worshipper of the goddess kali.
Elle était la seule à pouvoir rendre la vie.
She was the only one who could return life.
Sa femme vivait dans une ville éloignée.
His wife was living in a distant town.
Il partit donc en voyage vers la ville.
So he set out on a journey to the town.
Sa femme vivait toujours dans la maison de son père.
His wife still lived in her father's house.
Attenant à la maison se trouvait un jardin.
Adjoining the house there was a garden.
Et dans le jardin il y avait un arbre.
And in the garden there was a tree.
L'enfant avait été gardé dans cet arbre.
The child had been stored in that tree.
Sa femme était ravie de revoir son mari.
His wife was overjoyed to see her husband.
Elle ne l'avait pas vu depuis longtemps.
She had not seen him for a long time.
Mais elle fut surprise quand elle le vit.

But she was surprised when she saw him.
Son mari était très mélancolique ce jour-là.
Her husband was very melancholy that day.
Il parlait très peu à sa femme.
He spoke very little to his wife.
Et sa femme savait qu'il n'était pas lui-même.
And his wife knew that he was not himself.
Il réfléchissait à quelque chose dans son esprit.
He was brooding over something in his mind.
Elle lui demanda la raison de sa mélancolie.
She asked the reason for his melancholy.
Mais il resta silencieux et ne voulut rien lui dire.
But he kept quiet, and wouldn't tell her.
Une nuit, ils étaient couchés ensemble dans le lit.
One night they were lying together in bed.
La femme se leva et quitta le lit conjugal.
The wife got up and left the marital bed.
Elle ouvrit la porte et entra dans le jardin.
She opened the door and went into the garden.
Son mari n'avait pas réussi à bien dormir.
Her husband had not been able to sleep well.
Il se réveilla donc au mouvement de sa femme.
Therefore he awoke from the movement of his wife.
Il l'entendit partir au milieu de la nuit.
He heard her leave in the dead of the night.
Et il était déterminé à la suivre.
And he was determined to follow her.
Mais il était également déterminé à ne pas se faire remarquer.
But he was also determined not to be noticed.
Elle est allée au temple de la déesse Kali.
She went to a temple of the goddess kali.
Le temple n'était pas très loin de sa maison.
The temple was at no great distance from her house.
Elle adorait la déesse avec des fleurs.
She worshipped the goddess with flowers.
Et elle adorait la déesse avec un parfum de bois de santal.

And she worshiped the goddess with sandal-wood perfume.
« Oh mère Kali ! Aie pitié de moi »
"Oh mother kali! have mercy upon me"
« Délivre-moi de toutes mes détresses »
"Deliver me out of all my troubles"
La déesse répondit à la femme.
The goddess replied to the woman.
« Eh bien, quel autre grief avez-vous ?
"Why, what further grievance have you?
« Vous avez longtemps prié pour le retour de votre mari »
"You long prayed for the return of your husband"
« Et vos prières ont été exaucées »
"And your prayers have been answered"
« Votre mari est revenu vers vous »
"Your husband has returned to you"
« Alors, qu'est-ce qui te prend maintenant ? »
"So then, what ails thee now?"
La femme répondit à la déesse.
The woman answered the goddess.
« C'est vrai, ô mère, mon mari est venu vers moi »
"True, oh mother, my husband has come to me"
**« Mais il est venu me voir dans un état d'esprit
mélancolique»**
"But he has come to me in a melancholy mood"
« Il me parle à peine quand je lui parle »
"He hardly speaks to me when I speak to him"
« Il ne prend aucun plaisir en moi quand il est avec moi »
"He takes no delight in me when he is with me"
**« Tout ce qu'il fait, c'est rester assis mélancoliquement dans
un coin. »**
"All he does is sit melancholy in a corner"
La déesse répondit à son dévot.
The goddess replied to her devotee.
« Demandez à votre mari pourquoi il se sent mélancolique »
"Ask your husband why he feels melancholy"
« Quand il te le dira, dis-moi pourquoi. »
"When he tells you, let me know the reason"

Le fils du ministre a entendu la conversation.
The minister's son overheard the conversation.
Mais il resta inaperçu auprès de la déesse.
But he stayed unnoticed by the goddess.
Et sa femme ne l'a pas remarqué non plus.
And his wife did not notice him either.
Il s'est discrètement éloigné devant sa femme.
He quietly slunk away before his wife.
Et il retourna au lit avant elle.
And he returned back to bed before her.
Le lendemain, la femme a demandé à son mari.
The following day the wife asked her husband.
« Mon cher mari, pourquoi es-tu d'humeur mélancolique ? »
"My dear husband, why are you in a melancholy mood?"
Son mari a raconté toute l'histoire.
Her husband retold the whole story.
Il lui a parlé du serpent bijou.
He told her about the jewel serpent.
Il lui a parlé du palais souterrain.
He told her about the subterranean palace.
Il lui a parlé de la capture de la princesse.
He told her about the princess being captured.
Il lui a raconté comment il a libéré la princesse.
He told her how he freed the princess.
Et il lui a parlé de Bihangama et de Bihangami.
And he told her about Bihangama and Bihangami.
Il lui a raconté comment il s'était transformé en pierre.
He told her how he had turned to stone.
Et il lui raconta comment il était revenu à la vie.
And he told her how he was returned back to life.
Il lui raconta également le meurtre de l'enfant.
So he told her also about the killing of the child.
Cette nuit-là, sa femme quitta à nouveau le lit.
That night his wife left the bed again.
Et elle retourna au temple de la déesse Kali.
And she returned to the goddess kali's temple.
Et elle raconta à la déesse la mélancolie de son mari.

And she told the goddess of her husband's melancholy.
La déesse écoutait attentivement ce qui était dit.
The goddess listened intently to what was said.
« Amenez l'enfant ici et je lui redonnerai la vie »
"Bring the child here and I will restore it to life"
La nuit suivante, elle quitta à nouveau le lit conjugal.
The next night she left the marital bed again.
Elle est allée vers l'arbre dans le jardin.
She went to the tree in the garden.
Et elle prit l'enfant de l'arbre.
And she took the child from the tree.
Et elle emmena l'enfant à la déesse Kali.
And she took the child to the goddess kali.
Et la déesse Kali ramena l'enfant à la vie.
And the goddess kali returned the child back to life.
L'ami du prince était fou de joie.
The prince's friend was entranced with joy.
Il a ramassé l'enfant réanimé.
He picked up the reanimated child.
Et il courut aussi vite qu'il le pouvait vers son ami.
And he ran as fast as he could to his friend.
Et il lui donna son enfant, vivant et en bonne santé.
And he gave him his child, alive and well.
Ils se réjouirent tous avec une joie extrêmement grande.
They all rejoiced with exceedingly great joy.
Et ils vécurent heureux ensemble jusqu'au jour de leur mort.
And they lived together happily till the day of their death.

Le Brahman indigné
The Indignant Brahman

Il était une fois un pauvre brahmane.
There was once a poor Brahman.
Ce pauvre brahmane avait une femme.
This poor Brahman had a wife.
Et il a également eu quatre enfants.
And he also had four children.
C'était un homme très pauvre.
He was a very poor man.
Et il n'avait aucune ressource au monde.
And he had no resources in the world.
Il vivait de la charité des autres.
He lived from the charity of others.
Pendant ses mariages, il gagnait bien sa vie.
During marriages he earned well.
Et il gagnait bien sa vie pendant les funérailles.
And he earned well during funerals.
Mais ses paroissiens ne se mariaient pas quotidiennement.
But his parishioners did not marry daily.
Et ils ne mouraient pas tous les jours non plus.
And they did not die every day either.
Il était difficile de joindre les deux bouts.
It was difficult to make the two ends meet.
Sa femme le réprimandait souvent.
His wife often rebuked him.
« Pourquoi ne peux-tu pas me soutenir ? »
"Why can you not support me?"
« Nos enfants courent nus »
"Our children run around naked"
« Et ils souffrent de la faim »
"And they suffer from hunger"
Bien que pauvre, il était un homme bon.
Though poor, he was a good man.
Et il était assidu dans ses dévotions.
And he was diligent in his devotions.

Chaque jour, il disait ses prières.
Every day he said his prayers.
Il priait à la même heure chaque jour.
He prayed at the same time each day.
Sa divinité tutélaire était la déesse Durga.
His tutelary deity was the Goddess Durga.
Elle est l'épouse de Shiva.
She is the consort of Shiva.
Elle est l'énergie créatrice de l'univers.
She is the creative energy of the universe.
Chaque jour, il écrivait le nom de Durga.
Every day he wrote the name of Durga.
Il a écrit le nom à l'encre rouge.
He wrote the name in red ink.
Au moins cent huit fois.
At least one hundred and eight times.
Il n'a ni bu ni mangé jusqu'à ce qu'il fasse cela.
He did not drink or eat till he did this.
tout au long de la journée, il prononçait des prières.
throughout the day he uttered prayers.
« Ô Durga ! Aie pitié de moi »
"O Durga! have mercy upon me"
Il priait chaque fois qu'il se sentait anxieux.
He prayed whenever he felt anxious.
Et il se sentait souvent anxieux.
And he often felt anxious.
Parce qu'il vivait dans la pauvreté.
Because he lived in poverty.
Il priait quand ses soucis étaient trop grands.
He prayed when his worries were too much.
Et il y avait beaucoup de choses qui l'inquiétaient.
And there were many things he worried about.
Il s'inquiétait pour sa femme et ses enfants.
He worried about his wife and children.
Et il s'inquiétait de les soutenir.
And he worried about supporting them.

Un jour, il était très triste.

One day he was very sad.

Ce jour-là, il est allé dans une forêt.

On this day he went to a forest.

La forêt était loin du village.

The forest was far outside the village.

Il a laissé sortir toute sa douleur.

He let out all his grief.

Et il pleura des larmes amères.

And he wept bitter tears.

" Ô Durga ! Ô Mère Bhagavati ! "

"O Durga! O Mother Bhagavati!"

« S'il vous plaît, mettez fin à ma misère ? »

"Please put an end to my misery?"

« J'aimerais être seul au monde »

"I wish I were alone in the world"

« Alors ma pauvreté ne m'inquiéterait pas »

"Then my poverty wouldn't worry me"

« Mais tu m'as donné une femme »

"But thou hast given me a wife"

« Et ma femme m'a donné des enfants »

"And my wife has given me children"

« Ô Mère, je vous en prie »

"O Mother, I beg of you"

« Donnez-moi les moyens de les soutenir »

"Give me the means to support them"

Shiva et sa femme Durga se trouvaient là par hasard.

Shiva and his wife Durga happened to be there.

Ils faisaient leur promenade matinale.

They were taking their morning walk.

La déesse Durga vit le Brahman au loin.

The Goddess Durga saw the Brahman at a distance.

« Ô Seigneur de Kailas, vois-tu ce Brahman ? »

"O Lord of Kailas, do you see that Brahman?"

« Il prend toujours mon nom sur ses lèvres »

"He is always taking my name on his lips"

« Il prie pour que je le délivre de ses ennuis »

"He prays I deliver him from his troubles"
« Ne pouvons-nous pas faire quelque chose pour le pauvre Brahmane ? »
"Can we not do something for the poor Brahman?"
« Il est accablé de nombreux soucis »
"He is oppressed with many cares"
« Et il se soucie profondément de sa famille grandissante »
"And he deeply cares for his growing family"
« Nous devrions lui rendre la vie plus confortable »
"We should make his life more comfortable"
« Parce que le pauvre n'a jamais assez à manger »
"Because the poor man never has enough to eat"
« Et sa famille n'a pas assez à manger non plus »
"And his family doesn't have enough to eat either"
« Donnons-lui un pot »
"Let us give him a pot"
« Un pot avec une réserve infinie de murukku »
"A pot with an infinite supply of murukku"
L'épouse divine avait raison.
The divine consort was right.
Le Seigneur de Kailas accepta la proposition.
The Lord of Kailas agreed to the proposal.
Sur place, il a créé un pot magique.
On the spot he created a magical pot.
Durga se rendit auprès du pauvre Brahman.
Durga went to the poor Brahman.
« Ô Brahman ! Mon fidèle dévot »
"O Brahman! My loyal devotee"
« J'ai souvent pensé à votre cas pitoyable »
"I have often thought of your pitiable case"
« Vos prières répétées ont ému ma compassion »
"Your repeated prayers have moved my compassion"
« Voici un pot pour toi »
"Here is a pot for you"
« Il faut retourner le pot »
"You must turn the pot upside down"
« Et puis il faut secouer le pot »

"And then you must shake the pot"
« Le meilleur murukku se déversera »
"The finest murukku will pour out"
« Le murukku continuera à couler pour toujours »
"The murukku will keep pouring out forever"
« Jusqu'à ce que tu remettes le pot à la verticale »
"Until you put the pot upright again"
« Vous pouvez manger autant de murukku que vous le souhaitez »
"You can eat as much murukku as you like"
« Votre femme et vos enfants n'auront plus faim »
"Your wife and children will hunger no more"
« Et tu peux vendre le murukku si tu veux »
"And you can sell the murukku if you like"
Le Brahmane était ravi au-delà de toute mesure.
The Brahman was delighted beyond measure.
Il avait reçu un trésor vraiment précieux.
He had received a truly valuable treasure.
Il fit sa plus profonde révérence à la déesse.
He made his deepest obeisance to the goddess.
Et il a exprimé sa gratitude éternelle.
And he expressed his eternal gratefulness.

Le brahmane avait commencé à marcher vers la maison.
The Brahman had started walking home.
Mais il devait d'abord tester son pot magique.
But first he had to test his magical pot.
Il voulait voir si le pot fonctionnait vraiment.
He wanted to see if the pot really worked.
Il a retourné le pot.
He turned the pot upside down.
Et il secoua le pot, comme indiqué.
And he shook the pot, as instructed.
Et voilà ! Le pot a vraiment fonctionné.
Lo and behold! The pot really did work.
Le plus beau murukku tomba au sol.
The finest murukku fell to the ground.

Il a attaché la friandise dans son drap.

He tied the sweetmeat in his sheet.

Et il continua son chemin, vers son village.

And he walked on, towards his village.

À midi, le brahmane avait faim.

By noon the Brahman had gotten hungry.

Mais il ne pouvait pas manger sans ses ablutions.

But he could not eat without his ablutions.

D'abord, il devait dire ses prières.

First, he had to say his prayers.

Il y avait une auberge sur son chemin.

There was an inn on his way.

Près de l'auberge, il y avait un réservoir d'eau.

Close to the inn there was a water tank.

Il avait donc l'intention de s'arrêter là.

So, he intended to halt there.

Afin de se baigner et de dire ses prières.

In order to bathe and say his prayers.

Après cela, il pourrait manger tout le murukku.

After this he could eat all the murukku.

Le brahmane était assis dans la boutique de l'aubergiste.

The Brahman sat at the innkeeper's shop.

Le commerçant fumait du tabac.

The shopkeeper was smoking tobacco.

Il a posé le pot près du commerçant.

He put the pot near the shopkeeper.

Et il lui a demandé de s'occuper du pot.

And he asked him to look after the pot.

« Veuillez prendre particulièrement soin de ce pot »

"Please take special care of this pot"

« Je dois me baigner et dire mes prières »

"I must bathe and say my prayers"

« S'il vous plaît, prenez soin de ce pot pour moi »

"Please look after this pot for me"

« Assurez-vous que rien n'arrive à ce pot »

"Make sure nothing happens to this pot"

Il pensait que c'était une demande étrange.

He thought it was a strange request.
Mais il a accepté de s'occuper du pot.
But he agreed to look after the pot.
Et le brahmane lui donna le pot.
And the Brahman gave him the pot.
Il a enduit son corps d'huile de moutarde.
He besmeared his body with mustard oil.
Et il alla faire ses ablutions.
And he went to do his ablutions.
L'aubergiste s'est intéressé au pot.
The innkeeper grew curious about the pot.
« Ce pot doit contenir quelque chose de précieux »
"This pot must have something valuable in it"
« Sinon, pourquoi serait-il si prudent ? »
"Why else would he be so careful?"
Sa curiosité avait été éveillée.
His curiosity had been excited.
Alors, il a ouvert le pot.
So, he opened the pot.
À sa grande surprise, le pot était vide.
To his surprise the pot was empty.
«Que peut bien vouloir dire cela?»
"What can be the meaning of this?"
« Pourquoi se soucie-t-il autant d'un pot vide ? »
"Why does he care so much for an empty pot?"
Il commença à examiner le pot plus attentivement.
He began to examine the pot more carefully.
Lors de son inspection, il a retourné le pot.
During his inspection he turned the pot upside down.
Et puis le plus beau murukku est tombé du pot.
And then the finest murukku fell out from the pot.
Et les murukku n'arrêtaient pas de tomber.
And the murukku didn't stop falling out.
L'aubergiste a appelé sa femme et ses enfants.
The innkeeper called his wife and children.
Il voulait qu'ils soient témoins de ce qui s'était passé.
He wanted them to witness what had happened.

Un coup de chance inattendu !
An unexpected stroke of good fortune!
Le pot donnait de copieuses pluies de riz sucré.
The pot gave copious showers of sugared paddy.
Il a rempli tous ses pots et ses bocaux.
He filled all his pots and jars.
Il savait qu'il devait avoir ce pot.
He knew he had to have this pot.
Alors, il a remplacé le pot par un autre.
So, he replaced the pot with another one.
Il avait un pot de la même taille et de la même couleur.
He had a pot of the same size and color.

Le brahmane avait terminé ses ablutions.
The Brahman had finished his ablutions.
Il avait accompli toutes ses dévotions.
He had performed all of his devotions.
Il est revenu au magasin avec des vêtements mouillés.
He came back to the shop in wet clothes.
Il continuait à réciter les textes sacrés des Védas.
He was still reciting holy texts of the Vedas.
Il a remis ses vêtements secs.
He put back on his dry clothes.
À l'encre rouge, il a écrit le nom de Durga.
In red ink he wrote the name of Durga.
Il a écrit son nom cent huit fois.
He wrote her name one hundred and eight times.
Après avoir fait cela, il rompit son jeûne.
After doing this he broke his fast.
Et il mangea le murukku qu'il avait dans son drap.
And he ate the murukku he had in his sheet.
Il était rafraîchi par le repas.
He was refreshed from the meal.
Il pouvait maintenant reprendre son voyage vers la maison.
Now he could resume his journey home.
Il appela donc l'aubergiste.
So he called to the innkeeper.

« S'il vous plaît, puis-je récupérer mon pot ? »
"Please could I get my pot back"
L'aubergiste lui rendit son pot.
The innkeeper gave him back his pot.
« Voilà, monsieur, voici votre pot »
"There, sir, here is your pot"
« Le pot est exactement là où tu l'avais mis »
"The pot is exactly where you had put it"
« Votre pot est exactement comme vous l'avez laissé »
"Your pot is just as you left it"
« Je me suis assuré que personne n'a touché à ton pot »
"I made sure no one has touched your pot"
Le Brahmane ne se doutait de rien.
The Brahman didn't suspect a thing.
Il a ramassé le pot.
He picked up the pot.
Et il continua son voyage de retour chez lui.
And he proceeded on his journey home.

Au cours de son voyage, il a dû réfléchir.
On his journey he had to think.
Il s'est félicité de sa bonne fortune.
He congratulated his good fortune.
« Ma femme sera très agréablement surprise ! »
"My wife will be most pleasantly surprised!"
« Les enfants vont dévorer le murukku ! »
"The children will devour the murukku!"
« Je serai bientôt riche »
"I shall soon become rich"
« Je pourrai lever la tête bien haut »
"I will be able to lift my head up high"
Les douleurs du voyage avaient été réduites.
The pains of travelling had been reduced.
Maintenant, ses problèmes étaient beaucoup plus agréables.
Now his problems were much more pleasant.
Seule l'anticipation rendait le voyage difficile.
Only anticipation made the journey difficult.

Il est finalement rentré chez lui.

He finally reached his home again.

Il a appelé sa femme et ses enfants.

He called to his wife and children.

« Regardez ce que j'ai apporté »

"Look at what I have brought"

« Ce pot est une source inépuisable de richesse ».

"This pot is an unfailing source of wealth".

« Nous n'aurons plus jamais à lutter »

"We will never have to struggle again"

« Je vais retourner le pot »

"I will turn the pot upside down"

« Et puis tu verras quelque chose.

"And then you will see something.

« Quelque chose que vous n'avez jamais vu auparavant »

"Something you've never seen before"

« Un flot des plus beaux murukku coulera »

"A stream of the finest murukku will flow"

Vous pouvez imaginer ce que pensait sa femme.

You can imagine what his wife was thinking.

« Mon mari est devenu fou », pensa-t-elle.

"My husband has gone mad," she thought.

Elle fut bientôt confirmée dans son opinion.

She was soon confirmed in her opinion.

Rien n'est tombé du pot, comme promis.

Nothing fell from the pot, as promised.

Il retournait le pot encore et encore.

He turned the pot upside down again and again.

Le Brahmane était accablé de chagrin.

The Brahman was overwhelmed with grief.

Il s'est rendu compte qu'il avait été trompé.

He realized that he had been tricked.

L'aubergiste a dû échanger le pot.

The innkeeper must have swapped the pot.

Il a dû voler le pot de Durga.

He must have stolen Durga's pot.

Et il a dû remplacer le pot par un pot normal.

And he must have replaced the pot with a normal one.
Il retourna chez l'aubergiste le lendemain.
He went back to the innkeeper the next day.
Et il l'a accusé d'avoir changé de pot.
And he accused him of having changed his pot.
Au début, l'aubergiste parut surpris.
At first the innkeeper acted surprised.
Il a ensuite fait semblant d'être en colère contre l'accusation.
Then he pretended to be angry at the accusation.
Finalement, il l'a chassé de sa boutique.
Finally, he chased him out of his shop.

Il n'avait aucun moyen de récupérer le pot.
He had no way of getting the pot back.
Le Brahman savait ce qu'il avait à faire.
The Brahman knew what he had to do.
Il alla voir à nouveau la déesse Durga.
He went to see the goddess Durga again.
Shiva et Durga l'ont honoré de leur présence.
Siva and Durga honored him with their presence.
Durga parla au pauvre Brahman.
Durga spoke to the poor Brahman.
« Alors, tu as perdu le pot que je t'ai donné »
"So, you have lost the pot I gave you"
« J'ai pitié de votre situation »
"I take pity on your situation"
« Voici un autre pot magique »
"Here is another magical pot"
« Prends ce pot et fais-en bon usage »
"Take this pot, and make good use of it"
Le Brahman était transporté de joie.
The Brahman was elated with joy.
Il s'est prosterné devant le couple divin.
He made obeisance to the divine couple.
Et il prit le pot avec lui.
And he took the pot with him.
Il devait encore voir si le pot fonctionnait.

Again he had to see if the pot worked.
Il a retourné le pot.
He turned the pot upside down.
Et il secoua le pot comme avant.
And he shook the pot as before.
Et il attendit que le murukku tombe.
And he waited for the murukku to fall out.
Mais non, horreur des horreurs !
But no, horror of horrors!
Murukku n'est pas tombé du pot.
Murukku did not fall from the pot.
Au lieu de murukku, des démons ont surgi.
Instead of murukku, demons jumped out.
Ils commencèrent à frapper le Brahman étonné.
They began to beat the astonished Brahman.
Le brahmane a reçu des coups de poing et des coups de pied.
The Brahman received punches and kicks.
Mais il a gardé sa présence d'esprit.
But he kept his presence of mind.
Il a retourné le pot dans le bon sens.
He turned the pot the right way up.
Et il recouvrit à nouveau le pot.
And he covered the pot up again.
Heureusement, sa rapidité de réflexion a fonctionné.
Fortunately his quick thinking worked.
Les démons ont disparu dès qu'il a fait cela.
The demons disappeared as soon as he did this.
Le Brahman essaya de comprendre ce que cela signifiait.
The Brahman tried to understand what this meant.
Il faut que ce soit pour punir l'aubergiste !
It must be to punish the innkeeper!
Il retourna donc chez l'aubergiste.
So he went to the innkeeper again.
Il lui a donné le nouveau pot.
He gave him the new pot.
Il le supplia de s'occuper du pot.
He begged of him to look after the pot.

Tout comme il l'avait fait auparavant.
Just like he had done before.
Il est allé faire ses ablutions et ses prières.
He went for his ablutions and prayers.
L'aubergiste était ravi.
The innkeeper was delighted.
Il avait reçu une deuxième aubaine.
He had been given a second godsend.
Il accepta de prendre le plus grand soin du pot.
He agreed to take the greatest care of the pot.
Il attendit que le Brahman s'en aille.
He waited for the Brahman to go.
Et il appela sa femme et ses enfants.
And he called his wife and children.
« Ceci est un autre pot du Brahman »
"This is another pot from the Brahman"
« Cette fois, j'espère que ce n'est pas Murukku »
"This time I hope it is not murukku"
« J'espère que ce pot est plein de sandesa »
"I hope this pot is full of sandesa"
« Venez, soyez prêts avec les paniers »
"Come, be ready with the baskets"
« Je vais retourner le pot »
"I will turn the pot upside down"
« Et puis je secouerai le pot »
"And then I will shake the pot"
Et il a fait ce qu'il avait dit qu'il ferait.
And he did what he said he would do.
Mais la pièce n'était pas remplie de nourriture.
But the room did not fill with food.
Cette fois, la pièce était remplie de démons.
This time the room filled with demons.
Les démons se sont emparés de l'aubergiste.
The demons caught hold of the innkeeper.
Et les démons ont également attrapé sa famille.
And the demons also caught his family.
Et les démons les battirent sans pitié.

And the demons beat them mercilessly.
Ils auraient complètement détruit le magasin.
They would have completely destroyed the shop.
Mais les victimes coururent vers le Brahman.
But the victims ran to the Brahman.
Le Brahman était revenu de ses ablutions.
The Brahman had returned from his ablutions.
Le Brahmane leur a fait preuve de miséricorde.
The Brahman showed mercy to them.
Et il accepta leur demande.
And he accepted their request.
Mais son aide était soumise à une condition.
But there was one condition to his help.
« Je n'aiderai que si je récupère mon pot »
"I will only help if I get my pot back"
L'aubergiste n'avait pas beaucoup de choix.
The innkeeper didn't have much choice.
Il a dû accepter les conditions du Brahman.
He had to accept the Brahman's conditions.
Le Brahmane remit le pot à la verticale.
The Brahman put the pot upright again.
Et il mit le couvercle sur le pot.
And he put the lid on the pot.
Il reprit son pot à l'aubergiste.
He took his pot back from the innkeeper.
Et il retourna dans son village.
And he returned back to his village.
Maintenant, le Brahman avait deux pots magiques.
Now the Brahman had two magical pots.
Le brahmane ferma la porte de sa maison.
The Brahman shut the door of his house.
Et il a rappelé sa famille.
And he called his family again.
Il a retourné le pot de murukku.
He turned the murukku-pot upside down.
Et il secoua le pot de murukku comme auparavant.
And he shook the murukku-pot as before.

Cette fois, le pot magique a fonctionné.
This time the magic pot worked.
Un flux incessant des meilleurs murukku.
An endless stream of the finest murukku.
La famille a dévoré la friandise.
The family devoured the sweetmeat.
Ils ont mangé à leur faim.
They ate to their hearts' content.
Toutes les casseroles et poêles étaient remplies.
All the pots and pans were filled.

Le lendemain, le brahmane devint confiseur.
The next day the Brahman became confectioner.
Il a ouvert une boutique dans sa maison.
He opened a shop in his house.
Et il a vendu le meilleur murukku.
And he sold the best murukku.
Tout le village se rendit à la maison du brahmane.
The whole village came to the Brahman's house.
Ils voulaient tous acheter le merveilleux murukku.
They all wanted to buy the wonderful murukku.
Ils n'avaient jamais vu un tel murukku de leur vie.
They had never seen such murukku in their life.
C'était le murukku le plus délicieux qu'ils aient jamais mangé.
It was the most delicious murukku they ever had.
Personne n'avait jamais fait quelque chose comme ce dessert.
No one had ever made anything like this dessert.
La réputation du murukku du Brahmane s'est répandue.
The reputation of the Brahman's murukku spread.
Bientôt, des gens de l'extérieur de la ville sont arrivés.
Soon people from outside the city came.
Des charrettes de friandises étaient vendues chaque jour.
Cartloads of the sweetmeat were sold every day.
Le Brahman dévint rapidement très riche.
The Brahman quickly became very rich.

Il a construit une grande maison en briques.
He built a large brick house.
Et il vécut comme un noble du pays.
And he lived like a nobleman of the land.
Mais un jour, sa chance a failli tourner.
Once, however, his luck almost changed.
Ses enfants avaient pris le mauvais pot.
His children had taken the wrong pot.
Un grand nombre de démons sont sortis.
A large number of demons came out.
Et ils saisirent la femme du brahmane.
And they caught hold of the Brahman's wife.
Et ils ont aussi attrapé ses enfants.
And they also caught his children.
Ils les frappaient sans pitié.
They were striking them mercilessly.
Heureusement, le brahmane est revenu dans la maison.
Fortunately the Brahman came back into the house.
Il remit le pot à sa place.
He turned the pot back to its proper position.
Il voulait éviter une catastrophe similaire.
He wanted to prevent a similar catastrophe.
Le brahmane fit donc construire une chambre privée.
So the Brahman had a private room built.
Et il mit le pot dans un endroit secret.
And he put the pot in a secret place.
Les mortels, cependant, n'ont pas la chance des dieux.
Mortals, however, do not have the luck of Gods.
La prospérité ininterrompue n'est pas leur fortune.
Uninterrupted prosperity is not their fortune.
Le pot démoniaque avait été mis de côté.
The demon-pot had been put out of the way.
Mais pourquoi un accident ne pourrait-il pas arriver au pot murukku ?
But why might accident not befall the murukku pot?
Un jour, le brahmane et sa femme étaient absents.
One day the Brahman and his wife were absent.

Les enfants ont décidé de secouer le pot.
The children decided to shake the pot.
Chacun d'eux voulait faire les honneurs.
Each of them wanted to do the honors.
Il y a donc eu une bagarre pour obtenir le pot.
So there was a fight to get the pot.
Dans la lutte, le pot est tombé par terre.
In the struggle the pot fell to the ground.
Comme tout autre pot en terre, il s'est cassé.
Like any other earthen pot, it broke.
Finalement, le Braham est revenu à la maison.
Eventually the Braham came back home again.
Vous pouvez imaginer à quel point la nouvelle l'a attristé.
You can imagine how the news grieved him.
Bien sûr, les enfants ont été bien choyés.
Of course the children were well cudgeled.
Mais la colère ne pouvait pas remplacer le pot.
But anger could not replace the pot.
Après quelques jours, il retourna dans la forêt.
After some days he went to the forest again.
Il a offert de nombreuses prières pour obtenir la faveur de Durga.
He offered many a prayer for Durga's favor.
Finalement, Shiva et Durga lui apparurent.
At last Siva and Durga appeared to him.
Ils ont écouté comment le pot avait été cassé.
They listened to how the pot had been broken.
Durga décida de lui donner un autre pot.
Durga decided to give him another pot.
Mais ce pot était accompagné d'une mise en garde.
But this pot was accompanied with a caution.
« Brahman, prends soin de ce pot »
"Brahman, take care of this pot"
« Ne cassez plus et ne perdez plus ce pot »
"Do not break or lose this pot again"
« La prochaine fois, je ne te donnerai pas un autre pot. »
"Next time I will not give you another pot"

Le Brahmane rendit hommage aux Dieux.
The Brahman made obeisance to the Gods.
Et il est retourné directement chez lui.
And he went straight back to his house.
Cette fois, il ne s'arrêta pas chez l' aubergiste .
This time he did not halt at the innkeepers'.
Il a fermé la porte de sa maison.
He shut the door of his house.
Il a appelé sa famille à lui.
He called his family to him.
Et il retourna le pot.
And he turned the pot upside down.
Et puis il a commencé à secouer le pot.
And then he began to shake the pot.
Ils s'attendaient seulement à du murukku.
They were only expecting murukku.
Mais cette fois, ce n'était pas du murukku.
But this time it was not murukku.
Un flot de belle sandesa s'est déversé.
A stream of beautiful sandesa poured out.
C'était le meilleur sandesa que vous puissiez imaginer.
It was the finest sandesa you can imagine.
C'était vraiment la nourriture des dieux.
It truly was the food of Gods.
Le brahmane a ouvert une autre boutique.
The Brahman set up another shop.
Maintenant, il vendait du sandesa.
Now he was selling sandesa.
La renommée de sa boutique attira bientôt de grandes foules.
The fame of his shop soon drew large crowds.
Les gens sont venus de tout le pays.
People came from all over the country.
À toutes les fêtes et à tous les repas de mariage.
At all festivals and marriage feasts.
Et à toutes les célébrations funéraires de la région.
And at all funeral celebrations in the area.

Personne n'a acheté d'autre Sandesa.
No one bought any other sandesa.
Toute la journée, le pot produisait du sandesa.
All day long the pot produced sandesa.
Des pots gigantesques étaient remplis de bonbons.
Gigantic jars were filled with sweet.
Et les pots ont été envoyés dans tout le pays.
And the jars were sent all over the country.

La richesse du Brahmane rendit les Zemindar jaloux.
The Brahman's wealth made the Zemindar jealous.
À cette époque, tous les villages avaient un Zemindar.
In these days all villages had a Zemindar.
Il avait entendu des choses étranges à propos du sandesa.
He had heard strange things about the sandesa.
Il a entendu dire que le dessert venait d'un pot magique.
He heard the dessert came from a magic pot.
Il a donc élaboré un plan pour obtenir ce pot.
So he devised a plan to get this pot.
Son fils allait se marier.
His son was going to get married.
Pour fêter cela, il y eut un grand festin.
To celebrate there was a great feast.
Plusieurs centaines de personnes ont été invitées.
Many hundreds of people were invited.
Des montagnes de sandesa étaient nécessaires.
Mountain-loads of sandesa were required.
Le Zemindar fit une proposition au Brahman.
The Zemindar made a proposal to the Brahman.
« Apporte le pot magique chez moi »
"Bring the magical pot to my house"
Au début, le brahmane refusa d'apporter le pot.
At first the Brahman refused to bring the pot.
Mais le Zemindar a insisté.
But the Zemindar insisted.
« J'aurai des centaines d'invités »
"I will have hundreds of guests"

« J'aurai besoin de montagnes de sandesa »
"I will need mountains of sandesa"
« Plus de sandesa que tu ne peux en porter »
"More sandesa than you can carry"
« Apportez le navire chez moi »
"Bring the vessel to my house"
« Ce sera plus facile pour toi et moi »
"It will be easier for you and me"
Finalement, le brahmane accepta.
Eventually the Brahman agreed.
Les Himalayas de Sandesa ont été secoués.
Himalayas of sandesa were shaken out.
Mais les Zemindar ont mis la main sur le pot.
But the Zemindar got hold of the pot.
Le Zemindar a insulté le Brahman.
The Zemindar insulted the Brahman.
Et il le chassa de sa maison.
And he chased him out of his house.
Le Brahmane n'a pas laissé libre cours à sa colère.
The Brahman didn't give vent to anger.
Au lieu de cela, il est retourné tranquillement chez lui.
Instead, he quietly went back to his house.
Il est allé dans la salle privée.
He went to the private room.
Et il sortit le pot du démon.
And he took out the demon-pot.
Il est revenu à la maison des Zemindar.
He came back to the Zemindar's house.
Et il se rendit à la porte du Zemindar.
And he went to the door of the Zemindar.
Il a retourné le pot.
He turned the pot upside down.
Et puis j'ai secoué le pot magique.
And then shook the magical pot.
Une centaine de démons sont tombés du pot.
A hundred demons fell out of the pot.
Le chaos était impossible à décrire.

The chaos was impossible to describe.
Les visiteurs surnaturels ont inondé la fête.
The unearthly visitors flooded the party.
Ils ont attrapé des centaines d'invités.
They caught hundreds of the guests.
Et les démons les battirent sans pitié.
And the demons beat them mercilessly.
Les femmes ont été traînées par les cheveux.
The women were dragged by their hair.
Le Zemindar a été poursuivi de pièce en pièce.
The Zemindar was chased from room to room.
Les méfaits des démons devenaient incontrôlables.
The demons' mischief was getting out of hand.
Quelqu'un devait mettre un terme à leurs méfaits.
Someone had to put an end to their mischief.
Sinon, tous les hommes auraient été tués.
Else all the men would have been killed.
Et la maison aurait été rasée.
And the house would have been torn to the ground.
Le Zemindar tomba aux pieds du Brahman.
The Zemindar fell at the feet of the Brahman.
Et il a demandé qu'on lui fasse miséricorde.
And he begged to be shown mercy.
Le Brahmane lui montra une grande miséricorde.
The Brahman showed him great mercy.
Et il a remis les démons dans le pot.
And he put the demons back in the pot.
Le Zemindar n'a plus jamais dérangé le Brahman.
The Zemindar never disturbed the Brahman again.
Il n'a pas non plus été dérangé par qui que ce soit d'autre.
Nor was he disturbed by anyone else.
Et il vécut de nombreuses années heureuses.
And he lived for many happy years.

L'histoire des Rakshasas
The Story of the Rakshasas

Il était une fois un pauvre brahmane stupide.
There was once a poor dimwitted Brahman.
Cet homme stupide avait une femme, mais pas d'enfants.
This dimwitted man had a wife, but no children.
Mais le fait qu'il n'ait pas eu d'enfants était probablement pour le mieux.
But him not having children was probably for the best.
Parce qu'il était à peine capable de subvenir à ses propres besoins.
Because he was barely able to meet his own needs.
Et il pouvait à peine subvenir aux besoins de sa femme.
And he could hardly supply enough for his wife.
Mais sa stupidité n'était même pas son plus gros problème.
But his dimwittedness was not even his biggest problem.
Cet homme stupide était aussi un homme plutôt paresseux !
This dimwitted man was also a rather lazy man!
Il était réticent à faire de longs voyages.
He was averse to making any long journeys.
S'il avait voyagé plus loin, il en aurait peut-être eu assez.
Had he travelled further he might have had enough.
Il aurait pu recevoir des cadeaux de la part d'hommes riches.
He could have got presents from rich men.
Cela leur aurait permis de vivre confortablement.
This would have enabled them to live comfortably.
Il y avait un grand roi dans un pays voisin.
There was a great king in a neighbouring country.
La mère du grand roi venait de mourir.
The mother of the great king had just died.
Ce roi célébrait donc les obsèques.
So this king was celebrating the funeral obsequies.
Et les funérailles furent célébrées en grande pompe.
And the funeral was celebrated with great pomp.
Des brahmanes et des mendiants venaient de pays lointains.
Brahmans and beggars were coming from faraway lands.

Ils sont tous venus dans l'espoir de recevoir de riches cadeaux.

They all came expecting to receive rich presents.

La femme du brahmane lui demanda également d'y aller.

The Brahman's wife requested him to also go.

« Saisissez cette opportunité et obtenez-nous un peu d'argent »

"Seize this opportunity and get us a little money"

Mais son indolence constitutionnelle l'en empêchait.

But his constitutional indolence stood in the way.

Mais la femme ne laissa aucun répit à son mari.

The woman, however, gave her husband no rest.

Finalement, elle lui a extorqué la promesse.

Finally she extorted from him the promise.

Il a promis à sa femme qu'il partirait.

He promised his wife that he would go.

La bonne femme coupa donc un plantain.

The good woman, accordingly, cut down a plantain tree.

Et elle a brûlé le plantain en cendres.

And she burnt the plantain tree to ashes.

Avec les cendres, elle nettoya les vêtements de son mari.

With the ashes she cleaned the clothes of her husband.

Et elle rendit ses vêtements aussi blancs que n'importe quel nettoyeur le pouvait.

And she made his clothes as white as any cleaner could.

Son mari se rendait au palais d'un grand roi.

Her husband was going to the palace of a great king.

Le roi ne pouvait pas être approché par des hommes en haillons.

The king could not be approached by men in rags.

De plus, les Brahmanes sont tenus d'apparaître soignés et propres.

Besides, Brahman are bound to appear neat and clean.

Enfin, un matin, le brahmane quitta sa maison.

At last, one morning the Brahman left his house.

Et il se rendit au palais du grand roi.

And he made his way to the palace of the great king.

J'ai déjà mentionné qu'il était un homme stupide.
I have already mentioned he was a dimwitted man.
Il ne s'est pas demandé quelle route il devait prendre.
He did not inquire which road he should take.
Au lieu de cela, il marchait sans cesse sans instructions.
Instead, he walked on and on without directions.
Et il suivait partout où son nez le dirigeait.
And he followed wherever his nose pointed him.
Je n'ai pas besoin de dire qu'il n'était pas sur la bonne voie.
I don't need to say he was not on the right road.
Les régions qu'il parcourait devenaient de moins en moins habitées.
The regions he wandered became less and less inhabited.
Bientôt, il ne rencontra plus aucun être humain sur des kilomètres.
Soon he met no human being for many miles.
Mais il y avait beaucoup d'autres choses qu'il y vit.
But there were many other things he saw there.
Des choses qu'il n'avait jamais vues de toute sa vie.
Things he had never seen in all his life.
Il vit des monticules de cauris sur le bord de la route.
He saw hillocks of cowries on the roadside.
Les cauris étaient des coquillages utilisés comme monnaie à cette époque.
Cowries were shells used as money in those times.
Il continua son chemin et vit des monticules de joyaux.
He kept going and saw hillocks of jewels.
Ensuite, il vit des monticules de pièces de quatre anna.
Next, he saw hillocks of four-anna pieces.
Plus loin se trouvaient des monticules de pièces de huit anna.
Further along were hillocks of eight-anna pieces.
Et plus loin encore, il y avait des monticules de roupies.
And further yet were hillocks of rupees.
Mais la surprise du Brahman ne s'arrêta pas là.
But the Brahman's surprise did not end there.
Ensuite, il y avait une colline de mohurs dorés et brunis.

Next there was a hill of burnished gold-mohurs.

Les mohurs dorés et brunis brillaient de mille feux.

The burnished gold-mohurs were shining brightly.

Parce que les mohurs d'or venaient d'être frappés.

Because the gold-mohurs had been freshly minted.

Près de la colline des Mohurs d'or se trouvait une grande maison.

Close to the hill of gold-mohurs was a large house.

La maison ressemblait au palais d'un roi puissant.

The house looked like the palace of a powerful king.

À la porte se tenait une dame d'une beauté exquise.

At the door stood a lady of exquisite beauty.

La dame, voyant le Brahman, dit :

The lady, seeing the Brahman, said;

« Viens à moi, mon époux bien-aimé »

"Come to me, my beloved husband"

« Tu m'as épousé quand j'étais jeune »

"You married me when I was young"

« Mais tu n'es jamais revenu après notre mariage »

"But you never came back after our marriage"

« Bien que je t'attende tous les jours »

"Though I have been daily expecting you"

« Que ce jour soit béni », dit la dame.

"Blessed be this day," said the lady.

« Ce jour-là, je vois le visage de mon mari »

"On this day I see the face of my husband"

« Viens, mon chéri, entre », lui demanda-t-elle.

"Come, my sweet, come in," she asked of him.

« Vous devez être fatigué par votre long voyage »

"You must be fatigued from your long journey"

« Lavez-vous les pieds et reposez-vous, mangez et buvez »

"Wash your feet and rest, and eat and drink"

« Et après cela, nous nous réjouirons »

"And after that we shall make ourselves merry"

Le Brahman fut étonné au-delà de toute mesure.

The Brahman was astonished beyond measure.

Il n'avait aucun souvenir d'avoir été marié deux fois.

He had no recollection marrying twice.

Il se souvenait d'avoir épousé la femme qu'il avait laissée à la maison.

He remembered marrying the wife he left at home.

Mais il ne se souvenait pas d'avoir épousé cette dame.

But he did not remember marrying this lady.

Mais il se souvint qu'il était un Brahmane Kulin.

But he remembered that he was a Kulin Brahman.

Peut-être que son père l'a marié alors qu'il était enfant.

Perhaps his father got him married as a child.

Mais ce qu'il pensait n'avait pas beaucoup d'importance.

But what he thought did not matter much.

La femme était certaine qu'il était son mari.

The woman was certain he was her husband.

Et il n'avait aucune raison de dire qu'il n'était pas son mari.

And he had no reason to say he was not her husband.

Parce que sa beauté était au-delà de ce qu'il pouvait imaginer.

Because her beauty was more than he could fathom.

Aussi belle que les déesses du paradis d'Indra.

As beautiful as the Goddesses of Indra's heaven.

Et il était sûr qu'elle était riche aussi.

And he was sure that she was wealthy too.

Ces pensées traversèrent l'esprit du Brahman.

These thoughts went through the Brahman's mind.

Mais la dame interrompit le cours de ses pensées.

But the lady interrupted his flow of thought.

« Doutes-tu que je sois ta femme ? »

"Are you doubting whether I am your wife?"

« Avez-vous perdu tous les souvenirs de cet heureux événement ?

"Have you lost all memories of that happy event?

«Tout le faste et les circonstances de nos noces»

"All the pomp and circumstance of our nuptials"

«Entrez, bien-aimés, ceci est votre maison»

"Come in, beloved; this is your house"

« Car tout ce qui est à moi est aussi à toi »

"Because whatever is mine is thine also"
La belle dame persuada facilement le brahmane.
The fair lady easily persuaded the Brahman.
Et il succomba à ses prières amoureuses.
And he succumbed to her loving entreaties.
Et il entra dans la maison de la dame.
And he went into the house of the lady.
La maison n'était pas ordinaire.
The house was not an ordinary one.
La maison était en fait un magnifique palais.
The house was in fact a magnificent palace.
Tous les appartements étaient grands et élevés.
All the apartments were large and lofty.
Chaque pièce du palais était richement meublée.
Every room in the palace was richly furnished.
Mais une chose surprit beaucoup le Brahman.
But one thing surprised the Brahman very much.
Il n'y avait personne d'autre dans toute la maison.
There was no other person in all the house.
La seule personne présente était la dame elle-même.
The only one there was the lady herself.
Il ne pouvait pas expliquer cet étrange phénomène.
He could not account for the strange phenomenon.
Ils rencontrent également n'importe qui lors de leurs promenades.
They meet anyone on their walks either.
Le fait est que la dame n'était pas un être humain.
The fact was that the lady was not a human being.
En réalité, cette dame était une Rakshasi.
What the lady really was was a Rakshasi.
Elle avait mangé le roi et la reine.
She had eaten up the king and queen.
Et elle avait mangé tous les membres de la famille royale.
And she had eaten all the members of the royal family.
Et peu à peu, elle avait aussi mangé leurs serviteurs.
And gradually she had eaten their servants too.

C'est pourquoi il n'y avait pas d'humains aux quatre coins du monde.
This was why there were no humans far and wide.
Le Rakshasi et le Brahman vivaient désormais ensemble.
The Rakshasi and the Brahman now lived together.
Au bout d'une semaine, le premier dit au second :
After a week the former said to the latter;
« J'ai très hâte de voir ma sœur »
"I am very anxious to see my sister"
« Comme tu le sais, ma sœur est ton autre femme »
"As you know, my sister is your other wife"
« Tu dois aller chercher ma sœur, ton autre femme. »
"You must go and fetch my sister; your other wife"
« Alors nous vivrons tous ensemble heureux »
"Then we shall all live together happily"
« Tu dois aller la chercher tôt demain »
"You must go to get her early tomorrow"
« Je te donnerai des vêtements et des bijoux pour elle »
"I will give you clothes and jewels for her"
Le lendemain matin, le brahmane partit pour sa maison.
Next morning the Brahman set out for his home.
Il était pourvu de beaux vêtements.
He was furnished with fine clothes.
Et il portait autour de ses poignets des ornements coûteux.
And he wore around his wrists costly ornaments.

La pauvre femme était dans une grande détresse.
The poor woman was in great distress.
La cérémonie funéraire de la mère du roi était terminée.
The funeral ceremony of the king's mother was over.
Tous les brahmanes et les pandits étaient revenus.
All the Brahmans and Pandits had returned.
Et ils étaient chargés de dons.
And they were loaded with donations.
Mais son mari n'était pas revenu.
But her husband had not returned.
Personne ne pouvait donner de ses nouvelles.

No one could give any news of him.
Parce que personne ne l'avait vu là.
Because no one had seen him there.
La femme ne pouvait donc arriver qu'à une seule conclusion.
The woman therefore could only come to one conclusion.
Il a dû être assassiné sur la route par des bandits de grand chemin.
He must have been murdered on the road by highwaymen.
Elle était dans un terrible suspense.
She was in this terrible suspense.
Mais un jour, elle entendit des rumeurs.
But then one day she heard some rumors.
Les gens de son village parlaient de son mari.
People in her village were talking about her husband.
Ils ont dit qu'ils l'avaient vu revenir.
They said they saw him coming back.
Et ils disaient qu'il était vêtu de beaux vêtements.
And they said he was dressed in fine clothes.
Et ils ont dit qu'il avait de beaux bijoux pour sa femme.
And they said he had fine jewels for his wife.
Et bien sûr, le Brahman apparut bientôt.
And sure enough the Brahman soon appeared.
Et il portait de beaux bijoux pour sa femme.
And he was carrying fine jewels for his wife.
En voyant sa femme, le brahmane l'aborda ainsi ;
On seeing his wife the Brahman thus accosted her;
« Viens avec moi, ma très chère épouse »
"Come with me, my dearest wife"
« J'ai trouvé ma première femme »
"I have found my first wife"
« Elle vit dans un palais majestueux »
"She lives in a stately palace"
« Près de son palais se trouvent des monticules de roupies »
"Near her palace are hillocks of rupees"
« Et il y a une grande colline de mohurs d'or »
"And there is a large hill of gold-mohurs"
« Pourquoi devrais-tu dépérir dans la misère ? »

"Why should you pine away in wretchedness?"

« Pourquoi resterais-tu dans cet endroit horrible ? »

"Why would you stay in this horrible place?"

« Viens avec moi dans la maison de ma première femme »

"Come with me to the house of my first wife"

« Là-bas, nous vivrons tous ensemble heureux »

"There we shall all live together happily"

Au début, elle pensait que son homme à moitié fou était devenu fou.

At first, she thought her half-witted man had gone mad.

Elle ne pouvait pas imaginer les montagnes de roupies.

She could not imagine the hillocks of rupees.

Et elle ne pouvait pas imaginer une colline de mohurs d'or.

And she could not imagine a hill of gold-mohurs.

Mais ensuite elle vit comme il était joliment habillé.

But then she saw how he was beautifully dressed.

De beaux vêtements en soies et satins exquis.

Beautiful clothes of exquisite silks and satins.

Ornements sertis de diamants et de pierres précieuses.

Ornaments set with diamonds and precious stones.

Des vêtements dignes de la reine du pays.

Clothes fit for the queen of the land.

Seules les princesses avaient l'habitude de porter des vêtements.

Clothes only princesses were in the habit of putting on.

Elle conclut dans son esprit que quelque chose n'allait pas :

She concluded in her mind that something was amiss:

Son stupide mari a dû être trompé.

Her stupid husband must have been tricked.

Il a dû tomber dans les mailles d'un Rakshasi.

He must have fallen into the meshes of a Rakshasi.

Le brahmane, cependant, insista pour que sa femme l'accompagne.

The Brahman, however, insisted his wife went with him.

« N'hésitez pas à rester ici et à dépérir dans la pauvreté »

"Feel free to stay here and pine away in poverty"

« Quant à moi, je retournerai au palais de ma première femme »
"As for me, I will return to the palace of my first wife"
La bonne femme a fait de son mieux pour arrêter son mari.
The good woman did her best to stop her husband.
Mais finalement, elle a décidé de partir avec lui.
But in the end she resolved to go with him.
Peut-être pourrait-elle mieux juger la question au palais.
Perhaps she could judge the matter better at the palace.

Ils partirent donc le lendemain matin.
They set out accordingly the next morning.
Ils suivirent le même chemin que le Brahman avait parcouru.
They went the same road the Brahman had travelled.
La femme n'était pas peu surprise par ce qu'elle voyait.
The woman was not a little surprised by what she saw.
Elle vit les monticules de cauris et de bijoux.
She saw the hillocks of cowries and of jewels.
Et elle vit des monticules de pièces de huit anna.
And she saw hillocks of eight-anna pieces.
Et elle vit aussi les monticules de roupies.
And she saw the hillocks of rupees too.
Et enfin, elle vit une haute colline de mohurs dorés.
And last of all she saw a lofty hill of gold-mohurs.
Elle vit également une dame extrêmement belle.
She saw also an exceedingly beautiful lady.
La dame du palais se hâtait vers elle.
The lady of the palace was hastening towards her.
La dame tomba au cou de la femme brahmane.
The lady fell on the neck of the Brahman woman.
Et elle pleura des larmes de joie, et dit :
And she wept tears of joy, and said:
« Bienvenue, sœur bien-aimée ! »
"Welcome, beloved sister!"
« C'est le jour le plus heureux de ma vie ! »
"This is the happiest day of my life!"

« Je revois le visage de ma très chère sœur ! »
"I see the face of my dearest sister again!"
Le mari et ses deux femmes entrèrent dans le palais.
The husband and his two wives entered the palace.
Il était désormais logé dans un manoir majestueux.
Now he was lodged in a stately mansion.
La nourriture la plus délicieuse apparut, comme par enchantement.
The most delectable food appeared, as if by enchantment.
Il était caressé et chéri par ses deux épouses.
He was caressed and endeared by his two wives.
Les deux femmes ont fait de leur mieux pour le rendre heureux.
Both wives did their best to make him happy.
Les deux épouses ont fait de leur mieux pour le mettre à l'aise.
Both wives did their best to make him comfortable.
Ses deux femmes se disputaient son amour.
His two wives were competing for his love.
Le Brahmane passa un bon moment.
The Brahman had a jolly time of it.
Il était plongé dans un océan de plaisir.
He was steeped in an ocean of enjoyment.
Le Brahmane vivait dans cet état de plaisir élyséen.
The Brahman lived in this state of Elysian pleasure.
Il passa ainsi quinze ou seize ans.
Some fifteen or sixteen years he spent this way.
Durant cette période, ses deux épouses lui donnèrent deux fils.
During this time his two wives presented him with two sons.
Le fils du Rakshasi était l'aîné.
The Rakshasi's son was the elder.
Il ressemblait plus à un dieu qu'à un être humain.
He looked more like a god than a human being.
Il s'appelait Sahasra-Dal.
He was named Sahasra-Dal.
Son nom signifiait « celui aux mille branches ».

His name meant the thousand-branched.
Le fils de la femme brahmane était plus jeune d'un an.
The son of the Brahman woman was a year younger.
Il s'appelait Champa-Dal
He was named Champa-Dal
Son nom signifiait la branche d'un arbre champaka.
His name meant the branch of a champaka tree.
Les deux frères s'aimaient tendrement.
The two brothers loved each other dearly.
Ils ont tous deux été envoyés dans la même école.
They were both sent to the same school.
L'école était à plusieurs kilomètres du palais.
The school was several miles distant from the palace.
Chaque jour, ils allaient à l'école avec leurs deux petits poneys.
Every day they rode their two little ponies to school.
La femme brahmane avait toujours été méfiante.
The Brahman woman had always been suspicious.
Mille petites circonstances lui ont donné des indices.
A thousand little circumstances gave her clues.
Elle savait que sa belle-sœur n'était pas un être humain.
She knew her sister-in-law was not a human being.
Elle était sûre que sa belle-sœur était une Rakshasi.
She was sure her sister-in-law was a Rakshasi.
Mais ses soupçons ne s'étaient pas encore transformés en certitude.
But her suspicion had not yet ripened into certainty.
Parce que les Rakshasi faisaient preuve d'une grande maîtrise de soi.
Because the Rakshasi exercised great self-restraint.
Elle n'a jamais rien fait que les êtres humains ne fassent pas.
She never did anything which human beings did not do.
Mais elle ne pouvait pas cacher sa nature démoniaque pour toujours.
But she couldn't hide her demonic nature forever.
Sa nature démoniaque allait finalement se révéler.
Her demonic nature was eventually going to reveal itself.

Le brahmane avait peu de choses à faire.
The Brahman had little to keep him busy.
Pour passer le temps, il partait à la chasse.
In order to pass his time he went hunting.
Le premier jour, il est revenu avec une antilope.
The first day he returned with an antelope.
L'antilope a été déposée dans la cour du palais.
The antelope was laid in the courtyard of the palace.
Les Rakshasi virent l'antilope avec grand intérêt.
The Rakshasi saw the antelope with great interest.
À la vue de la viande crue, sa bouche commença à saliver.
At the sight of the raw meat her mouth began to water.
L'antilope n'a jamais été emmenée dans la cuisine.
The antelope was never taken to the kitchen.
Au lieu de cela, le Rakshasi emmena l'antilope dans une autre pièce.
Instead, the Rakshasi took the antelope to another room.
Dans cette pièce, elle a commencé à dévorer l'antilope.
In this room she began devouring the antelope.
La femme brahmane a tout vu depuis une pièce secrète.
The Brahman woman saw everything from a secret room.
Sa sœur Rakshasi a arraché une patte de l'antilope.
Her Rakshasi sister tore a leg off the antelope.
Elle vit comment elle ouvrit sa mâchoire énorme.
She saw how she opened her tremendous jaw.
Et en une bouchée, elle avala la jambe.
And in one mouthful she swallowed up the leg.
Les autres membres furent dévorés de la même manière.
The other limbs were devoured in the same manner.
Et ouvrant encore plus sa mâchoire, elle avala le corps.
And opening her jaw even further, she swalled the body.
Seule une petite partie de la viande était conservée pour la cuisine.
Only a little bit of the meat was kept for the kitchen.
Le deuxième jour, le brahmane attrapa une autre antilope.
On the second day the Brahman caught another antelope.

Le troisième jour, le brahmane attrapa une autre antilope.
On the third day the Brahman caught another antelope.
La Rakshasi n'a pas pu retenir son appétit.
The Rakshasi was unable to restrain her appetite.
La chair crue faisait ressortir sa nature démoniaque.
The raw flesh brought out her demonic nature.
Et elle dévora chaque antilope comme la dernière.
And she devoured each antelope like the last.
Le troisième jour, la femme brahmane exprima sa surprise.
On the third day the Brahman woman expressed her surprise.
« Près de trois antilopes entières ont disparu »
"Nearly three whole antelopes have disappeared"
« Il ne reste qu'un peu de viande »
"All that is left is a little bit of meat"
Les Rakshasi n'ont pas apprécié l'accusation.
The Rakshasi did not appreciate the accusation.
« Est-ce que je mange de la chair crue ? » demanda-t-elle férocement.
"Do I eat raw flesh?" she asked fiercely.
« Peut-être manges-tu de la chair crue », répondit la femme brahmane.
"Perhaps you do eat raw flesh," replied the Brahman woman.
« Je n'ai rien pour prouver le contraire »
"I have nothing to prove the contrary"
La Rakshasi savait qu'elle avait été découverte.
The Rakshasi knew she had been discovered.
Ses yeux devinrent encore plus féroces qu'avant.
Her eyes became even fiercer than before.
Et elle a juré de se venger.
And she vowed to get her revenge.
La femme brahmane conclut que son destin était scellé.
The Brahman woman concluded her fate was sealed.
Elle pensait que son mari subirait le même sort.
She thought her husband would meet the same fate.
Elle ne s'attendait pas non plus à ce que son fils soit épargné.
She did not expect her son to be spared either.

Cette nuit-là, elle n'a presque pas dormi.
That night she hardly slept at all.
Les Rakshasi l'avaient empêchée de voir son mari.
The Rakshasi had prevented her from seeing her husband.
Tôt le lendemain matin, Champa-Dal est allé à l'école.
Early next morning Champa-Dal went to school.
Avant qu'il aille à l'école, elle a donné à son fils une bouteille en or.
Before he went to school she gave her son a golden bottle.
Dans la bouteille dorée se trouvait son propre lait maternel.
In the golden bottle was her own breast milk.
« Surveillez attentivement la couleur du lait »
"Carefully watch the colour of the milk"
« Si le lait devient rouge, votre père a été tué »
"If the milk turns red, your father has been killed"
« Si le lait devient plus rouge, alors je suis tué »
"If the milk turns redder, then I have been killed"
« Si le lait devient rouge, tu dois galoper. »
"If the milk turns red you must gallop away"
« Galopez aussi vite que votre cheval peut vous porter »
"Gallop as fast as your horse can carry you"
« Si tu ne fuis pas, tu seras dévoré »
"If you do not run away, you will be devoured"
Ce matin-là, la Rakshasi fit une suggestion à son mari.
That morning the Rakshasi made a suggestion to her husband.
« Baignons-nous dans la rivière ce matin »
"Let us bathe in the river this morning"
Elle n'accepterait pas un non comme réponse.
She would not take no for an answer.
La rivière était à une certaine distance du palais.
The river was some distance from the palace.
Le brahmane la suivit aussi docilement qu'un agneau.
The Brahman followed her as meekly as a lamb.
La femme brahmane vit que son destin était proche.
The Brahman woman saw that her doom was near.
Mais elle n'avait pas le pouvoir d'éviter la catastrophe.
But it was beyond her power to avert the catastrophe.

Le Brahmane et le Rakshasi ont effectivement atteint la rivière.

The Brahman and the Rakshasi did indeed reach the river.

Peu de temps après, la Rakshasi a pris ses vraies dimensions.

Soon after the Rakshasi changed into her real dimensions.

Elle a déchiré le Brahman membre par membre.

She tore the Brahman limb from limb.

Elle le dévora comme elle avait dévoré l'antilope.

She devoured him like she had devoured the antelope.

Puis elle courut vers son palais.

Then she ran back to her palace.

Le sort de l'épouse fut le même que celui du brahmane.

The wive's fate was the same as the Brahman's.

Le jeune Champ Dal avait fait ce que sa mère lui avait demandé.

Young Champ Dal had done as his mother instructed.

Il observait attentivement la bouteille dorée.

He was diligently observing the golden bottle.

Il a accordé une attention particulière à la couleur du lait.

He paid special attention to the colour of the milk.

Il fut horrifié de constater que le lait rougissait légèrement.

He was horror-struck to find the milk redden a little.

« Mon père a été tué », cria-t-il.

"My father has been killed," he cried.

Peu de temps après, le lait est devenu complètement rouge.

Soon after the milk completely reddened.

« Maintenant, ma mère a été tuée aussi », s'écria-t-il.

"Now my mother has been killed too," he cried.

Il se précipita rapidement pour monter son poney.

Quickly he rushed to mount his pony.

Son demi-frère, Sahasra-Dal, fut surpris.

His half-brother, Sahasra-Dal, was surprised.

« Où vas-tu, Champa ? »

"Where are you going, Champa?"

« Pourquoi pleures-tu, frère ? »

"Why are you crying, brother?"

« Laisse-moi t'accompagner où que tu ailles »
"Let me accompany you to wherever you are going"
Mais Champa-Dal craignait désormais son frère.
But Champa-Dal now feared his brother.
« Oh ! ne venez pas à moi », objecta-t-il.
"Oh! do not come to me," he objected.
« Ta mère a dévoré mon père et ma mère »
"Your mother has devoured my father and mother"
« Ne viens pas me dévorer »
"Don't you come and devour me"
« Je ne te dévorerai pas », promit-il à son frère.
"I will not devour you," he promised his brother.
« Je te sauverai », promit-il à son frère.
"I'll save you," he promised his brother.
Et il galopa après son frère, Champa-Dal.
And he galloped after his brother, Champa-Dal.
Bientôt, sa mère, la Rakshasi, apparut au loin.
Soon his mother, the Rakshasi, appeared at a distance.
Elle a demandé à Champa-Dal de venir à elle.
She demanded Champa-Dal to come to her.
Mais Champa-Dal savait qu'il valait mieux ne pas aller voir les Rakshasi.
But Champa-Dal knew better than to go to the Rakshasi.
« Champa-Dal ne viendra pas à toi, mais moi si. »
"Champa-Dal will not come to you, but I will"
Et au lieu de cela, Sahasra-Dal est allé voir sa mère.
And instead, Sahasra-Dal went to his mother.
Le jeune prince portait toujours une épée avec lui.
The young prince always carried a sword with him.
Avec son épée, il coupa la tête de sa mère.
With his sword he cut off his mother's head.
Champa-Dal n'était pas resté pour assister à cela.
Champa-Dal had not stayed to witness this.
Il avait galopé aussi loin que son poney pouvait le porter.
He had galloped off as far as his pony could carry him.
Parce qu'il courait pour sauver sa vie.
Because he was running for his life.

Mais Sahasra-Dal a rapidement rattrapé son frère.
But Sahasra-Dal soon caught up with his brother.
Et il lui dit que sa mère n'était plus.
And he told him that his mother was no more.
Ce n'était qu'une maigre consolation pour Champa-Dal.
This was small consolation to Champa-Dal.
Le Rakshasi avait déjà dévoré ses deux parents.
The Rakshasi had already devoured both his parents.
Mais il ne pouvait toujours pas faire confiance à l'amitié de Sahasra-Dal.
But he could still not trust Sahasra-Dal's friendship.
Ils chevauchaient tous les deux aussi vite que leurs chevaux pouvaient les porter.
They both rode as fast as their horses could carry them.
Et leurs chevaux pouvaient les transporter très loin.
And their horses could carry them very far.
Parce que leurs chevaux étaient des chevaux Pakshirajes.
Because their horses were Pakshirajes horses.
Les chevaux Pakshirajes sont les rois des oiseaux.
Pakshirajes horses are the kings of birds.
Sur leurs chevaux, ils ont parcouru des centaines de kilomètres.
On their horses they travelled over hundreds of miles.
Une heure ou deux avant le coucher du soleil, ils atteignirent un village.
An hour or two before sundown they reached a village.
Ici, ils sont devenus les invités d'une famille respectable.
Here they became the guests of a respectable family.
Mais les deux frères virent que la famille était dans le noir.
But the two brothers saw the family was in gloom.
Quelque chose agitait beaucoup la famille.
Something was agitating the family very much.
Certains membres de la famille ont eu des consultations privées.
Some of the family held private consultations.
Et d'autres membres de la famille pleuraient.
And others in the family were weeping.

La mère était la dame la plus âgée de la maison.
The mother was the eldest lady in the house.
« J'irai, car je suis l'aînée », dit-elle.
"I will go, as I am the eldest," she said.
« J'ai assez vécu »
"I have lived long enough"
« Au plus, ma vie serait écourtée d'un an ou deux. »
"At most my life would be cut short by a year or two"
Le plus jeune membre de la maison était une petite fille.
The youngest member of the house was a little girl.
« J'irai, car je suis jeune », dit-elle.
"I will go, as I am young," she said.
« Je suis inutile à la famille »
"I am useless to the family"
« Si je meurs, je ne manquerai à personne »
"If I die, I shall not be missed"
Le chef de la maison était le fils de la vieille dame.
The head of the house was the son of the old lady.
« Je suis le représentant de la famille », a-t-il déclaré.
"I am the representative of the family," he said.
« Il est tout à fait raisonnable que je donne ma vie. »
"It is but reasonable that I should give up my life"
Il avait aussi un frère plus jeune.
He also had a younger brother.
« Tu es le pilier de la famille », a-t-il dit.
"You are the pillar of the family," he said.
« Si tu pars, toute la famille est ruinée »
"If you go the whole family is ruined"
« Il n'est pas raisonnable que tu partes »
"It is not reasonable that you should go"
« J'irai, car je ne manquerai pas beaucoup. »
"I will go, as I shall not be much missed"
Les deux étrangers écoutaient toute cette conversation.
The two strangers listened to all this conversation.
Vous pouvez imaginer que leur curiosité n'était pas négligeable.
You can imagine their curiosity was not little.

Ils se demandaient sur quoi pouvait porter la discussion.

They wondered what the discussion could be about.

Sahasra-Dal a pris le risque d'être considéré comme indiscret.

Sahasra-Dal took the risk of being thought meddlesome.

« Quel est le sujet de vos consultations ? »

"What is the subject of your consultations?"

« Quelle est la raison de votre profonde misère ? »

"What is the reason for your deep miserable?"

« Pourquoi tes paroles sont-elles pleines de contenances ? »

"Why are your words full of countenances?"

Le chef de la maison a donné la réponse suivante.

The head of the house gave the following answer.

« Il y a quelque chose que vous devez savoir, chers invités »

"There is something you must know, me worthy guests"

« Ces terres sont infestées par un terrible Rakshasi »

"These lands are infested by a terrible Rakshasi"

« Ce Rakshasi a dépeuplé toutes les régions ici »

"This Rakshasi has depopulated all the regions here"

« Cette ville aussi aurait été dépeuplée »

"This town, too, would have been depopulated"

« Mais notre roi est devenu suppliant auprès des Rakshasi »

"But that our king became suppliant to the Rakshasi"

« Il la supplia de faire preuve de miséricorde envers nous, son peuple. »

"He begged her to show mercy to us his people"

Le Rakshasi répondit au roi.

The Rakshasi replied to the king.

« Je consentirai à faire preuve de miséricorde envers vos sujets »

"I will consent to show mercy to your subjects"

« Mais il y a une condition à ma miséricorde »

"But there is one condition for my mercy"

« Chaque nuit, je réclame un être humain »

"Every night I demand one human being"

« Cela ne me dérange pas que ce soit un mâle ou une femelle »

"I don't mind if it is a male or a female"
« Mettez l'être humain dans un temple pour que je puisse festoyer »
"Put the human being in a temple for me to feast"
« Si j'ai un être humain chaque nuit, je dormirai satisfait. »
"If I get a human being every night I will rest satisfied"
« Promets-moi ceci et je ne commettrai plus de déprédations »
"Promise me this and I will commit no further depredations"
« Vos sujets seront épargnés par ma faim vorace »
"Your subjects will be spared from my ravenous hunger"
« Notre roi n'avait d'autre choix que d'accepter »
"Our king had no other alternative than to agree"
« Quel humain peut espérer lutter contre un Rakshasi ? »
"What human can ever hope to contend against a Rakshasi?"
« À partir de ce jour, le roi fit une nouvelle loi »
"From that day the king made a new law"
« Chaque famille doit envoyer un membre au temple »
"Every family has to send one member to the temple"
« Pour apaiser la colère du terrible Rakshasi »
"To appease the wrath of the terrible Rakshasi"
« Pour satisfaire la faim sans fin des Rakshasi »
"To satisfy the endless hunger of the Rakshasi"
« Toutes les familles de ce quartier ont eu leur tour »
"All the families in this neighbourhood have had their turn"
« Ce soir, c'est au tour de notre famille »
"This night it is the turn of our family"
« L'un de nous doit se consacrer à la destruction »
"One of us is to devote ourself to destruction"
« Nous discutons donc de qui devrait aller au Rakshasi »
"We are therefore discussing who should go to the Rakshasi"
« Vous pouvez maintenant percevoir la cause de notre détresse »
"You can now perceive the cause of our distress"
Les deux amis se consultèrent quelques minutes.
The two friends consulted together for a few minutes.
Après ce délai, ils ont conclu leur consultation.

After this time they concluded their consultation.
Sahasra-Dal était le porte-parole des frères.
Sahasra-Dal was the spokesman for the brothers.
« Très digne hôte, ne soyez plus triste »
"Most worthy host, do not any longer be sad"
« Vous avez été très gentil avec nous »
"You have been very kind to us"
« Nous avons décidé de vous récompenser de votre hospitalité »
"We have resolved to requite your hospitality"
« Nous irons au temple à ta place »
"We will go to the temple instead of you"
« Nous irons en tant que vos représentants »
"We shall go as your representatives"
« Nous deviendrons la nourriture des Rakshasi »
"We will become the food of the Rakshasi"
Toute la famille a protesté contre la proposition.
The whole family protested against the proposal.
Ils ont déclaré que les invités étaient comme des dieux.
They declared that guests were like gods.
« L'hôte doit assurer le confort des invités »
"The host must ensure the comfort of the guests"
« Les invités ne doivent pas souffrir pour l'hôte »
"The guests must not suffer for the host"
Mais les deux étrangers ne purent se laisser convaincre.
But the two strangers could not be persuaded.
« Nous serons les représentants de votre famille »
"We will stand as proxies for your family"
Cette proposition a suscité de nombreuses objections.
There was a great deal of objection to the proposal.
Mais finalement, les invités ont convaincu leurs hôtes.
But eventually the guests persuaded their hosts.
Finalement, les hôtes ont consenti à l'arrangement.
Finally the hosts consented to the arrangement.

Sahasra-Dal et Champa-Dal sont partis à cheval.
Sahasra-Dal and Champa-Dal rode off on their horses.

Immédiatement après la lueur des bougies, ils atteignirent le temple.

Immediately after candle light they reached the temple.

Ils entrèrent dans le temple et fermèrent la porte.

They went into the temple, and shut the door.

Sahasra a dit à son frère d'aller dormir.

Sahasra told his brother to go to sleep.

« Je veillerai sur ton sommeil »

"I will guard over your sleep"

« Je ferai attention au terrible Rakshasi »

"I will watch out for the terrible Rakshasi"

Champa fut bientôt dans un sommeil réparateur.

Champa was soon in a fine sleep.

Sahasra resta éveillé, attendant le Rakshasi.

Sahasra lay awake, waiting for the Rakshasi.

Rien ne s'est passé pendant les premières heures de la nuit.

Nothing happened during the early hours of the night.

Mais alors le gong de la cloche du roi retentit.

But then the gong of the king's bell sounded.

Il était minuit, l'heure morte de la nuit.

It was midnight, the dead hour of the night.

Sahasra entendit le bruit d'une tempête impétueuse.

Sahasra heard the sound as of a rushing tempest.

Il a utilisé la connaissance qu'il avait des Rakshasas.

He used the knowledge he had of Rakshasas.

Il conclut que le Rakshasi était proche.

He concluded the Rakshasi was nigh.

On entendit un coup violent à la porte.

A thundering knock was heard at the door.

Les mots suivants accompagnèrent le coup frappé à la porte :

The following words accompanied the knock at the door:

« Comment, comment ! Je sens un être humain. »

"How, mow, khow! A human being I smell"

« Qui monte la garde à l'intérieur de ce temple ? »

"Who keeps guard inside this temple?"

À cette question, Sahasra-Dal a répondu la manière suivante :

To this question Sahasra-Dal made the following reply:
« Sahasra-Dal monte la garde à l'intérieur de ce temple »
"Sahasra-Dal keeps guard inside this temple"
« Champa-Dal monte la garde à l'intérieur de ce temple »
"Champa-Dal keeps guard inside this temple"
« Deux chevaux ailés montent la garde à l'intérieur de ce temple »
"Two winged horses keep guard inside this temple"
Le sang de Rakshasa coulait dans les veines de Sahasra-Dal.
Rakshasa blood flowed through Sahasra-Dal's veins.
Les Rakshasi savaient que Sahasra-Dal n'était pas humain.
The Rakshasi knew Sahasra-Dal was not human.
Et ainsi le Rakshasi se détourna avec un gémissement.
And so the Rakshasi turned away with a groan.
Après une heure, les Rakshasi retournèrent au temple.
After an hour the Rakshasi returned to the temple.
Le Rakshasi tonna à nouveau à la porte.
The Rakshasi thundered at the door again.
« Comment, comment ! Je sens un être humain. »
"How, mow, khow! A human being I smell"
« Qui monte la garde à l'intérieur de ce temple ? »
"Who keeps guard inside this temple?"
À cette question, Sahasra-Dal répondit à nouveau :
To this question Sahasra-Dal again replied:
« Sahasra-Dal monte la garde à l'intérieur de ce temple »
"Sahasra-Dal keeps guard inside this temple"
« Champa-Dal monte la garde à l'intérieur de ce temple »
"Champa-Dal keeps guard inside this temple"
« Deux chevaux ailés montent la garde à l'intérieur de ce temple »
"Two winged horses keep guard inside this temple"
Le Rakshasi gémit à nouveau et s'en alla.
The Rakshasi again groaned and went away.
À deux heures, le Rakshasi réapparut une fois de plus.
At two o'clock the Rakshasi appeared once more.
Et à trois heures, le Rakshasi est revenu.
And at three o'clock the Rakshasi came again.

À chaque fois, les Rakshasi posaient la même question.

Each time the Rakshasi made the same inquiry.

Et à chaque fois, le Rakshasi partait en gémissant.

And each time the Rakshasi left with a groan.

Mais après trois heures, Sahasra-Dal se sentit très somnolent.

After three o'clock, however, Sahasra-Dal felt very sleepy.

Il ne pouvait plus rester éveillé.

He could not any longer keep awake.

Il a donc réveillé Champa.

He therefore roused Champa.

Et il lui dit de garder le temple.

And he told him to keep guard over the temple.

« Le Rakshasi reviendra dans une heure »

"The Rakshasi will come again in an hour"

« Les Rakshasi demanderont qui monte la garde ici »

"The Rakshasi will ask who keeps guard here"

« Vous devez d'abord mentionner le nom de Sahasra »

"You must mention Sahasra's name first"

Après avoir donné ces instructions, il s'endormit.

Having given these instructions he went to sleep.

À quatre heures, le Rakshasi fit à nouveau son apparition.

At four o'clock the Rakshasi again made her appearance.

Le Rakshasi tonna à la porte et dit :

The Rakshasi thundered at the door, and said:

« Comment, comment ! Je sens un être humain. »

"How, mow, khow! A human being I smell"

« Qui monte la garde à l'intérieur de ce temple ? »

"Who keeps guard inside this temple?"

Champa-Dal était terriblement effrayé.

Champa-Dal was in a terrible fright.

Il avait oublié les instructions de son frère.

He had forgotten the instructions of his brother.

« Champa-Dal monte la garde à l'intérieur de ce temple »

"Champa-Dal keeps guard inside this temple"

« Sahasra-Dal monte la garde à l'intérieur de ce temple »

"Sahasra-Dal keeps guard inside this temple"

« Deux chevaux ailés montent la garde à l'intérieur de ce temple »

"Two winged horses keep guard inside this temple"

Le Rakshasi poussa un cri d'exultation.

The Rakshasi uttered a shout of exultation.

Et le Rakshasi rit comme seuls les démons peuvent rire.

And the Rakshasi laughed how only demons can laugh.

Avec un bruit terrible, la porte s'ouvrit.

With a dreadful noise the door broke open.

Le bruit a réveillé Sahasra de son sommeil.

The noise roused Sahasra from his sleep.

En un instant, il se releva d'un bond.

Within a moment he sprung to his feet.

Il avait son épée avec lui non seulement pendant la journée.

He had his sword with him not only by day.

Il avait aussi son épée avec lui la nuit.

He had his sword with him by night too.

Son épée était aussi souple qu'une feuille de palmier.

His sword was as supple as a palm-leaf.

Et il coupa la tête du Rakshasi.

And he cut off the head of the Rakshasi.

L'énorme montagne d'un corps est tombée au sol.

The huge mountain of a body fell to the ground.

Le corps a fait un grand bruit en tombant.

The body made a great noise when it fell.

Et le corps couvrait de nombreux hectares environnants.

And the body covered many surrounding acres.

Sahasra-Dal a gardé la tête coupée du Rakshasi.

Sahasra-Dal kept the severed head of the Rakshasi.

Et il s'endormit à nouveau, la tête près de lui.

And he slept again with the head near him.

Tôt le matin, des bûcherons sont arrivés.

Early in the morning some wood-cutters came.

Les bûcherons passaient près du temple.

The wood-cutters were passing near the temple.

Les bûcherons virent l'énorme corps sur le sol.

The wood-cutters saw the huge body on the ground.
Ils se dirigèrent donc vers le temple.
So they walked towards the temple.
Bientôt, ils virent que c'était une carcasse.
Soon they saw that it was a carcass.
La carcasse du terrible Rakshasi.
The carcass of the terrible Rakshasi.
Les Rakshasi qui avaient presque dépeuplé le pays.
The Rakshasi that had nearly depopulated the land.
Il y avait une prime pour ce Rakshasi.
There had been a bounty for this Rakshasi.
Le roi offrit la main de sa fille.
The king offered the hand of his daughter.
Et le roi avait offert la moitié du royaume.
And the king had offered half the kingdom.
Il échangerait tout contre la tête du Rakshasi.
He would trade it all for the head of the Rakshasi.
Les bûcherons ne voyaient aucun prétendant à portée de main.
The wood-cutters saw no claimant at hand.
Ils sont donc allés chercher la récompense.
So they went to get the reward.
Chaque bûcheron coupait un membre du Rakshasi.
Each wood-cutter cut off a limb from the Rakshasi.
Et chaque bûcheron se rendit auprès du roi.
And each wood-cutter went to the king.
Et chaque bûcheron essayait de réclamer la récompense.
And each wood-cutter tried to claim the reward.
« Je suis le destructeur du grand mangeur d'hommes »
"I am the destroyer of the great man eater"
« Je suis venu réclamer ma récompense »
"I have come to claim my reward"
Le roi savait qu'il ne pouvait y avoir qu'un seul héros.
The king knew there could only be one hero.
Il a donc fait une enquête auprès de son ministre.
So he made an inquiry with his minister.
C'était le tour de quelle famille hier soir ? »

"What family's turn was it last night?"

« Et qui est le chef de cette famille ? »

"And who is the head of that family?"

Le ministre du roi partit à la recherche de la famille.

The king's minister set out to find the family.

Il a amené le chef de famille auprès du roi.

He brought the head of the family to the king.

Et le chef de famille parla de ses invités.

And the head of the family told of his guests.

« Hier soir, deux jeunes voyageurs sont venus me voir »

"Last night two youthful travelers came to me"

« Nous leur avons proposé d'être leurs hôtes pour la nuit »

"We offered to be their hosts for the night"

« Ils ont vite découvert le problème que nous avions »

"Soon they discovered the problem we had"

« Et ils se sont portés volontaires pour prendre notre place »

"And they volunteered to take our place"

« Ils sont allés au temple, à la place de l'un d'entre nous »

"They went to the temple, instead of one of us"

Le roi emmena ses hommes au temple.

The king took his men to the temple.

La porte du temple a été brisée.

The door of the temple was broken open.

Ils ont trouvé les deux frères endormis.

They found the two brothers sleeping.

Et les chevaux étaient également en sécurité dans le temple.

And the horses were safe in the temple too.

Et le chef des Rakshasi était là aussi.

And the head of the Rakshasi was there too.

Il n'y avait aucun doute sur qui avait tué le monstre.

There was no doubt about who had killed the monster.

Le véritable héros avait été découvert.

The real hero had been discovered.

Et le roi tint parole.

And the king kept true to his word.

Il a donné la main de sa fille à Sahasra-Dal.

He gave the hand of his daughter to Sahasra-Dal.

Et il lui donna aussi la moitié de son royaume.
And he gave him half his kingdom too.
Champa-Dal est resté avec son ami.
Champa-Dal remained with his friend.
Et il se réjouit de la prospérité de Sahasra-Dal.
And he rejoiced in Sahasra-Dal's prosperity.
Et ils vécurent heureux ensemble pendant un certain temps.
And they lived together happily for some time.

Mais un jour, un malentendu surgit entre eux.
But one day a misunderstanding arose between them.
La reine mère avait une certaine servante.
The queen-mother had a certain maid-servant.
Cette servante était la domestique la plus utile.
This maid-servant was the most useful domestic.
Elle pouvait se consacrer à n'importe quelle tâche.
She could turn her hand to any task.
Et elle avait une force peu commune pour une femme.
And she had uncommon strength for a woman.
Son intelligence ne lui manquait pas non plus.
Her intelligence was not lacking either.
Et elle avait une énergie remarquable.
And she had a remarkable amount of energy.
Elle aurait été rapidement oubliée au palais.
She would have been quickly missed in the palace.
Le zenana dépendait entièrement d'elle.
The zenana was completely dependent on her.
Ses services étaient donc très appréciés.
Hence her services were highly valued.
La reine mère l'appréciait beaucoup.
The queen-mother appreciated her very much.
Et les dames du palais l'appréciaient aussi.
And the ladies of the palace valued her too.
Mais cette femme précieuse n'était pas une femme.
But this valuable woman was not a woman.
Cette femme était une Rakshasi.
What this woman was was a Rakshasi.

Elle avait pris l'apparence d'une femme.
She had put on the appearance of a woman.
Elle avait ses propres raisons néfastes pour faire cela.
She had her own nefarious reasons for doing this.
Et puis elle a pris du service dans la maison royale.
And then she took service in the royal household.
La nuit, elle prenait sa véritable forme.
At night she used to assume her own real form.
Quand tout le monde dans le palais dormait.
When everyone in the palace was asleep.
Et puis elle est partie à la recherche de nourriture.
And then she went about in search of food.
Parce que sa faim n'était pas satisfaite au palais.
Because her hunger was not satisfied at the palace.
Un Rakshasi a besoin de beaucoup plus de nourriture qu'un homme ou une femme.
A Rakshasi needs much more food than a man or woman.
À cette époque, Champa-Dal n'avait pas de femme.
At this time Champa-Dal had no wife.
Il dormait donc souvent en dehors du zenana.
So he often slept outside the zenana.
Il n'était pas loin de la porte extérieure du palais.
He was not far from the outer gate of the palace.
Et de là, il pouvait l'observer.
And from there he could observe her.
Il la vit dévorer diverses chèvres et moutons.
He saw her devouring sundry goats and sheep.
Et il la vit dévorer des chevaux et des éléphants.
And he saw her devouring horses and elephants.
Bien sûr, ce n'était pas bon pour la servante.
This of course was not good for the maid-servant.
Le Champa-Dal gênait son dîner.
Champa-Dal was in the way of her supper.
Elle était donc déterminée à se débarrasser de lui.
So she was determined to get rid of him.
Un jour, elle se rendit chez la reine mère.
One day she went to the queen-mother.

« Reine-mère », lui dit-elle.

"Queen-mother," she said to her.

« Je ne peux plus travailler au palais »

"I can no longer work in the palace"

« Pourquoi ? » demanda la reine mère.

"Why?" asked the queen-mother.

« Qu'est-ce qui ne va pas, Dasi ? » voulait-elle savoir.

"What is the matter, Dasi" she wanted to know.

« Comment puis-je continuer sans toi ? »

"How can I go on without you?"

« Dites-moi les raisons de votre départ »

"Tell me your reasons for leaving"

La servante lui expliqua sa situation.

The maid-servant explained her situation.

« Je ne suis qu'une pauvre femme dans ce palais »

"I am but a poor woman in this palace"

« Une femme comme moi ne peut pas préserver son honneur
ici »

"A woman like me can't preserve her honour here"

« Votre gendre a un ami, Champa-Dal »

"Your son-in-law has a friend, Champa-Dal"

« Il me fait toujours des blagues indécentes. »

"He always cracks indecent jokes with me"

« Je préfère mendier mon riz que de perdre mon honneur »

"I would rather beg for my rice than to lose my honour"

« Si Champa-Dal reste au palais, je dois partir. »

"If Champa-Dal remains in the palace I must go away"

La servante était irremplaçable dans le palais.

The maid-servant was irreplicable in the palace.

La reine mère savait quel sacrifice faire.

The queen-mother knew what sacrifice to make.

Champa-Dal allait devoir quitter le palais.

Champa-Dal was going to have to leave the palace.

Et elle a dit à Sahasra-Dal toutes ses raisons.

And she told Sahasra-Dal all her reasons.

« Champa-Dal est un homme mauvais »

"Champa-Dal is a bad man"

« Son caractère et ses mœurs sont relâchés »
"His character and morals are loose"
« Il doit quitter ce palais immédiatement »
"He must leave this palace at once"
Sahasra-Dal a fait de son mieux pour la persuader du contraire.
Sahasra-Dal did his best to persuade her otherwise.
Il a plaidé avec ferveur en faveur de son ami.
He earnestly pleaded on behalf of his friend.
Mais ses efforts furent vains.
But his efforts were in vain.
La reine mère avait pris sa décision.
The queen-mother had made up her mind.
Il a dû être chassé du palais.
He had to be driven out of the palace.
Sahasra-Dal n'a pas eu le courage de le dire à son ami.
Sahasra-Dal had not the courage to tell his friend.
Il lui écrivit donc une lettre.
He therefore wrote a letter to him.
Dans la lettre, il est resté vague sur la raison.
In the letter he was vague about the reason.
Mais d'une manière ou d'une autre, il allait devoir partir.
But either way, he was going to have to leave.
Champa-Dal est allé prendre un bain.
Champa-Dal went to have a bath.
Et la lettre fut déposée dans sa chambre.
And the letter was put in his room.
Champa-Dal fut attristé à la lecture de la lettre.
Champa-Dal was grieved upon reading the letter.
Il monta sa flotte de chevaux.
He mounted his fleet of horses.
Et sur ses chevaux, il quitta le palais.
And on his horses he left the palace.

Les chevaux du Champa étaient exceptionnellement rapides.
Champa's horses were uncommonly fleet.
Bientôt, il avait parcouru des milliers de kilomètres.

Soon he had traversed thousands of miles.

Et finalement, il atteignit une nouvelle ville.

And eventually he reached a new city.

Il se tenait à l'entrée d'un magnifique palais.

He stood at the gateway of a magnificent palace.

Il descendit de son cheval.

He dismounted from his horse.

Et il entra dans le palais.

And he entered the palace.

Mais dans le palais, il ne rencontra pas une seule créature.

But in the palace he met not a single creature.

Il allait d'appartement en appartement.

He went from apartment to apartment.

Toutes les pièces étaient richement meublées.

All the rooms were richly furnished.

Mais aucune des pièces n'était habitée.

But none of the rooms were lived in.

Mais à la fin, il est arrivé dans une autre pièce.

But in the end he came to a different room.

Dans cette pièce, il y avait une jeune femme.

In this room there was a young lady.

La jeune femme était d'une beauté céleste.

The young lady was of heavenly beauty.

Et elle était allongée sur un lit splendide.

And she was lying down on a splendid bedstead.

La belle jeune femme dormait.

The beautiful young lady was asleep.

Champa-Dal regarda la belle au bois dormant.

Champa-Dal looked upon the sleeping beauty.

Il était captivé par ce qu'il voyait.

He was captivated by what he was seeing.

Il n'avait jamais vu de femme aussi belle.

He had not seen any woman so beautiful.

Sur le lit, il y avait deux bâtons.

Upon the bed there were two sticks.

Les deux bâtons étaient près de la tête de la femme.

The two sticks were near the woman's head.

L'un des bâtons était en argent.
One of the sticks was made of silver.
Et l'autre bâton était en or.
And the other stick was made of gold.
Champa prit le bâton d'argent dans sa main.
Champa took the silver stick into his hand.
Et avec le bâton, il toucha le corps de la dame.
And with the stick he touched the body of the lady.
Mais aucun changement n'était perceptible dans son sommeil.
But no change was perceptible to her sleep.
Il prit alors le bâton d'or.
He then took up the gold stick.
Et avec le bâton, il toucha le corps de la dame.
And with the stick he touched the body of the lady.
Cette fois, la jeune femme s'est réveillée.
This time the young lady did awake.
En regardant l'étranger, elle lui demanda qui il était.
Eyeing the stranger, she inquired who he was.
« Je suis Champa-Dal », lui dit-il.
"I am Champa-Dal," he told her.
« Il était une fois un pauvre brahmane stupide »
"There was once a poor dimwitted Brahman"
« Cet homme stupide avait une femme, mais pas d'enfants. »
"This dimwitted man had a wife, but no children"
« Mais le fait qu'il n'ait pas eu d'enfants était probablement pour le mieux. »
"But him not having children was probably for the best"
« Parce qu'il était à peine capable de subvenir à ses propres besoins »
"Because he was barely able to meet his own needs"
« Et il pouvait à peine subvenir aux besoins de sa femme. »
"And he could hardly supply enough for his wife"
« Mais sa stupidité n'était même pas son plus gros problème. »
"But his dimwittedness was not even his biggest problem"
Et il a continué l'histoire comme nous l'avons suivie.

And he continued the story as we have followed it.

« Ma mère a conclu que son destin était scellé »

"My mother concluded her fate was sealed"

« Et elle pensait que mon père subirait le même sort »

"And she thought my father would meet the same fate"

« Et elle ne s'attendait pas non plus à ce que je sois épargné. »

"And she did not expect me to be spared either"

« Cette nuit-là, elle n'a presque pas dormi. »

"That night she hardly slept at all"

« Les Rakshasi l'avaient empêchée de voir mon père. »

"The Rakshasi had prevented her from seeing my father"

« Tôt le lendemain matin, je suis allé à l'école »

"Early next morning I went to school"

« Avant d'aller à l'école , elle m'a donné une bouteille en or. »

"Before I went to school she gave me a golden bottle"

« Dans la bouteille dorée se trouvait son propre lait maternel »

"In the golden bottle was her own breast milk"

« On m'a dit de surveiller attentivement la couleur du lait »

"I was told to carefully watch the colour of the milk"

Et il a continué l'histoire comme nous l'avons suivie.

And he continued the story as we have followed it.

« Nous serons les représentants de votre famille »

"We will stand as proxies for your family"

« Notre proposition a suscité de nombreuses objections »

"There was a great deal of objection to our proposal"

« Mais finalement, nous avons convaincu nos hôtes »

"But eventually we persuaded our hosts"

« Finalement, les hôtes ont consenti à l'arrangement »

"Finally the hosts consented to the arrangement"

Et il a continué l'histoire comme nous l'avons suivie.

And he continued the story as we have followed it.

« Je dormais donc souvent pèn dehors du zenana »

"So I often slept outside the zenana"

« Je n'étais pas loin de la porte extérieure du palais »

"I was not far from the outer gate of the palace"
« Et de là, je pouvais l'observer »
"And from there I could observe her"
« Je l'ai vue dévorer diverses chèvres et moutons »
"I saw her devouring sundry goats and sheep"
« Et je l'ai vue dévorer des chevaux et des éléphants »
"And I saw her devouring horses and elephants"
Et il a continué l'histoire comme nous l'avons suivie.
And he continued the story as we have followed it.
« Un jour, une lettre a été déposée dans ma chambre »
"One day a letter was put in my room"
« J'ai été attristé en lisant la lettre »
"I was grieved upon reading the letter"
« J'ai monté ma flotte de chevaux »
"I mounted my fleet of horses"
« Et sur mes chevaux, il quitta le palais »
"And on my horses he left the palace"
« Mes chevaux sont exceptionnellement rapides »
"My horse are uncommonly fleet"
« Bientôt, j'avais parcouru des milliers de kilomètres »
"Soon I had traversed thousands of miles"
« Et finalement, j'ai atteint une nouvelle ville »
"And eventually I reached a new city"
Et il a continué l'histoire comme nous l'avons suivie.
And he continued the story as we have followed it.
« J'ai pris le bâton d'argent dans sa main »
"I took the silver stick into his hand"
« Et avec le bâton j'ai touché ton corps »
"And with the stick I touched your body"
« Mais aucun changement n'a été perceptible dans votre sommeil »
"But no change was perceptible to your sleep"
« J'ai alors pris le bâton d'or »
"I then took up the gold stick"
Et avec le bâton, il a touché ton corps.
And with the stick he touched your body.
« Cette fois, tu t'es réveillé de ton sommeil »

"This time you did awake from your sleep"

La jeune femme avait écouté l'histoire de Champa-Dal.

The young lady had listened to Champa-Dal's story.

La jeune femme était en fait une princesse.

The young lady was in fact a princess.

« Malheureux homme ! Pourquoi es-tu venu ici ? »

"Unhappy man! why have you come here?"

« C'est le pays des Rakshasas »

"This is the country of Rakshasas"

« Pas moins de sept cents Rakshasas vivent ici »

"No less than seven hundred Rakshasas live here"

« Chaque matin, les Rakshasas partent »

"Every morning the Rakshasas leave"

« Ils vont de l'autre côté de l'océan »

"They go to the other side of the ocean"

« Et ils cherchent des provisions là-bas »

"And they search for provisions there"

« Et avant le crépuscule, ils reviennent »

"And before dusk they return again"

« Mon père était roi dans ces régions »

"My father was king in these regions"

« Son royaume comptait des millions de sujets »

"His kingdom had millions of subjects"

« Ils vivaient dans des villes florissantes »

"They lived in flourishing towns and cities"

« Mais il y a quelques années, les Rakshasas ont envahi le pays. »

"But some years ago the Rakshasas invaded"

« Et ils dévorèrent tous les sujets du royaume »

"And they devoured all the subjects of the kingdom"

« Les Rakshasas ont dévoré mon père et ma mère »

"The Rakshasas devoured my father and my mother"

« Les Rakshasas ont dévoré mes frères et sœurs »

"The Rakshasas devoured my brothers and sisters"

« Et ils dévorèrent tout le bétail du pays »

"And they devoured all the cattle of the country"

« Il n'y a aucun être humain vivant dans ces régions »

"There is no living human being in these regions"
« Je suis le dernier être humain encore en vie »
"I am the last human living left"
« Moi aussi, j'aurais été dévoré depuis longtemps »
"I too would have been devoured long ago"
« Mais un vieux Rakshasi s'est pris d'affection pour moi. »
"But an old Rakshasi took a liking to me"
« Elle empêche les autres Rakshasas de me manger »
"She prevents the other Rakshasas from eating me"
« Tu vois ces bâtons d'argent et d'or ? »
"Do you see those sticks of silver and gold?"
« Chaque matin, elle me tue avec le bâton d'argent »
"Every morning she kills me with the silver stick"
« Chaque soir, elle me réanime avec le bâton d'or »
"Every evening she re-animates me with the gold stick"
« Je ne sais pas comment vous conseiller »
"I do not know how to advise you"
« Si les Rakshasas te voient, tu es un homme mort. »
"If the Rakshasas see you, you are a dead man"
Ensuite, ils ont parlé d'une manière très affectueuse.
Then they talked in a very affectionate manner.
Et ils posèrent leurs têtes ensemble.
And they laid their heads together.
Et ils pensèrent à trouver un moyen de s'échapper.
And they thought to devise a means of escape.
Un moyen de sortir des mains des Rakshasas.
Some way to get out of the hands of the Rakshasas.

L'heure du retour des Rakshasas approchait.
The hour of the return of the Rakshasas was coming.
Les sept cents mangeurs de chair revinrent bientôt.
The seven hundred flesh-eaters were soon returning.
Keshavati a appelé Champa-Dal.
Keshavati called out to Champa-Dal.
(Parce que c'était le nom de la princesse)
(Because that was the name of the princess)
« Cachez-vous dans les tas de trèfle sacré »

"Hide yourself in the heaps of the sacred trefoil"
Mais d'abord, Champ Dal a pris le bâton d'argent.
But first Champ Dal picked up the silver stick.
Il toucha Keshavati avec le bâton d'argent.
He touched Keshavati with the silver stick.
Et dès qu'il l'a touchée, elle est morte.
And as soon as he touched her, she died.
Puis il se rendit au centre du temple de Shiva.
Then he went to the center of the temple of Siva.
Et il se cacha sous les tas de trèfles sacrés.
And he hid beneath the heaps of sacred trefoil.
De sa cachette, il entendit le bruit du vent qui soufflait.
From his hiding place he heard the sound of wind rushing.
Puis il entendit des bruits terribles dans le palais.
Then he heard terrible noises in the palace.
Les Rakshasas étaient rentrés de leur chasse.
The Rakshasas had come home from their hunt.
Ils avaient rempli leur estomac de viande.
They had filled their stomachs with meat.
Diverses chèvres, moutons, vaches, chevaux, buffles.
Sundry goats, sheep, cows, horses, buffaloes.
Et ils avaient aussi dévoré des éléphants.
And they had devoured elephants too.
Le vieux Rakshasi est également revenu au palais.
The old Rakshasi returned to the palace too.
Elle se rendit dans la chambre de la princesse endormie.
She went to the room of the sleeping princess.
Et elle la réveilla avec le bâton en or.
And she woke her with the stick made of gold.
« Hye, mye, khye ! Je sens un être humain. »
"Hye, mye, khye! A human being I smell"
« Je suis le seul être humain ici », dit la princesse.
"I am the only human being here," said the princess.
« Mange-moi si tu veux », ajouta Keshavati.
"Eat me if you like," added Keshavati.
À cela, le Rakshasi répondit :
To this the Rakshasi replied:

« Laisse-moi dévorer tes ennemis »
"Let me eat up your enemies"
« Pourquoi devrais-je te manger ? » demanda-t-elle à la princesse.
"Why should I eat you?" she asked the princess.
Elle s'est allongée sur le sol.
She laid herself down on the ground.
Elle était aussi longue et haute que les collines de Vindhya.
She was as long and high as the Vindhya Hills.
Et dans cette position, elle s'est endormie.
And in this position she fell asleep.
Les autres Rakshasas et Rakshasis s'endormirent bientôt eux aussi.
The other Rakshasas and Rakshasis soon fell asleep too.
Parce qu'ils étaient fatigués par leur travail gigantesque.
Because they were tired from their gigantic labour.
Keshavati s'est également préparée à dormir.
Keshavati also composed herself to sleep.
Mais Champa n'osait pas sortir de sous les feuilles.
But Champa did not dare to come out from under the leaves.
Et il fit de son mieux pour prier le dieu du repos.
And he tried his best to pray to the god of repose.

Au lever du jour, les sept cents Rakshasas se levèrent à nouveau.
At daybreak all seven hundred Rakshasas got up again.
Ils se sont lancés dans leur excursion prédatrice habituelle.
They went on their usual predatory excursion.
Et avec eux partit le vieux Rakshasi.
And along with them went the old Rakshasi.
Mais d'abord, le vieux Rakshasi ramassa le bâton d'argent.
But first the old Rakshasi picked up the silver stick.
Et elle toucha Keshavati avec le bâton d'argent.
And she touched Keshavati with the silver stick.
Bientôt, la côte était libre pour Champa-Dal.
Soon the coast was clear for Champa-Dal.
Et il a osé sortir de sous le tas de feuilles.

And he dared to come out from under the pile of leaves.
Il retourna dans la chambre de la princesse.
He walked back into the room of the princess.
Et il la toucha avec le bâton d'or.
And he touched her with the golden stick.
Et la princesse ressuscita de sa mort.
And the princess revived from her death again.
Ils se promenaient dans les jardins.
They sauntered about in the gardens.
Ils profitaient de la brise fraîche du matin.
They enjoyed the cool breeze of the morning.
Ils se baignaient dans une piscine d'eau claire.
They bathed in a lucid pool of water.
Et ils mangèrent et burent de la nourriture dans le palais.
And they ate and drank food in the palace.
Et ils passèrent la journée dans une douce conversation.
And they spent the day in sweet converse.
Et ils élaborèrent un plan pour leur délivrance.
And they concocted a plan for their deliverance.
Keshavaity allait parler au vieux Rakshasi.
Keshavaity was going to speak to the old Rakshasi.
Elle allait demander de quoi dépendait la vie d'un Rakshasa.
She was going to ask on what a Rakshasa's life depended.
Et avec ce secret, ils allaient agir en conséquence.
And with that secret they were going to act accordingly.

L'heure du retour des Rakshasas approchait à nouveau.
The hour of the return of the Rakshasas was coming again.
Et les événements se sont déroulés comme la veille.
And events unfolded as they had the evening before.
Les sept cents mangeurs de chair retournaient au palais.
The seven hundred flesh-eaters were returning to the palace.
Champ Dal a touché Keshavati avec le bâton d'argent.
Champ Dal touched Keshavati with the silver stick.
Elle est morte comme elle était morte la nuit précédente.
She died like the had died the night before.
Champa-Dal se rendit au centre du temple de Shiva.

Champa-Dal went to the centre of the temple of Siva.
Il se cacha à nouveau sous les tas de trèfles sacrés.
He hid beneath the heaps of sacred trefoil again.
Il entendit le bruit du vent qui soufflait.
He heard the sound of wind rushing.
Et il entendit des bruits terribles dans le palais.
And he heard terrible noises in the palace.
Les Rakshasas étaient rentrés de leur chasse.
The Rakshasas had come home from their hunt.
Ils avaient rempli leur estomac de viande.
They had filled their stomachs with meat.
Diverses chèvres, moutons, vaches, chevaux, buffles.
Sundry goats, sheep, cows, horses, buffaloes.
Et ils avaient aussi dévoré des éléphants.
And they had devoured elephants too.
Le vieux Rakshasi est également revenu au palais.
The old Rakshasi returned to the palace too.
Elle se rendit dans la chambre de la princesse endormie.
She went to the room of the sleeping princess.
Et elle la réveilla avec le bâton en or.
And she woke her with the stick made of gold.
« Hye, mye, khye ! Je sens un être humain. »
"Hye, mye, khye! A human being I smell"
« Je suis le seul être humain ici », dit la princesse.
"I am the only human being here," said the princess.
« Mange-moi si tu veux », ajouta Keshavati.
"Eat me if you like," added Keshavati.
À cela, le Rakshasi répondit :
To this the Rakshasi replied:
« Laisse-moi dévorer tes ennemis »
"Let me eat up your enemies"
« Pourquoi devrais-je te manger ? » demanda-t-elle à la princesse.
"Why should I eat you?" she asked the princess.
Elle s'est allongée sur le sol.
She laid herself down on the ground.

Et elle ressemblait à une partie des montagnes de l'Himalaya.

And she looked like a part of the Himalaya mountains.

Keshavati avait une fiole d'huile de moutarde chauffée.

Keshavati had a phial of heated mustard oil.

Et elle s'approcha du pied du Rakshasi.

And she approached the foot of the Rakshasi.

« Maman, tes pieds te font mal à force de marcher »

"Mother, your feet are sore from walking"

« Laisse-moi frotter tes pieds douloureux avec de l'huile »

"Let me rub your sore feet with oil"

Et elle commença à frotter avec de l'huile les pieds du Rakshasi.

And she began to rub with oil the Rakshasi's feet.

Puis quelques larmes tombèrent des yeux de la princesse.

Then a few tear-drops fell from the eyes of the princess.

Et les larmes atterrirent sur les jambes du monstre.

And the tear-drops landed on the monster's legs.

La Rakshasi goûta les larmes avec ses lèvres.

The Rakshasi tasted the tear-drops with her lips.

Et elle trouva que les larmes avaient un goût salé.

And she found the tear-drops tasted briny.

« Pourquoi pleures-tu, chérie ? » demanda le Rakshasi.

"Why are you weeping, darling?" asked the Rakshasi.

« Qu'est-ce qui t'arrive ? » voulait-elle savoir.

"What aileth thee?" she wanted to know.

La princesse essaya de s'empêcher de pleurer.

The princess tried to stop herself from crying.

« Mère, je pleure parce que tu es vieille »

"Mother, I am weeping because you are old"

« Quand tu mourras, l'un des Rakshasas me dévorera. »

"When you die one of the Rakshasas will devour me"

« Quand je mourrai ?! Ne sois pas stupide, ma fille. »

"When I die?! Don't be foolish, girl"

« Ne sais-tu pas que les Rakshasas ne meurent jamais ? »

"Don't you know that Rakshasas never die?"

« Nous ne sommes pas naturellement immortels »

"We are not naturally immortal"

« Il y a un secret à notre force »

"There is a secret to our strength"

« Mais aucun humain ne peut percer ce secret »

"But no human can unravel this secret"

« Mais laisse-moi te dire le secret »

"But let me tell you the secret"

« Afin que vous soyez un peu consolés »

"So that you are comforted a little"

« Tu vois la piscine d'eau dans le palais ? »

"Do you see the pool of water in the palace?"

« Dans cette mare d'eau se trouve un Sphatikasthamba »

"In that pool of water is a Sphatikasthamba"

« Le Sphatikasthambha est profondément ancré dans l'eau »

"The Sphatikasthambha is deep in the water"

"Et sur le Sphatikasthambha il y a deux abeilles"

"And on the Sphatikasthambha are two bees"

« Un être humain devrait plonger dans l'eau »

"A human being would have to dive into the water"

« L'être humain devrait amener les abeilles sur la terre ferme »

"The human being would have to bring the bees onto dry land"

« Alors l'être humain devrait tuer les deux abeilles »

"Then the human being would have to kill the two bees"

« Mais pas une goutte de leur sang ne doit toucher le sol »

"But not a drop of their blood must touch the ground"

« Ce n'est qu'alors qu'un humain peut tuer un Rakshasa »

"Only then can a human kill a Rakshasa"

« Mais si le sang touche le sol, mille Rakshasas s'élèveront. »

"But if the blood touches the ground, a thousand Rakshasas will rise"

« Mais quel humain découvrira ce secret ? »

"But what human will find out this secret?"

« Et quel humain peut réaliser un tel exploit ? »

"And what human can achieve this feat?"

« Aucun humain ne connaît le secret de la vie d'un Rakshasa
»

"No human knows the secret to the life of a Rakshasa"

« Et aucun humain ne peut réaliser un tel exploit »

"And no human can achieve such a feat"

« Il n'y a donc aucune raison d'être triste, ma chérie. »

"So there is no reason to be sad, my darling"

« Je suis pratiquement immortelle », a-t-elle confirmé.

"I am practically immortal," she confirmed.

Keshavati chérissait ce secret dans sa mémoire.

Keshavati treasured the secret in her memory.

Et puis elle s'est rendormie.

And then she went back to sleep.

Le lendemain matin, les Rakshasas, comme d'habitude, partirent.

Next morning the Rakshasas, as usual, went away.

Champa sortit de sa cachette.

Champa came out of his hiding-place.

Et il réveilla Keshavati de son sommeil.

And he roused Keshavati from her sleep.

La princesse lui révéla le secret qu'elle avait appris.

The princess told him the secret she had learnt.

Champa-Dal a immédiatement commencé à se préparer.

Champa-Dal immediately started to prepare himself.

Il a apporté un couteau à la piscine.

He brought to the pool a knife.

Et il apporta une quantité de cendres.

And he brought a quantity of ashes.

Il a enlevé ses vêtements lourds.

He took off his heavy clothes.

Il a mis une ou deux gouttes d'huile de moutarde dans chaque oreille.

He put a drop or two of mustard oil into each ear.

Pour éviter que l'eau ne pénètre dans ses oreilles.

To prevent water from entering into his ears.

Il a nagé jusqu'au milieu de l'eau.

He swam out into the middle of the water.

Et de là, il a plongé dans la piscine.

And from there he dove down into the pool.

Bientôt, il atteignit le sommet du pilier de cristal.

Soon he reached the top of the crystal pillar.

Et sur Sphatikasthambha se trouvaient les deux abeilles.

And on Sphatikasthambha were the two bees.

Il a attrapé les deux abeilles qu'il a trouvées là.

He caught hold of the two bees he found there.

Et il remonta à la nage dans un souffle singulier.

And he swam up again in a singular breath.

Il prit le couteau qu'il avait laissé au bord de l'eau.

He took the knife he had left at the edge of the water.

Et sur les cendres, il coupa les abeilles.

And over the ashes he cut up the bees.

Une ou deux gouttes de sang tombèrent des abeilles.

A drop or two of the blood fell from the bees.

Mais leur sang n'a pas touché le sol.

But their blood did not touch the ground.

Au lieu de cela, leur sang a atterri sur les cendres.

Instead, their blood landed on the ashes.

Un cri terrible a été entendu au loin.

A terrible scream was heard at a distance.

Le cri était le gémissement des Rakshasas.

The scream was the wailing of the Rakshasas.

Ils couraient tous vers la maison aussi vite qu'ils le pouvaient.

They were all running home as fast as they could.

Ils voulaient empêcher que les abeilles soient tuées.

They wanted to prevent the bees from being killed.

Mais ils ne purent atteindre le palais à temps.

But they could not reach the palace in time.

Parce que les abeilles avaient déjà péri.

Because the bees had already perished.

Au moment où les abeilles ont été tuées, tous les Rakshasas sont morts.

The moment the bees were killed, all the Rakshasas died.

Leurs cadavres tombèrent à l'endroit même où ils se trouvaient.
Their carcases fell on the very spot they were standing.
Leurs carcasses bloquaient désormais l'entrée du palais.
Their carcases now blocked the gateway of the palace.
De cette manière, les sept cents Rakshasas furent détruits.
In this manner the seven hundred Rakshasas were destroyed.

Par la suite, Champa-Dal et Keshavati se sont mariés.
Afterwards Champa-Dal and Keshavati got married.
Ils ont procédé à l'échange traditionnel de guirlandes de fleurs.
They made the traditional exchange of garlands of flowers.
La princesse n'était jamais sortie de la maison.
The princess had never been out of the house.
Elle a donc naturellement exprimé le désir de voir le monde extérieur.
So she naturally expressed a desire to see the outer world.
Chaque matin et chaque soir, ils faisaient de longues promenades.
Every morning and evening they went on long walks.
Il y avait une grande rivière dans laquelle Keshavati souhaitait se baigner.
There was a large river Keshavati wished to bathe in.
Alors qu'elle prenait son bain, un des cheveux de Keshavati s'est détaché.
As she bathed one of Keshavati's hairs came off.
Il y avait une coutume particulière à cette époque.
There was a special custom in those times.
Une femme n'a jamais jeté un cheveu tout seul.
A woman never threw away a hair away by itself.
Un coquillage flottait dans l'eau.
A sea-shell was floating in the water.
Keshavati a donc attaché la mèche de cheveux au coquillage.
So Keshavati tied the strand of hair to the sea-shell.
Et puis le couple est retourné au palais.
And then the couple returned to the palace.

Pendant ce temps, le coquillage flottait dans le ruisseau.
Meanwhile the sea-shell floated down the stream.
Et en temps voulu, le coquillage atteignit un autre lieu de baignade.
And in due time the sea-shell reached another bathing spot.
C'est ici que Sahasra-Dal se baignait.
This was the bathing spot Sahasra-Dal went to.
Ici, le frère de Champa-Dal a effectué ses ablutions.
Here Champa-Dal's brother performed his ablutions.
Ce jour-là, Sahasra-Dal était dans l'eau.
On this day Sahasra-Dal was in the water.
Il se baignait et nageait avec ses amis.
He was bathing and swimming with his friends.
Et ainsi le coquillage flotta devant les hommes.
And so the sea-shell floated past the men.
Les hommes étaient d'humeur enjouée ce jour-là.
The men were in a playful mood that day.
« Celui qui arrive en premier au coquillage gagne »
"Whoever gets to the sea-shell first wins"
Et ainsi ils nageèrent tous vers le coquillage.
And so they all swam towards the sea-shell.
Sahasra-Dal était le nageur le plus fort parmi ses amis.
Sahasra-Dal was the strongest swimmer among his friends.
Et c'est ainsi qu'il fut le premier à atteindre le coquillage.
And so he was the first the reach the sea-shell.
En examinant le coquillage, il trouva un cheveu attaché dessus.
Examining the seashell, he found a hair tied to it.
Mais c'était un cheveu d'une longueur extraordinaire.
But it was a hair of extraordinary length.
Il n'avait jamais vu des cheveux aussi longs.
He had never seen such a long hair.
La mèche de cheveux mesurait exactement sept coudées de long.
The strand of hair was exactly seven cubits long.
« Cette mèche de cheveux doit appartenir à une femme »
"This strand of hair must belong to a woman"

« Et cette femme doit être très remarquable »
"And this woman must be very remarkable"
« Je dois voir qui est cette femme remarquable »
"I must see who this remarkable woman is"
Sahasra-Dal était déterminé à trouver la femme remarquable.
Sahasra-Dal was determined to find the remarkable woman.
Il rentra chez lui après avoir longé la rivière, pensif.
He went home from the river in a pensive mood.
Et il ne s'est pas rendu au zenana pour le petit-déjeuner.
And he did not proceed to the zenana for breakfast.
Au lieu de cela, il est resté dans la partie extérieure du palais.
Instead he remained in the outer part of the palace.
La reine mère entendit parler de la mélatonie de Sahasra-Dal.
The queen-mother heard about Sahasra-Dal's meloncholy.
Et elle a entendu qu'il n'était pas venu prendre le petit-déjeuner.
And she heard he had not come to breakfast.
Elle alla donc le voir et lui demanda la raison.
So she went to him and asked the reason.
Il lui montra la mèche de cheveux qu'il avait trouvée.
He showed her the strand of hair he had found.
« Je dois voir la femme dont la tête est ornée de cette mèche de cheveux. »
"I must see the woman who's head this strand of hair adorned"
La reine mère était heureuse d'aider son gendre.
The queen-mother was happy to help her son-in-law.
« Très bien », lui dit-elle.
"Very well," she said to him.
« Vous aurez bientôt cette dame au palais »
"You shall soon have that lady in the palace"
« Je te promets de l'amener ici »
"I promise you to bring her here"
La reine mère avait déjà un plan.

The queen mother already had a plan.
Sa servante préférée serait bonne à ce poste.
Her favourite maid-servant would be good at the job.
Parce que cette servante était très débrouillarde.
Because this maid-servant was very resourceful.
Bien sûr, la reine mère ne connaissait pas vraiment sa servante.
Of course the queen-mother did not really know her maid.
Elle ne savait pas que sa servante préférée était une Rakshasi.
She did not know her favourite maid was a Rakshasi.
« Veuillez trouver le propriétaire de cette mèche de cheveux », a-t-elle demandé.
"Please find the owner of this strand of hair," she asked.
Et sa servante accepta plus que poliment.
And her maid-servant more than politely agreed.
« Ce serait un plaisir pour moi de retrouver cette femme »
"It would my pleasure to find this woman"
« Je l'amènerai bientôt au palais »
"I will soon bring her to the palace"
« J'aurai besoin d'un bateau construit en bois de Hajol »
"I will need a boat build from Hajol wood"
« Les rames du bateau doivent être fabriquées en bois de Mon-Paban »
"The oars of the boat must be made from Mon-Paban wood"
Les constructeurs de bateaux ont rapidement construit le bateau.
The boat makers soon made the boat.
Et le bateau fut lancé sur le ruisseau.
And the boat was launched on the stream.
La servante monta à bord du bateau.
The maid-servant went on board of the boat.
Elle emporta avec elle quelques paniers en osier.
With her she took some baskets of wicker.
Les paniers en osier étaient d'une fabrication curieuse.
The baskets of wicker were of curious workmanship.
Elle a également emporté avec elle quelques friandises.

She also took with her some sweetmeats.

Dans les friandises, on avait mélangé du poison.

Into the sweetmeats some poison had been mixed.

Elle claqua des doigts trois fois.

She snapped her fingers thrice.

Et puis elle prononça le charme suivant :

And then she uttered the following charm:

"Bateau de Hajol! Rames de Mon Paban!"

"Boat of Hajol! Oars of Mon Paban!"

« Emmène-moi au Ghat »

"Take me to the Ghat,"

« Le Ghat dans lequel Keshavati se baigne »

"The Ghat in which Keshavati bathes"

Le bateau obéit à son ordre.

The boat heeded to her command.

Et le bateau volait comme un éclair sur les eaux.

And the boat flew like lightning over the waters.

Et le bateau laissa derrière lui de nombreuses villes et villages.

And the boat left many towns and cities behind.

Finalement, le bateau s'arrêta à un endroit de baignade.

At last the boat stopped at a bathing-place.

La servante Rakshasi avait atteint son objectif.

The Rakshasi maid-servant had reached her goal.

Elle a conclu qu'il s'agissait du ghat de baignade de Keshavati.

She concluded it was the bathing ghat of Keshavati.

Elle atterrit avec les friandises à la main.

She landed with the sweetmeats in her hand.

Elle se rendit à la porte du palais et cria à haute voix :

She went to the gate of the palace, and cried aloud:

« Oh Keshavati ! Keshavati ! Je suis ta tante. »

"Oh Keshavati! Keshavati! I am your aunt"

« Oh Keshavati, je suis la sœur de ta mère »

"Oh Keshavati, I am your mother's sister"

« Je suis venu te voir, ma chérie »

"I have come to see you, my darling"

« Je suis venu après tant d'années »
"I have come after so many years"
« Es-tu à la maison, Keshavati ? » demanda-t-elle.
"Are you home, Keshavati?" she asked.
La princesse entendit les paroles de la fausse tante.
The princess heard the words of the false-aunt.
Elle sortit de sa chambre et se dirigea vers l'entrée du palais.
She came out of her room and to the entrance of the palace.
Elle n'avait aucun doute qu'il s'agissait bien de sa tante.
She had no doubt that it was really her aunt.
Et elle embrassa et serra sa tante dans ses bras.
And she embraced and kissed her aunt.
Ils ont tous deux pleuré des rivières de joie.
They both wept rivers of joy.
Bien que vous devriez savoir que le Rakshasi a pleuré en premier.
Although you should know the Rakshasi wept first.
Keshavati pleurait avec elle par empathie.
Keshavati wept with her out of empathy.
Champa-Dal croyait également que la Rakshasi était sa tante.
Champa-Dal also believed the Rakshasi to be her aunt.
Ils ont tous mangé, bu et profité de cet heureux événement.
They all ate and drank and enjoyed the happy occasion.
Et puis ils se reposaient au milieu de la journée.
And then they took rest in the middle of the day.
Et ils ont encore fêté ça le soir.
And they celebrated again in the evening.

Le lendemain, les célébrations se sont poursuivies au petit-déjeuner.
The next day the celebrations continued at breakfast.
Champa-Dal avait l'habitude de dormir après le petit-déjeuner.
Champa-Dal had a habit of sleeping after breakfast.
Vers l'après-midi, la prétendue tante dit à Keshavati :
Towards afternoon, the supposed aunt said to Keshavati:

« Allons tous les deux à la rivière et lavons-nous :
"Let us both go to the river and wash ourselves:
Keshavati répondit : « Comment pouvons-nous y aller maintenant ? »
Keshavati replied, "How can we go now?"
« Mon mari dort », a-t-elle expliqué.
"My husband is sleeping," she explained.
« Ne vous inquiétez pas pour le sommeil de votre mari », dit la tante.
"Do not worry about your husband's sleep," said the aunt.
« Laissez-le dormir autant qu'il le souhaite »
"Let him sleep as much as he likes"
« Laissez-moi mettre ces friandises près de son lit. »
"Let me put these sweetmeats near his bedside"
« Comme ça, quand il se réveillera, il aura quelque chose à manger. »
"That way, when he awakes, he has something to eat"
Ils se dirigèrent ensuite vers la rivière.
Then they then went to the river-side.
Ils s'approchèrent de l'endroit où se trouvait le bateau.
They went close to the spot where the boat was.
De loin, Keshavati vit les paniers en osier.
From a distance Keshavati saw the baskets of wicker-work.
« Tante, que ces choses sont belles ! »
"Aunt, what beautiful things are those!"
« J'aimerais pouvoir me procurer certains de ces paniers en osier »
"I wish I could get some of those wicker baskets"
Sa tante l'a volontiers obligée.
Her aunt happily obliged her.
« Viens, mon enfant, et regarde les paniers en osier »
"Come, my child, and look at the wicker baskets"
« Vous pouvez avoir autant de paniers que vous le souhaitez »
"You can have as many baskets as you like"
Keshavati a d'abord refusé de monter dans le bateau.
Keshavati at first refused to go into the boat.

Mais sa tante était très persuasive.
But her aunt was very persuasive.
Et finalement elle monta sur le bateau.
And finally she went onto the boat.
Mais une fois sur le bateau, sa tante fit une chose étrange.
But once on the boat her aunt did a strange thing.
La tante claqua des doigts trois fois et dit :
The aunt snapped her fingers thrice and said:
"Bateau de Hajol ! Rames de Mon-Paban !"
"Boat of Hajol! Oars of Mon-Paban!"
« Emmène-moi au Ghat »
"Take me to the Ghat,"
« Le Ghat dans lequel Sahasra-Dal se baigne »
"The Ghat in which Sahasra-Dal bathes"
Et le bateau obéit à son ordre.
And the boat heeded to her command.
Et la barque volait comme une flèche sur les eaux.
And the boat flew like an arrow over the waters.
Keshavati était effrayée et s'est mise à pleurer.
Keshavati was frightened and began to cry.
Mais le bateau a continué malgré ses pleurs.
But the boat went on despite her crying.
Et le bateau laissa derrière lui de nombreuses villes et villages.
And the boat left behind many towns and cities.
En un clin d'œil, le bateau atteignit sa destination.
In a trice the boat reached its destination.
Le ghat où Sahasra-Dal avait l'habitude de se baigner.
The ghat where Sahasra-Dal was in the habit of bathing.
Keshavati a été emmenée au palais.
Keshavati was taken to the palace.
Sahasra-Dal admirait sa beauté et la longueur de ses cheveux.
Sahasra-Dal admired her beauty and the length of her hair.
Et les dames du palais firent de leur mieux pour la réconforter.
And the ladies of the palace tried their best to comfort her.

Mais elle a poussé un grand cri de protestation.
But she set up a loud cry of protest.
Et elle voulait être ramenée à son mari.
And she wanted to be taken back to her husband.
Finalement, elle vit qu'elle avait été faite prisonnière.
Finally she saw that she had been taken captive.
Elle parla donc aux dames du palais.
So she spoke to the ladies of the palace.
« Lors de mon mariage, j'ai fait un vœu à mon mari »
"Upon marriage I made a vow to my husband"
« J'ai promis de ne plus regarder le visage d'aucun autre homme. »
"I promised not to look upon the face of any other man"
« J'ai promis de tenir ce vœu pendant six mois »
"I promised to uphold this vow for six months"
Elle fut alors logée à l'écart des autres dans le palais.
She was then lodged away from the others in the palace.
Et on lui a donné une petite maison pour y vivre.
And she was given a small house to live in.
La fenêtre de la maison donnait sur la route.
The window of the house overlooked the road.
C'est là qu'elle passa toute la journée.
There she spent the livelong day.
Et là, elle passa toute la nuit.
And there she spent the livelong night.
Parce qu'elle avait très peu dormi.
Because she had very little sleep.
Parce qu'elle passait son temps à soupirer et à pleurer.
Because her time was spent in sighing and weeping.

Pendant ce temps, Champa-Dal se réveilla de son sommeil.
In the meantime Champa-Dal awoke from his sleep.
Il était distrait par le chagrin de ne pas avoir retrouvé sa femme.
He was distracted with the grief of not finding his wife.
Ses soupçons se tournèrent vers la tante de Keshavati.
His suspicions turned to the aunt of Keshavati.

Il savait qu'elle était une tricheuse et une imposteuse.
He knew she was a cheat and an impostor.
C'est sûrement elle qui a emporté Keshavati.
It must have been her who carried away Keshavati.
Il n'a pas mangé les friandises qui lui étaient laissées.
He did not eat the sweetmeats left for him.
Parce qu'il soupçonnait que les bonbons avaient été empoisonnés.
Because he suspected the sweets to have been poisoned.
Il a jeté un des bonbons à un corbeau.
He threw one of the sweets to a crow.
Au moment où le corbeau a mangé le bonbon, il est tombé mort.
The moment the crow ate the sweet, it dropped down dead.
Cela confirma ses soupçons envers la prétendue tante.
This confirmed his suspicion of the pretend aunt.
Fou de chagrin, il se précipita hors de la maison.
Maddened with grief, he rushed out of the house.
Il était déterminé à aller là où ses pieds le menaient.
He was determined to go wherever his feet took him.
Comme un fou, il sanglotait : « Oh Keshavati ! Oh Keshavati ! »
Like a madman he blubbered, "Oh Keshavati! Oh Keshavati!"
Il voyageait à pied jour après jour.
He travelled on foot day after day.
Et il suivit le chemin que ses pieds lui portèrent.
And he followed whatever way his feet took him.
Il passa six mois à voyager de cette manière pénible.
Six months he spent travelling in this wearisome manner.
Après six mois, il atteignit la capitale de Sahasra-Dal.
After six month he reached the capital of Sahasra-Dal.
Il passa devant la porte du palais.
He passed by the gate of the palace.
Et depuis la route, il pouvait voir une petite maison.
And from the road he could see a small house.
Et de l'intérieur de la maison, il pouvait entendre des soupirs.

And from in the house he could hear sighs.
Champa-Dal reconnut instantanément sa femme.
Champa-Dal instantly recognized his wife.
Et Keshavita reconnut instantanément son mari.
And Keshavita instantly recognized her husband.
Keshavita a raconté à son mari tout ce qui s'était passé.
Keshavita told her husband everything that had happened.
« La femme a demandé à aller se baigner après le petit-déjeuner »
"The woman asked to go bathing after breakfast"
« Au bord de la rivière, il y avait un bateau »
"At the river there was a boat"
« La femme m'a persuadé de monter sur le bateau »
"The woman persuaded me onto the boat"
« Et puis le bateau nous a emmenés à cet endroit »
"And then the boat took us to this place"
« J'ai réalisé que j'avais été fait prisonnier »
"I realized that I had been made captive"
« Alors je leur ai parlé de mes vœux envers toi »
"So I told them of my vows to you"
« Mais demain sera la fin de six mois »
"But tomorrow will be the end of six month"
Il y avait une coutume à cette époque.
There was a custom in those days.
Les vœux accomplis étaient récités publiquement.
The fulfilments of vows were publicly recited.
Cette tâche était normalement accomplie par un brahmane érudit.
This was normally fulfilled by a learned Brahman.
Ils avaient prévu que Champa-Dal assumerait ce rôle.
They planned for Champa-Dal to take on this role.
Et ce soir-là, le tambour du palais retentit.
And so that evening the palace drum was beat.
Le roi voulait qu'un brahmane érudit fasse une récitation.
The king wanted a learned Brahman to make a recitation.
L'histoire de Keshavati sur l'accomplissement de son vœu.
The story of Keshavati on the fulfilment of her vow.

Champa-Dal toucha le tambour et se porta volontaire.
Champa-Dal touched the drum and volunteered.
« Je ferai la récitation des vœux de Keshavita »
"I will make the recitation of Keshavita's vows"
Le lendemain matin, tout le monde s'est rassemblé dans la cour.
The next morning all assembled in the courtyard.
Le vieux roi et la reine mère.
The old king and the queen mother.
Sahasra-Dal et sa femme étaient là.
Sahasra-Dal and his wife were there.
Tous les courtisans et les savants brahmanes du pays.
All the courtiers and the learned Brahmans of the country.
Toute la royauté était sous un immense dais de soie.
All royalty was under a huge canopy of silk.
Kashavati était également là, mais derrière un voile.
Kashavati was also there, but behind a veil.
Pour qu'elle ne soit pas exposée au regard grossier des gens.
So that she wouldn't be exposed to the rude gaze of people.
Champa-Dal, le récitant, était assis sur une estrade.
Champa-Dal, the reciter, sat on a dais.
Et il commença à raconter l'histoire de Keshavati.
And he began to tell the story of Keshavati.
« Il était une fois un pauvre brahmane stupide »
"There was once a poor dimwitted Brahman"
« Cet homme stupide avait une femme, mais pas d'enfants. »
"This dimwitted man had a wife, but no children"
« Mais le fait qu'il n'ait pas eu d'enfants était probablement pour le mieux. »
"But him not having children was probably for the best"
« Parce qu'il était à peine capable de subvenir à ses propres besoins »
"Because he was barely able to meet his own needs"
« Et il pouvait à peine subvenir aux besoins de sa femme. »
"And he could hardly supply enough for his wife"
« Mais sa stupidité n'était même pas son plus gros problème. »

"But his dimwittedness was not even his biggest problem"
Et il a continué l'histoire comme nous l'avons suivie.
And he continued the story as we have followed it.
Et parfois, il se tournait vers Keshavati.
And sometimes he turned around to Keshavati.
Et il lui a demandé s'il racontait correctement l'histoire.
And he asked her if he was telling the story correctly.
Et elle lui a dit qu'il racontait l'histoire correctement.
And she told him he was telling the story correctly.
« La femme brahmane a conclu que son destin était scellé »
"The Brahman woman concluded her fate was sealed"
« Et elle pensait que son mari subirait le même sort »
"And she thought her husband would meet the same fate"
« Et elle ne s'attendait pas non plus à ce que son fils soit épargné. »
"And she did not expect her son to be spared either"
« Cette nuit-là, elle n'a presque pas dormi. »
"That night she hardly slept at all"
« Le Rakshasi l'avait empêchée de voir son mari »
"The Rakshasi had prevented her from seeing her husband"
« Tôt le lendemain matin, Champa-Dal est allé à l'école »
"Early next morning Champa-Dal went to school"
« Avant qu'il aille à l'école, elle a donné à son fils une bouteille en or »
"Before he went to school, she gave her son a golden bottle"
« Dans la bouteille dorée se trouvait son propre lait maternel »
"In the golden bottle was her own breast milk"
« Surveillez attentivement la couleur du lait »
"Carefully watch the colour of the milk"
Pendant la récitation, la servante Rakshasi pâlit.
During the recitation the Rakshasi maid-servant grew pale.
Elle a compris que sa véritable personnalité allait être découverte.
She perceived that her real character was going to be discovered.
Et Sahasra-Dal fut étonné de la connaissance du récitant.

And Sahasra-Dal was astonished at the knowledge of the reciter.

Le récitant a clairement raconté l'histoire de la vie du prince.

The reciter clearly told the history of the prince's life.

« Une ou deux gouttes de sang tombèrent des abeilles »

"A drop or two of the blood fell from the bees"

« Mais leur sang n'a pas touché la terre »

"But their blood did not touch the ground"

« Au lieu de cela, leur sang a atterri sur les cendres »

"Instead, their blood landed on the ashes"

« Un cri terrible a été entendu au loin »

"A terrible scream was heard at a distance"

« Le cri était le gémissement des Rakshasas »

"The scream was the wailing of the Rakshasas"

« Ils couraient tous chez eux aussi vite qu'ils le pouvaient »

"They were all running home as fast as they could"

« Ils voulaient empêcher que les abeilles soient tuées »

"They wanted to prevent the bees from being killed"

« Mais ils ne purent atteindre le palais à temps »

"But they could not reach the palace in time"

« Parce que les abeilles avaient déjà été tuées »

"Because the bees had already been killed"

« Au moment où les abeilles ont été tuées, tous les Rakshasas sont morts. »

"The moment the bees were killed, all the Rakshasas died"

« Leurs carcasses tombèrent à l'endroit même où ils se tenaient. »

"Their carcasses fell on the very spot they were standing"

« Leurs carcasses bloquaient désormais l'entrée du palais. »

"Their carcasses now blocked the gateway of the palace"

« De cette manière, les sept cents Rakshasas furent détruits. »

"In this manner the seven hundred Rakshasas were destroyed"

Tout le monde était captivé par l'histoire des Rakshasas.

All where enthralled by the story of the Rakshasas.

Parce que l'histoire était racontée par un véritable conteur.

Because the story was being told by a true storyteller.

Tout le monde a apprécié l'histoire, sauf la servante.

All enjoyed the story except for the maid-servant.

Parce que son véritable caractère allait forcément être découvert.

Because her real character was bound to be discovered.

« Champa-Dal a touché le tambour et s'est porté volontaire.

"Champa-Dal touched the drum and volunteered.

« Je ferai la récitation des vœux de Keshavita »

"I will make the recitation of Keshavita's vows"

« Le lendemain matin, tous se sont rassemblés dans la cour »

"The next morning all assembled in the courtyard"

« Le vieux roi et la reine mère »

"The old king and the queen mother"

« Sahasra-Dal et sa femme étaient là »

"Sahasra-Dal and his wife were there"

« Tous les courtisans et les savants brahmanes du pays »

"All the courtiers and the learned Brahmans of the country"

« Toute la royauté était sous un immense dais de soie »

"All royalty was under a huge canopy of silk"

« Kashavati était également là, mais derrière un voile »

"Kashavati was also there, but behind a veil"

« Pour qu'elle ne soit pas exposée au regard grossier des gens »

"So that she wouldn't be exposed to the rude gaze of people"

« Champa-Dal, le récitant, était assis sur une estrade »

"Champa-Dal, the reciter, sat on a dais"

« Et il commença à raconter l'histoire de Keshavati »

"And he began to tell the story of Keshavati"

Sahasra-Dal sauta de son siège.

Sahasra-Dal jumped up from his seat.

Et il embrassa le récitant de l'histoire.

And he embraced the reciter of the story.

« Tu ne peux être autre que mon frère Champa-Dal »

"You can be none other than my brother Champa-Dal"

Alors le prince fut enflammé de rage.

Then the prince was inflamed with rage.

Il ordonna à la servante de venir en sa présence.
He ordered the maid-servant to come into his presence.
Un trou de la hauteur d'un homme a été creusé dans le sol.
A hole the height of a man was dug in the ground.
Et la servante fut mise dans le trou, debout.
And the maid-servant was put into the hole, standing.
Des épines piquantes étaient entassées autour d'elle.
Prickly thorns were heaped around her.
Elle était couverte d'épines jusqu'au sommet de la tête.
Up to the crown of her head she was covered in thorns.
De cette façon, la servante fut enterrée vivante.
In this way the maid-servant was buried alive.
Après cela, tous vécurent heureux ensemble pendant de nombreuses années.
After this all lived happily together for many years.
Sahasra-Dal et sa princesse, ainsi que Champa-Dal et Keshavati.
Sahasra-Dal and his princess, and Champa-Dal and Keshavati.

L'histoire de Swet et Bachanta
The Story of Swet and Bachanta

Il était une fois un riche marchand.
There was once upon a time a rich merchant.
Ce riche marchand n'avait qu'un fils.
This rich merchant had only one son.
Et il aimait beaucoup son fils unique.
And he loved his only son very much.
Il a donné à son fils tout ce qu'il voulait.
He gave to his son whatever he wanted.
Bien sûr, son fils voulait une belle maison.
Of course his son wanted a beautiful house.
Et il voulait aussi avoir un grand jardin.
And he also wanted to have a large garden.
Une belle maison lui fut donc construite.
So a beautiful house was built for him.
Et un beau jardin lui fut également aménagé.
And a fine garden was made for him too.
Le fils du marchand était satisfait du jardin.
The merchant's son was pleased with the garden.
Et il aimait se promener dans le jardin.
And he enjoyed walking in the garden.
Un jour, un nid d'oiseau a attiré son attention.
One day a bird's nest caught his attention.
Cet oiseau s'appelle Toontooni.
This bird happens to be called Toontooni.
Il mit sa main dans le nid du petit oiseau.
He put his hand into the small bird's nest.
Et dans le nid , il trouva un œuf.
And in the nest he found an egg.
Il a sorti l'œuf de son nid.
He took the egg out of its nest.
Il y avait une almirah dans le mur de sa maison.
There was an almirah in the wall of his house.
Il mit donc l'œuf dans l'almirah.
So he put the egg in the almirah.

Il ferma la porte de l'almirah.
He closed the door of the almirah.
Et puis il ne pensa plus à l'œuf.
And then he thought no more of the egg.
Le fils du marchand avait sa propre maison.
The merchant's son had a house of his own.
Mais il avait une maison sans ménage.
But he had a house without a household.
Donc, dans sa maison, il n'y avait pas de cuisinier.
So in his house there was no cook.
Mais il n'avait pas besoin de son propre cuisinier.
But he had no need for his own cook.
Parce que sa mère lui envoyait régulièrement de la nourriture.
Because his mother regularly sent him food.
Le matin, elle lui envoya le petit-déjeuner.
In the morning she sent him breakfast.
Et chaque jour, on lui envoyait un dîner.
And every day she had dinner sent to him.
Un jour, l'œuf dans l'almirah a éclaté.
One day the egg in the almirah burst.
Mais ce n'était pas un oiseau qui sortait de l'œuf.
But it was not a bird that came out of the egg.
De l'œuf est sorti un bel enfant.
Out of the egg came a beautiful infant.
L'enfant n'était pas un oiseau, mais une fille humaine.
The infant was not a bird, but a human girl.
Mais le fils du marchand ne savait rien de l'événement.
But the merchant's son knew nothing of the event.
Il avait tout oublié de l'œuf.
He had forgotten everything about the egg.
La porte du mur-almirah était restée fermée.
The door of the wall-almirah had been kept closed.
Cependant, le fils du marchand n'a pas verrouillé la porte.
However, the merchant's son did not lock the door.
L'enfant a grandi dans le mur-almirah.
The child grew up within the wall-almirah.

Elle n'avait aucune connaissance du fils du marchand.
She had no knowledge of the merchant's son.
Elle ne connaissait personne d'autre.
Nor did she know of anyone else.
Quand l'enfant a pu marcher, il est devenu curieux.
When the child could walk it grew curious.
Et par curiosité, elle ouvrit la porte.
And out of curiosity she opened the door.
Ce jour-là aussi, la mère avait envoyé le petit-déjeuner.
That day, too, the mother had sent breakfast.
Et le petit-déjeuner avait été posé par terre.
And the breakfast had been put on the floor.
L'enfant a vu la nourriture qui était sur le sol.
The child saw the food that was on the floor.
Bien sûr, l'enfant a mangé de la nourriture.
Of course the child ate from the food.
Et puis l'enfant est retourné dans le mur.
And then the child returned into the wall.
La mère du marchand préparait toujours beaucoup de nourriture.
The merchant's mother always made a lot of food.
C'était plus de nourriture qu'il ne pouvait en manger.
It was more food than he could possibly eat.
Il n'a donc pas remarqué qu'il manquait de la nourriture.
So he didn't notice that any food was missing.
La fille du mur-almirah sortait tous les jours.
The girl of the wall-almirah came out every day.
Et chaque jour, elle mangeait une partie de la nourriture.
And every day she ate a part of the food.
Après avoir mangé la nourriture, elle est retournée à l'almirah.
After eating the food she returned to the almirah.
Mais avec le temps, la fille est devenue de plus en plus âgée.
But with time the girl got older and older.
Et avec l'âge, elle est devenue de plus en plus grande.
And with age she got bigger and bigger.
Et plus elle grandissait, plus elle avait faim.

And the bigger she got the hungrier she got.
Et elle a commencé à manger davantage de nourriture chaque jour.
And she began to eat more of the food each day.
Finalement, le fils du marchand remarqua la nourriture manquante.
Eventually the merchant's son noticed the missing food.
Mais il n'avait aucun moyen de savoir où allait la nourriture.
But he had no way of knowing where the food went.
La dernière chose qu'il soupçonnait était une fille de l'intérieur de l'almirah.
The last thing he suspected was a girl from inside the almirah.
Et il est donc arrivé à une conclusion très différente.
And so he came to a very different conclusion.
« Pourquoi maman envoie-t-elle une si petite quantité de nourriture ? ».
"Why is mother sending such a small quantity of food?".
Et il a envoyé un message à sa mère.
And he had a message sent to his mother.
« Pourquoi ne m'envoie-t-on pas assez de nourriture ? ».
"Why am I being sent insufficient food?".
« Et pourquoi le plat est-il servi de manière si négligée ? ».
"And why is the dish served so slovenly?".
Bien sûr, nous savons pourquoi la nourriture était insuffisante.
Of course we know why the food was insufficient.
Et nous savons pourquoi la nourriture était présentée de manière négligée.
And we know why the food was presented slovenly.
La fille du mur a mangé sa nourriture.
The girl from in the wall ate from his food.
Et tandis qu'elle mangeait, elle touchait le riz et le curry.
And as she ate she fingered the rice and curry.
Et elle se dépêchait toujours de retourner dans sa cellule dans le mur.
And she always hurried back into her cell in the wall.
Pour qu'elle ne soit vue par personne.

So that she would not be seen by anyone.

Elle n'a pas eu le temps de mettre le riz dans le bon ordre.

She had no time to put the rice in proper order.

La mère fut étonnée par la plainte de son fils.

The mother was astonished at her son's complaint.

Elle lui a donné plus qu'il ne pouvait manger.

She gave him more than he could eat.

La nourriture était servie sur un plateau en argent.

The food was served up on a silver plate.

Et elle a soigneusement préparé la nourriture elle-même.

And she neatly arranged the food herself.

Mais son fils répéta encore la même plainte.

But her son repeated the same complaint again.

Jour après jour, il se plaignait des petites portions.

Day after day he complained of the small portions.

Jour après jour, il se plaignait de la nourriture sale.

Day after day he complained of the messy food.

Et sa mère a commencé à soupçonner un acte criminel.

And so his mother began to suspect foul play.

Elle a dit à son fils de surveiller la nourriture.

She told her son to watch over the food.

« Regarde si quelqu'un mange ta nourriture ».

"See if anyone is eating your food".

Le lendemain, un serviteur apporta la nourriture.

The next day a servant brought the food.

Le serviteur déposa la nourriture dans un endroit propre.

The servant laid the food in a clean place.

Normalement, le fils du marchand prenait un bain.

Normally the merchant's son took a bath.

Mais ce jour-là, il n'est pas allé prendre de bain.

But this day he did not go for a bath.

Au lieu de cela, ce jour-là, il s'est caché à proximité.

Instead, on this day he hid himself nearby.

De sa cachette, il pouvait voir la nourriture.

From his hiding place he could see the food.

Le fils du marchand n'eut pas à attendre longtemps.

The merchant's son did not have to wait for long.

Bientôt, il vit le mur-almirah s'ouvrir.

Soon he saw the wall-almirah open.

Et il vit une belle demoiselle sortir.

And he saw a beautiful damsel step out.

Elle ne pouvait pas avoir plus de seize ans.

She could not have been more than sixteen.

Elle s'assit sur le tapis près du petit-déjeuner.

She sat on the carpet by the breakfast.

Et elle commença à manger la nourriture laissée sur le sol.

And she began to eat from the food left on the floor.

Le fils du marchand sortit de sa cachette.

The merchant's son came out of his hiding-place.

Et la demoiselle ne put lui échapper.

And the damsel could not escape from him.

« Qui es-tu, belle créature ? ».

"Who are you, beautiful creature?".

« Tu ne sembles pas être né sur terre ».

"You do not seem to be earth-born".

« Es-tu l'une des filles des dieux ? ».

"Are you one of the daughters of the gods?".

La fille répondit : « Je ne sais pas qui je suis ».

The girl replied, "I do not know who I am".

« Mais il y a une chose que je sais », continua la jeune fille.

"But there is one thing I do know," the girl continued.

« Un jour, je me suis retrouvé dans l'almirah du mur ».

"One day I found myself in the almirah in the wall".

« Et depuis lors, je vis dans le mur ».

"And since then I have been living in the wall".

Le fils du marchand trouvait son histoire étrange.

The merchant's son thought her story was strange.

Mais ensuite, il réfléchit un peu plus à l'histoire.

But then he thought a bit more about the story.

Et il se souvint de ce qui s'était passé il y a seize ans.

And he remembered what happened sixteen years ago.

Il se souvint du nid de l'oiseau toontoori.

He remembered the nest of the toontoori bird.

Et il se souvint avoir trouvé un œuf dans le nid.

And he remembered finding an egg in the nest.

Et il se souvint d'avoir mis l'œuf dans l'almirah.

And he remembered putting the egg in the almirah.

La fille du mur-almirah était d'une beauté peu commune.

The wall-almirah girl was of uncommon beauty.

Et le fils du marchand fut frappé par sa beauté.

And the merchant's son was struck by her beauty.

Sa beauté fit une profonde impression sur son esprit.

Her beauty made a deep impression on his mind.

Et il résolut dans son esprit de l'épouser.

And he resolved in his mind to marry her.

À partir de ce moment - là, la fille ne resta plus dans l'almirah.

From then on the girl didn't stay in the almirah.

On lui a donné une chambre dans la maison du fils du marchand.

She was given a room in the merchant's son's house.

Le lendemain, le fils du marchand écrivit un message.

The next day the merchant's son wrote a message.

Et il fit envoyer le message à sa mère.

And he had the message sent to his mother.

Vous pouvez deviner le thème général du message.

You can guess the general theme of the message.

Le fils du marchand a dit qu'il aimerait se marier.

The merchant's son said he would like to get married.

La mère du fils du marchand se reprocha.

The mother of the merchant's son reproached herself.

Elle n'avait pas essayé de trouver une épouse pour son fils.

She had not tried to find a wife for his son.

Elle sentait qu'elle aurait dû penser à son mariage.

She felt she should have thought of his marriage.

Et elle a donc rapidement répondu au message de son fils.

And so she promptly replied to her son's message.

Elle et son père allaient envoyer des ghataks.

She and her father were going to send out ghataks.

Les ghataks allaient se rendre dans différents pays.

The ghataks were going to go to different countries.

Là, ils allaient chercher des épouses convenables.
There they were going to look for suitable brides.
Mais le fils du marchand a dit que cela n'en serait pas nécessaire.
But the merchant's son said there would be no need.
Il s'était assuré une jolie jeune femme.
He had secured himself a lovely young lady.
S'ils n'avaient pas d'objection, il la leur présenterait.
If they had no objection, he would introduce her to them.
Et ainsi la jeune femme fut emmenée à la maison du marchand.
And so the young lady was taken to the merchant's house.
Le marchand et sa femme accueillirent l'étranger.
The merchant and his wife welcomed the stranger.
Et ils furent également frappés par sa beauté incomparable.
And they were also struck by her unmatched beauty.
La jeune fille était d'une beauté et d'une grâce parfaites.
The girl was of perfect loveliness and grace.
Les parents n'ont posé aucune question sur sa naissance.
The parents made no questions to her birth.
Et les noces furent célébrées sur-le-champ.
And the nuptials were celebrated there and then.

Au fil du temps, le fils du marchand eut deux fils.
In the course of time the merchant's son had two sons.
Il nomma l'aîné des fils Swet.
The elder of the sons he named Swet.
Et il nomma le plus jeune fils Basanta.
And the younger son he named Basanta.
Après un certain temps, le vieux marchand mourut.
After the passing of more time the old merchant died.
Ainsi, le fils du marchand devint marchand.
So the merchant's son now became the merchant.
Et après un certain temps, sa mère est morte aussi.
And after some time his mother died too.
Swet et Basanta sont devenus de bons garçons.
Swet and Basanta grew up to be fine lads.

Et le fils aîné fut marié au moment voulu.
And the elder son was in due time married.
Quelque temps après le mariage de Swet, sa mère est également décédée.
Sometime after Swet's marriage his mother also died.
La fille du mur n'était plus.
The girl from in the wall was no more.
Le veuf ne perdit pas de temps pour se remarier.
The widower lost no time in marrying again.
Et il avait une nouvelle jeune et belle épouse.
And he had a new young and beautiful wife.
La femme de Swet était plus âgée que sa belle-mère.
Swet's wife was older than his stepmother.
Sa femme devint alors la maîtresse de maison.
So his wife became the mistress of the house.
La belle-mère était comme toutes les belles-mères.
The stepmother was like all stepmothers are.
Elle détestait Swet et Basanta d'une haine parfaite.
She hated Swet and Basanta with a perfect hatred.
Et les deux dames ne pouvaient pas non plus se supporter.
And the two ladies also couldn't stand each other.
Il arriva un jour qu'un pêcheur arriva.
It so happened one day that a fisherman came.
Le pêcheur apporta un poisson au marchand.
The fisherman brought to the merchant a fish.
Ce poisson était d'une beauté singulière et remarquable.
This fish was of singular and remarkable beauty.
Ce poisson ne ressemblait à aucun autre que l'on avait vu.
It was unlike any other fish that had been seen.
Et le poisson avait aussi d'autres qualités.
And the fish had other qualities too.
Le pêcheur a expliqué les merveilles du poisson.
The fisherman explained the wonders of the fish.
« Deux choses se produiront si vous mangez ce poisson ».
"Two things will happen if you eat this fish".
« Quand tu ris, des maniks tomberont de ta bouche ».
"When you laugh maniks will drop from your mouth".

« Et quand tu pleureras, des perles tomberont de tes yeux ».
"And when you weep pearls will drop from your eyes".
Le marchand fut stupéfait par ce qu'il avait entendu.
The merchant was astounded by what he had heard.
Et il voulait les merveilleuses propriétés du poisson.
And he wanted the wonderful properties of the fish.
Et donc il acheta le poisson pour mille roupies.
And so he bought the fish at one thousand rupees.
Et il mit le poisson dans les mains de la femme de Swet.
And he put the fish into the hands of Swet's wife.
Parce que la femme de Swet était la maîtresse de maison.
Because Swet's wife was the mistress of the house.
Il lui a strictement ordonné de bien cuire le poisson.
He strictly instructed her to cook the fish well.
Et il lui dit de donner le poisson à lui seul à manger.
And he told her to give the fish to him alone to eat.
La mère de famille connaissait cependant le secret du
poisson.
The house-mother however knew the fish's secret.
Elle avait entendu ce que le pêcheur avait dit.
She had overheard what the fisherman had said.
Secrètement, elle élabora un plan différent dans son esprit.
Secretly she made a different plan in her mind.
Elle allait cuisiner le poisson pour son mari.
She was going to cook the fish for her husband.
Et elle allait partager le poisson avec son frère.
And she was going to share the fish with his brother.
Pour son beau-père, elle allait préparer une grenouille.
For her father-in-law she was going to prepare a frog.
Bientôt, elle eut fini de cuisiner le merveilleux poisson.
Soon she had finished cooking the marvelous fish.
Et elle avait aussi fini de cuisiner une grenouille.
And she had finished cooking a frog too.
Mais depuis la cuisine, elle entendait des disputes.
But from the kitchen she could hear a squable.
Elle pouvait entendre qui se disputait.
She could hear who it was that was arguing.

Sa belle-mère et le frère de son mari.
Her stepmother-in-law and her husband's brother.
Et elle comprit la cause de la dispute.
And she understood the cause of the argument.
Basanta n'était encore qu'un jeune garçon.
Basanta was still but a young lad.
Mais il aimait passionnément ses pigeons.
But he was passionately fond of his pigeons.
Et il a très bien apprivoisé ses pigeons.
And he tamed his pigeons very well.
Néanmoins, l'un de ses pigeons s'était échappé.
Nonetheless, one of his pigeons had escaped.
Et le pigeon s'envola dans la chambre de sa belle-mère.
And the pigeon flew into his stepmother's room.
Sa belle-mère a caché le pigeon dans ses vêtements.
His stepmother hid the pigeon in her clothes.
Basanta se précipita après le pigeon dans la pièce.
Basanta rushed after the pigeon into the room.
Et il exigea à haute voix qu'on lui rende le pigeon.
And he loudly demanded to have the pigeon back.
Sa belle-mère a nié avoir possédé le pigeon.
His stepmother denied having the pigeon.
Swet, cependant, savait qu'elle avait le pigeon.
Swet, however, did know she had the pigeon.
Et le frère aîné a pris l'oiseau de force.
And the older brother forcibly took the bird.
Et il libéra le pigeon de ses vêtements.
And he freed the pigeon from her clothes.
Et il rendit le pigeon à son frère.
And he gave the pigeon back to his brother.
La belle-mère jura et jura, et ajouta :
The stepmother cursed and swore, and added;
« Attendez que le chef de famille rentre à la maison ».
"Wait until the head of the house comes home".
« Il n'aura pas d'eau jusqu'à ce qu'il verse ton sang ».
"He will get no water till he sheds your blood".
La femme de Swet appela son mari et lui dit :

Swet's wife called her husband and said to him;

« Mon très cher seigneur, cette femme est une femme des plus méchantes ».

"My dearest lord, that woman is a most wicked woman".

« Et elle a une influence sans limite sur mon beau-père ».

"And she has boundless influence over my father-in-law".

« Elle le fera faire ce qu'elle a menacé ».

"She will make him do what she has threatened".

« Nos vies à tous sont en danger imminent ».

"All our lives are in imminent danger".

« Mais mangeons d'abord un peu », ajouta-t-elle.

"But let us first eat a little," she added.

« Et puis, fuyons tous les trois cet endroit ».

"And then let us all three run away from this place".

Swet appela aussitôt Basanta.

Swet forthwith called Basanta to him.

Et il lui raconta ce qu'il avait entendu de sa femme.

And he told him what he had heard from his wife.

Ils décidèrent de s'enfuir avant la tombée de la nuit.

They resolved to run away before nightfall.

La femme plaça le poisson devant son mari.

The woman placed before her husband the fish.

Et son beau-frère a aussi mangé du poisson.

And her brother-in-law ate of the fish too.

Et ils mangèrent du poisson avec appétit.

And they ate of the fish heartily.

La femme a emballé tous ses bijoux dans une boîte.

The woman packed up all her jewels in a box.

Il n'y avait qu'un seul cheval dans les écuries.

There was only one horse in the stables.

Mais le cheval était d'une rapidité peu commune.

But the horse was of uncommon fleetness.

Ils pourraient tous s'asseoir sur le cheval ensemble.

They could all sit on the horse together.

Swet tenait les rênes du cheval.

Swet held the reins of the horse.

La femme était assise au milieu du cheval.

The woman sat in the middle of the horse.

Et elle avait le coffret à bijoux sur ses genoux.

And she had the jewel-box in her lap.

Et Basanta s'assit à l'arrière du cheval.

And Basanta sat on the rear of the horse.

Le cheval galopait avec la plus grande rapidité.

The horse galloped with the utmost swiftness.

Ils traversèrent de nombreuses plaines et villes célèbres.

They passed through many a plain and noted town.

Après minuit, ils se retrouvèrent dans une forêt.

After midnight they found themselves in a forest.

Et ils n'étaient pas loin des rives d'une rivière.

And they were not far from the banks of a river.

C'est ici que s'est produit l'événement le plus fâcheux.

Here the most untoward event took place.

La femme de Swet commença à ressentir les douleurs de l'accouchement.

Swet's wife began to feel the pains of child-birth.

Ils descendirent de cheval sans délai.

They dismounted from the horse without delay.

Et en moins d'une heure, la femme de Swet a donné naissance à un fils.

And within an hour Swet's wife gave birth to a son.

Que devaient faire les deux frères dans cette forêt ?

What were the two brothers to do in this forest?

Ils savaient qu'il fallait allumer un feu.

They knew that a fire had to be kindled.

La mère et le nouveau-né avaient besoin de chaleur.

The mother and the new-born baby needed warmth.

Mais d'où pouvait-on tirer du feu ?

But from where was there fire to be gotten?

Aucune habitation humaine n'était visible.

There were no human habitations visible.

Il fallait néanmoins allumer un feu.

Nonetheless, a fire had to be procured.

Et c'était le mois d'hiver de décembre.

And it was the winter month of December.

La mère et le bébé périraient certainement.
The mother and the baby would certainly perish.
Swet a dit à Basanta de s'asseoir à côté de sa femme.
Swet told Basanta to sit beside his wife.
Et il partit dans l'obscurité de la nuit.
And he set out in the darkness of the night.
Et il partit à la recherche de bois pour faire du feu.
And he went in search of wood to make a fire.
Swet a marché plusieurs kilomètres dans l'obscurité.
Swet walked many a mile through the darkness.
Mais malgré la distance, il ne vit aucune habitation humaine.
But despite the distance he saw no human habitations.
Mais finalement, ses yeux ont reçu de l'aide.
But eventually his eyes were given some help.
La lumière bienveillante de Sukra illuminait quelque peu son chemin.
The genial light of Sukra somewhat illumined his path.
Et il vit au loin ce qui semblait être une grande ville.
And he saw at a distance what seemed a large city.
Il se félicitait de la fin de son voyage.
He was congratulating himself on his journey's end.
Et il se félicitait d'avoir trouvé le feu.
And he congratulated himself for finding fire.
Le feu qui allait profiter à sa pauvre femme.
The fire that was going to benefit his poor wife.
Sa femme qui gisait froidement dans la forêt.
His wife that was lying cold in the forest.
Le feu qui allait sauver son nouveau-né.
The fire that was going to save his new-born child.
Le nouveau-né né dans le froid.
The new-born baby born into the coldness.
Soudain, un éléphant a traversé son chemin.
Suddenly an elephant shot across his path.
L'éléphant était magnifiquement caparaçonné.
The elephant was gorgeously caparisoned.
Et l'éléphant le prit doucement avec sa trompe.

And the elephant gently picked him with his trunk.
Il le plaça sur le riche howdah, sur son dos.
He placed him on the rich howdah on its back.
L'éléphant marcha alors rapidement vers la ville.
The elephant then walked rapidly towards the city.
Swet a été assez surpris par les événements.
Swet was quite taken aback by the events.
Il ne comprenait pas les actions de l'éléphant.
He did not understand the elephant's actions.
Et il se demandait ce qui l'attendait.
And he wondered what was in store for him.
Une couronne était ce qui lui était réservé.
A crown is that which was in store for him.
Il était emmené dans la ville principale d'un royaume.
He was being taken to the chief city of a kingdom.
Dans ce royaume, chaque matin, un roi était élu.
In this kingdom every morning a king was elected.
Car les rois de cette ville n'ont duré qu'un jour.
Because the kings of this city lasted but a day.
Chaque nuit, le nouveau roi rejoignait la reine dans sa chambre.
Every night the new king joined the queen in her room.
Et chaque matin, le roi précédent était retrouvé mort.
And every morning the previous king was found dead.
Personne ne savait ce qui avait causé la mort des rois.
No one knew what caused the deaths of the kings.
Même la reine ne savait pas ce qui avait causé leur mort.
Not even the queen knew what caused their death.
Ce royaume avait donc son propre faiseur de rois.
So this kingdom had its own king-maker.
L'éléphant qui a soudainement attrapé Swet.
The elephant who suddenly took hold of Swet.
Tôt le matin, l'éléphant errait.
Early in the morning the elephant roamed about.
Parfois, l'éléphant se rendait dans des endroits éloignés.
Sometimes the elephant went to distant places.
Et chaque soir, l'éléphant revenait avec un homme.

And every evening the elephant returned with a man.
L'homme sur l'éléphant est devenu leur roi.
The man on the elephant's became their king.
L'éléphant marchait majestueusement dans les rues.
The elephant majestically marched through the streets.
Une foule de gens a accueilli leur nouveau roi.
A crowd of people welcomed their new king.
Mais Swet ne comprenait pas encore leurs acclamations.
But Swet did not yet understand their cheers.
L'éléphant entra dans le palais du royaume.
The elephant entered the kingdom's palace.
Et l'éléphant plaça Swet sur le trône.
And the elephant placed Swet on the throne.
Au milieu de grandes réjouissances, il fut proclamé roi.
Amid much rejoicing he was proclaimed king.
Mais il y avait aussi des lamentations dans la foule.
But there were lamentations in the crowd too.
Au cours de la journée, il entendit parler de la malédiction.
In the course of the day he heard of the curse.
La mort nocturne de chaque roi nouvellement élu.
The nightly death of every newly elected king.
Mais Swet était doté d'une grande discrétion.
But Swet was possessed of great discretion.
Et il a eu le courage de ne pas tenter de s'échapper.
And he had the courage not to try an escape.
Il a pris toutes les précautions possibles.
He took every precaution that he could take.
Mais il ne savait pas comment éviter la catastrophe.
But he did not know how to avert the catastrophe.
Et il ne savait pas quels expédients adopter.
And he knew not what expedients to adopt.
Parce qu'il ne connaissait pas la nature du danger.
Because he didn't know the nature of the danger.
Il résolut cependant deux choses :
He resolved, however, upon two things;
Il allait entrer armé dans la chambre.
He was going to go armed into the bedchamber.

Et il allait rester éveillé toute la nuit.
And he was going to stay awake the whole night.
La reine était jeune et d'une beauté exquise.
The queen was young and of exquisite beauty.
L'expression de son visage était candide et bienveillante.
Guileless and benevolent was the expression of her face.
Il était impossible de lui attribuer une quelconque malveillance.
It was impossible to attribute her any malice.
Personne ne croyait qu'elle était responsable de la mort de tous les rois.
No one believed she caused all the kings' deaths.
Dans la chambre de la reine, Swet passa une agréable soirée.
In the queen's chamber Swet spent an agreeable evening.
À mesure que la nuit avançait, la reine s'endormit.
As the night advanced the queen fell asleep.
Mais Swet restait éveillé et sur le qui-vive.
But Swet kept awake, and was on the alert.
Il regarda chaque ruisseau et chaque recoin de la pièce.
He looked at every creek and corner of the room.
Et il s'attendait à chaque instant à être assassiné.
And he expected every minute to be murdered.
Mais la reine ne s'est pas levée pour l'assassiner.
But the queen did not rise to murder him.
Et personne n'est entré dans la pièce pour le tuer non plus.
And no one entered the room to murder him either.
Il ne ressentait rien d'autre que de la somnolence.
Nor did he feel anything other than sleepiness.
Mais au milieu de la nuit, il perçut quelque chose.
But in the dead of night he perceived something.
Un fil sortait de la narine de la reine.
A thread was coming out the queen's nostril.
Le fil était si fin qu'il était presque invisible.
The thread was so thin that it was almost invisible.
Lentement, le fil atteignit plusieurs mètres de longueur.
Slowly the thread reached several yards in length.
Et finalement, tout le fil est sorti.

And eventually all the thread came out.
Ce n'est qu'à ce moment-là que le fil a commencé à s'épaissir.
Only then did the thread begin to grow thicker.
Bientôt le fil prit sa véritable forme.
Soon the thread took on its real shape.
Le fil était en fait un énorme serpent.
The thread was in fact a huge serpent.
Immédiatement, Swet coupa la tête du serpent.
Immediately Swet cut off the head of the serpent.
Le corps du serpent se tortillait violemment.
The body of the serpent wriggled violently.
Il resta assis tranquillement dans la pièce, s'attendant à d'autres aventures.
He sat quiet in the room, expecting other adventures.
Mais rien d'autre ne se produisit le reste de la nuit.
But nothing else happened the rest of the night.
La reine a dormi plus longtemps que d'habitude.
The queen slept longer than usual.
Parce qu'elle avait été soulagée de l'énorme serpent.
Because she had been relieved of the huge snake.
Tôt le lendemain matin, les ministres sont arrivés.
Early next morning the ministers came.
Ils s'attendaient à entendre parler de la mort du roi.
They were expecting to hear of the king's death.
Les dames de la chambre frappèrent à la porte.
The ladies of the bedchamber knocked at the door.
Mais à leur grande surprise, Swet sortit.
But to their astonishment Swet come out.
Le peuple apprit le mystère de la mort de tous les rois.
The folk learned the mystery of all the kings' deaths.
Et maintenant, le pays se réjouissait de son roi permanent.
And now the country rejoiced their permanent king.
Il y a une chose étrange que vous avez probablement remarquée.
There is a strange thing you probably noticed.

Swet ne se souvenait pas de sa femme qu'il avait laissée derrière lui.

Swet did not remember his wife he left behind.

C'est une chose étrange, mais c'est vrai.

It is a strange thing, nevertheless it is true.

Il ne se souvenait pas non plus du nouveau-né sans défense.

Nor did he remember the defenceless new-born babe.

Et il ne se souvenait pas non plus de son frère.

And he did not remember his brother either.

Il n'a pas eu le temps de se souvenir quand l'éléphant était arrivé.

He had no time to remember when the elephant came.

La première nuit, il a dû s'inquiéter pour sa propre vie.

On the first night he had to worry for his own life.

Et maintenant la couronne a provoqué son oubli.

And now the crown brought on his forgetfulness.

Mais il avait confié sa femme et son enfant à Basanta.

But he had entrusted his wife and child to Basanta.

Et son frère resta assis à attendre pendant de longues heures, épuisé.

And his brother sat waiting for many weary hours.

À chaque instant, il s'attendait à voir Swet revenir avec le feu.

Every moment he expected to see Swet return with fire.

Mais toute la nuit s'écoula sans qu'il revienne.

But the whole night passed away without his return.

Au lever du soleil, il se rendit au bord de la rivière.

At sunrise he went to the bank of the river.

Là, il chercha son frère avec anxiété.

There he anxiously looked about for his brother.

Mais son attente et ses recherches furent vaines.

But his waiting and searching were all in vain.

Dévasté au-delà de toute mesure, il pleurait au bord de la rivière.

Distressed beyond measure, he wept at the riverside.

Alors qu'il pleurait, un bateau passa.

As he was weeping a boat was passing by.

Dans le bateau, un marchand revenait de ses affaires.
In the boat a merchant was returning from business.
Le bateau n'était pas loin du rivage.
The boat was not far from the shore.
Ainsi, le marchand pouvait voir Basanta pleurer.
So the merchant could see Basanta weeping.
Quelque chose a attiré l'attention du marchand.
Something struck the attention of the merchant.
À côté de l'homme qui pleurait, il y avait un tas de perles.
By the weeping man appeared to be a pile of pearls.
Le marchand demanda au batelier de s'arrêter.
The merchant requested the boatman to halt.
Et le marchand s'approcha de l'homme qui pleurait.
And the merchant went to the weeping man.
À côté de l'homme qui pleurait se trouvait en fait un tas de perles.
By the weeping man was in fact a pile of pearls.
Et les perles étaient de la plus haute qualité.
And the pearls were of the highest quality.
Et une autre chose étonna le marchand.
And another thing astonished the merchant.
Le tas de perles s'agrandissait à chaque seconde.
The pile of pearls grew larger every second.
Parce que l'homme pleurait, mais pas de larmes.
Because the man was crying, but not tears.
Parce que ses larmes se sont transformées en perles sur le sol.
Because his tears turned to pearls on the ground.
Le marchand a rangé les perles dans son bateau.
The merchant stowed away the pearls into his boat.
Le marchand demanda alors à ses serviteurs de l'aider.
Then the merchant got his servants to help him.
Et ensemble, ils ont capturé l'homme qui pleurait.
And together they captured the crying man.
Ils l'ont mis à bord du navire.
They put him on board of the vessel.
Et il l'attacha à l'un des mâts du navire.

And he tied him to one of the ship's masts.
Basanta, bien sûr, a fait de son mieux pour résister.
Basanta, of course, tried his best to resist.
Mais que pouvait-il faire contre tant de marins ?
But what could he do against so many sailors?
Il pensait à son frère qui n'était jamais revenu.
He thought of his brother who never returned.
Il pensait à sa belle-sœur dans la forêt.
He thought of his sister-in-law in the forest.
Et il pensait à sa nièce nouvellement née.
And he thought of his newly born niece.
Et il pleura encore plus amèrement qu'avant.
And he cried even more bitterly than before.
Ses pleurs plurent énormément au marchand.
His weeping mightily pleased the merchant.
Parce que de plus en plus de perles tombaient au sol.
Because even more pearls were falling to the ground.
Et le marchand devint de plus en plus riche.
And the merchant became richer and richer.
Finalement, le marchand atteignit sa ville natale.
Eventually the merchant reached his native town.
Lorsqu'ils arrivèrent , il enferma Basanta dans une pièce.
When they got there he confined Basanta in a room.
Chaque jour, à des heures fixes, il le faisait fouetter.
At stated hours every day he had him whipped.
Afin de le faire verser encore plus de larmes.
In order to make him shed yet more tears.
Et chaque larme s'est transformée en une perle brillante.
And every tear converted into a bright pearl.
Le marchand dit un jour à ses serviteurs :
The merchant one day said to his servants;
« Ce type me rend riche avec ses pleurs. »
"The fellow is making me rich by his weeping".
« Voyons ce qu'il me donne en riant ».
"Let us see what he gives me by laughing".
En conséquence, il commença à chatouiller son captif.
Accordingly, he began to tickle his captive.

Après avoir été chatouillé, Basanta a commencé à rire.
Upon being tickled Basanta began to laugh.
Bien sûr, il ne riait pas de bonheur.
Of course he was not laughing out of happiness.
Mais malgré tout, des maniks sortaient de sa bouche.
But none the less maniks dropped from his mouth.
Après cela, Basanta n'était plus seulement fouetté.
After this Basanta was not just whipped anymore.
Maintenant, il était alternativement fouetté et chatouillé.
Now he was alternately whipped and tickled.
Toute la journée et jusque tard dans la nuit, il a été exploité.
All day and far into the night he was exploited.
La richesse du marchand augmentait de jour comme de nuit.
The merchant's wealth increased day and night.
Bientôt, il devint l'homme le plus riche du pays.
Soon he became the wealthiest man in the land.
Mais revenons plus tard à la soumission de Basanta.
But let us return to Basanta's subjugation later.
Tournons maintenant notre attention vers la femme de Swet.
Now let us turn our attention to Swet's wife.

La femme abandonnée de Swet était toujours dans la forêt.
Swet's abandoned wife was still in the forest.
Elle venait de donner naissance à son enfant.
She had just given birth to her child.
Mais maintenant, elle était seule dans la forêt.
But now she was alone in the forest.
D'abord, son mari l'avait abandonnée.
First her husband had abandoned her.
Et maintenant, son beau-frère l'a également abandonnée.
And now her brother-in-law abandoned her too.
Imaginez à quel point elle se sentait accablée de chagrin.
Imagine how overwhelmed with grief she felt.
Seul, et dans une forêt, loin de la civilisation.
Alone, and in a forest, far from civilization.
Son cas méritait effectivement de la sympathie.
Her case was indeed deserving of sympathy.

Elle a pleuré des rivières de larmes tristes et solitaires.
She wept rivers of sad and lonely tears.
Un chagrin excessif lui apporta cependant un soulagement.
Excessive grief, however, brought her relief.
Elle s'est endormie avec le nouveau-né dans ses bras.
She fell asleep with the new-born in her arms.
Alors qu'elle dormait profondément, une autre tragédie eut lieu.
While she was deep in sleep another tragedy took place.
Il se trouve que le Kotwal passait par là.
It so happened that the Kotwal was passing by.
Il avait récemment subi son propre malheur.
He had recently suffered his own misfortune.
Mais son malheur était d'une autre nature.
But his misfortune was of a different nature.
Les enfants que sa femme a mis au monde sont morts peu de temps après leur naissance.
The children his wife bore died shortly after birth.
Et il allait maintenant enterrer le dernier enfant.
And he was now going to bury the last infant.
Il se dirigeait vers les rives de la rivière.
He was heading to the banks of the river.
L'endroit où les autres nourrissons ont été enterrés.
The place where the other infants were buried.
Mais ensuite il vit la femme dormir dans la forêt.
But then he saw the woman sleeping in the forest.
Et dans ses bras, il la vit tenant un bébé.
And in her arms he saw her holding a baby.
Le bébé était un garçon vif et beau.
The infant was a lively and beautiful boy.
Sa vivacité ne perturbait pas le sommeil de sa mère.
His liveliness did not disturb his mother's sleep.
Les Kotwal désiraient beaucoup ce joli bébé.
The Kotwal wanted the lovely infant very much.
Il a discrètement pris l'enfant à sa mère.
He quietly took the child from his mother.
Et dans ses bras, il déposa son propre enfant mort.

And in her arms he placed his own dead child.
Bien sûr, ce n'est pas ce qu'il pouvait dire à sa femme.
Of course this is not what he could tell his wife.
« Nous pensions tous les deux que notre fils était mort ».
"We both thought that our son had died".
« Et j'ai porté son corps jusqu'au bord de la rivière ».
"And I carried his body to the river bank".
« Et c'est à ce moment-là qu'un miracle s'est produit ».
"And that was when a miracle occurred".
« Une fois de plus, notre fils a ouvert ses jeunes yeux ».
"Once more our son opened his young eyes".
« Et maintenant nous avons un garçon beau et vif ».
"And now we have a beautiful and lively boy".
Mais la femme de Swet ne connaissait pas la vérité sur les événements.
But Swet's wife did not know the true events.
Quand elle s'est réveillée, elle tenait l'enfant mort dans ses bras.
When she woke she held the dead child in her arms.
Et elle pensait que c'était son enfant qui était mort.
And she thought it was her child that had died.
On peut facilement imaginer la détresse de son esprit.
The distress of her mind may easily be imagined.
Le monde entier devint sombre pour elle.
The whole world became dark to her.
Elle était distraite par la perte de son enfant.
She was distracted by the loss of her child.
Et dans sa distraction, elle prit une résolution.
And in her distraction she formed a resolution.
Elle avait décidé de se suicider.
She had resolved to take her own life.
La rivière n'était pas loin de l'endroit où elle avait dormi.
The river was not far from where she had slept.
Et elle décida de se noyer dans la rivière.
And she determined to drown herself in the river.
Elle prit dans sa main le paquet de bijoux.
She took in her hand the bundle of jewels.

Et puis elle se dirigea vers le bord de la rivière.
And then she proceeded to the river-side.
Un vieux brahmane se trouvait à une courte distance.
An old Brahman was at no great distance.
Le Brahman effectuait ses ablutions matinales.
The Brahman was performing his morning ablutions.
Il a remarqué que la femme entrait dans l'eau.
He noticed the woman going into the water.
Naturellement, il pensait qu'elle allait se baigner.
Naturally he thought that she was going to bathe.
Mais ensuite il la vit s'enfoncer dans les eaux profondes.
But then he saw her going into the deep waters.
Quelque chose qui ressemblait à un soupçon surgit dans son esprit.
Something akin to suspicion arose in his mind.
Le Brahmane cessa ses dévotions.
The Brahman discontinued his devotions.
Lui aussi s'avança vers les profondeurs de la rivière.
He too waded out towards the river's depth.
Et il ordonna à la femme de venir à lui.
And he ordered the woman to come to him.
La femme de Swet entendit le vieil homme l'appeler.
Swet's wife heard the old man calling her.
Elle revint donc sur ses pas jusqu'au vieil homme.
So she retraced her steps to the old man.
« Quelles étaient tes intentions ? » demanda le Braham.
"What were your intentions?" asked the Braham.
Et la femme confirma ses soupçons.
And the woman confirmed his suspicions.
« J'allais mettre fin à mes jours ».
"I was going to put an end to my life".
Et elle remercia le Brahman de l'avoir sauvée.
And she thanked the Brahman for saving her.
« Acceptez ces bijoux en signe d'appréciation ».
"Accept these jewels as a sign of appreciation".
Le Brahmane accepta le signe d'appréciation.
The Brahman accepted the sign of appreciation.

Mais il était plus intéressé par son histoire.
But he was more interested in her story.
Et à sa demande, elle lui raconta son histoire.
And at his request she related her story.
Elle s'était échappée de chez sa belle-mère.
She had escaped from her stepmother in law.
Dans la forêt, elle a donné naissance à un enfant.
In the forest she gave birth to a child.
D'abord, son mari est parti à la recherche du feu.
First her husband went looking for fire.
Mais son mari n'est jamais revenu vers elle.
But her husband never came back to her.
Alors son beau-frère chercha son mari.
Then her brother-in-law looked for her husband.
Mais son beau-frère n'est pas revenu non plus.
But her brother-in-law did not return either.
Finalement, elle s'est endormie avec son enfant.
Eventually she fell asleep with her child.
Mais quand elle s'est réveillée, son enfant était mort.
But when she woke her child was dead.
Et c'est à ce moment-là qu'elle a décidé de se noyer.
And that's when she decided to drown herself.
Elle ressentit le soulagement de pouvoir raconter son destin.
She felt the relieve of telling her fate.
Le brahmane invita la femme chez lui.
The Brahman invited the woman to his house.
Et la femme fut acceptée dans sa famille.
And the woman was accepted into his family.
La femme du brahmane la traitait comme sa fille.
The Brahman's wife treated her like a daughter.
Et elle a passé des années avec sa nouvelle famille.
And she spent years with her new family.
Swet a passé ces années dans son royaume.
Swet spend those years in his kingdom.
Basanta a passé ces années à être torturé.
Basanta spent those years being tortured.
Et le fils adoptif du Kotwal grandit.

And the adopted son of the Kotwal grew up.
La maison du brahmane n'était pas loin de celle des Kotwal.
The Brahman's house was not far from the Kotwal's.
Ainsi, le fils de Kotwal rencontra la fille adoptive du Brahmane.
So the Kotwal's son met the Brahman's adopted daughter.
Et le garçon pensa qu'il était tombé amoureux d'elle.
And the lad thought he fell in love with her.
Il a parlé à son père de la femme.
He spoke to his father about the woman.
Et le père parla au brahmane à propos de la femme.
And the father spoke to the Brahman about the woman.
La rage du Brahmane ne connaissait pas de limites.
The Brahman's rage knew no bounds.
« Quelle est cette insolence ! » protesta le brahmane.
"What is this insolence!" the Brahman protested.
« Votre fils est le fils d'un infidèle ».
"Your son is the son of an infidel".
« Comment peut-il aspirer à la main de la fille d'un brahmane !? ».
"How can he aspire to the hand of a Brahman's daughter!?".
« Un nain pourrait tout aussi bien aspirer à s'emparer de la lune ! ».
"A dwarf may as well aspire to catch hold of the moon!".
Mais le fils de Kotwal décida de l'avoir par la force.
But the Kotwal's son determined to have her by force.
Un jour, il escalada le mur de la maison du brahmane.
One day he scaled the wall of the Brahman's house.
Il monta sur le toit de chaume de l'étable.
He got upon the thatched roof of the cow-house.
Et de cette position élevée, il fit une reconnaissance.
And from that lofty position he reconnoitered.
Et il vit deux jeunes veaux au-dessous de lui.
And he saw two young calves below him.
Et il entendit la conversation de deux jeunes veaux.
And he overheard the conversation of two young calves.

« Les hommes nous accusent d'ignorance brutale et d'immoralité ».

"Men accuse us of brutish ignorance and immorality".

« Mais à mon avis, les hommes sont cinquante fois pires ».

"But in my opinion men are fifty times worse".

« Qu'est-ce qui te fait dire ça, frère ? » demanda le veau.

"What makes you say so, brother?" the calf asked.

« Avez-vous été témoin d'exemples de dépravation humaine ? ».

"Have you witnessed instances of human depravity?".

« Qui est un plus grand monstre que le fils de Kotwal ? ».

"Who is a greater monster than the Kotwal's son?".

« Le même garçon debout sur le toit de chaume ».

"The same lad standing on the thatched roof".

« Le toit de cette cabane au-dessus de nos têtes ».

"The roof of this hut above our heads".

« Je pensais qu'il était juste le fils de notre Kotwal ».

"I thought he was just the son of our Kotwal".

« Je n'ai jamais entendu dire qu'il était exceptionnellement vicieux ».

"I never heard that he was exceptionally vicious".

« Vous n'avez peut-être jamais entendu parler de sa méchanceté ».

"You may have never heard of his wickedness".

« Mais maintenant, vous allez entendre de ma part parler de sa méchanceté ».

"But now you will hear of his wickedness from me".

« Ce méchant garçon fait maintenant des projets immoraux ».

"This wicked lad is now making immoral plans".

« Il essaie d'épouser sa propre mère ! ».

"He is trying get married to his own mother!".

Le premier veau raconta alors toute l'histoire.

The First Calf then related the whole story.

Et le deuxième veau curieux écoutait.

And the inquisitive Second Calf listened.

Et le veau raconta l'histoire de Swet et de Basanta.

And the calf told Swet's and Basanta's story.

« Un marchand a construit une maison pour son fils »
"A merchant built a house for his son"

« Dans le jardin de la maison se trouvait un oiseau Toontooni »
"In the garden of the house was a Toontooni bird"

« Dans le nid de l'oiseau Toontooni se trouvait un œuf »
"In the nest of the Toontooni bird was an egg"

« Le fils du marchand a mis l'œuf dans un almirah"
"The merchant's son put the egg in a almirah"

« De l'œuf est sortie une belle fille »
"Out of the egg came a beautiful girl"

« Finalement, le fils du marchand épousa cette belle fille »
"Eventually the merchant's son married this beautiful girl"

« Ensemble, ils ont eu deux enfants : Swet et Basanta. »
"Together they had two children; Swet and Basanta"

« Quelque temps plus tard, le grand-père des enfants est décédé »
"Some time later the grandfather of the children died"

« Quelque temps plus tard, leur grand-mère mourut également. »
"Some time later again their grandmother died too"

« Au bon moment, le fils aîné, Swet, s'est marié »
"At the right time, the oldest son, Swet, got married"

« Sa mère, la femme Toontooni, est décédée quelque temps plus tard »
"His mother, the Toontooni woman, died sometime later"

« Peu de temps après, leur père épousa une femme plus jeune »
"Soon after their father married a younger woman"

« Mais leur nouvelle belle-mère détestait ses beaux-fils »
"But their new stepmother hated her stepsons"

« Et elle détestait aussi sa nouvelle belle-fille. »
"And she also hated her new stepdaughter-in-law"

« Un jour, un pêcheur rendit visite au marchand. »
"One day a fisherman happened to visit the merchant"

« Le pêcheur avait vendu au marchand un poisson magique
»
"The Fisherman had sold the merchant a magical fish"
« Celui qui mangeait le poisson riait aux éclats »
"Whoever ate the fish would laugh maniks"
« Et celui qui mangeait le poisson pleurait des perles »
"And whoever ate the fish would weep pearls"
« Le même jour, il y a eu une dispute à propos de quelques
pigeons »
"The same day there was an argument over some pigeons"
« La belle-mère était terriblement vengeresse envers ses
beaux-fils »
"The stepmother was terribly vengeful to her stepsons"
« Et elle a juré de se venger de ses beaux-fils »
"And she swore revenge on her stepsons"
« Ce jour-là, Swet, sa femme et Basanta se sont échappés »
"That day Swet, his wife, and Basanta escaped"
« Mais avant de partir, ils mangèrent le poisson magique »
"But before leaving they ate the magical fish"
« Au cours de leur voyage, la femme de Swet a donné
naissance à un petit garçon »
"On their journey Swet's wife gave birth to a baby boy"
« Swet est allé chercher du bois pour faire un feu »
"Swet went to look for wood to make a fire"
« Mais il a été emporté par un éléphant »
"But he was carried away by an elephant"
« Il a été emmené chez une reine hantée par un serpent »
"He was taken to a Queen haunted by a snake"
« Mais il réussit à tuer le serpent »
"But he succeeded in killing the serpent"
« Et ainsi il devint roi du pays » « Basanta partit à la
recherche de son frère »
"And so he became king of the land" "Basanta went looking
for his brother"
« Mais il a été capturé par un marchand »
"But he was captured by a merchant"

« Et maintenant, il est fouetté et chatouillé quotidiennement
»

"And now he's flogged and tickled daily"

« Et il pleure des perles et rit comme un fou »

"And he cries pearls and laughs maniks"

« Le fils de Kotwal était mort cette nuit-là »

"The Kotwal's son had died that night"

« Alors les Kotwal ont échangé les deux bébés »

"So the Kotwal exchanged the two babies"

« La mère ne pouvait pas supporter la perte de son enfant »

"The mother couldn't bear the loss of her child"

« Alors elle a pris la décision de se noyer. »

"So she made the decision to drown herself"

« Mais il y avait un brahmane qui lui a sauvé la vie »

"But there was a Brahman that saved her life"

« Et ce brahmane l'a accueillie chez lui »

"And this Brahman took her into his home"

« Le fils de Kotwal a grandi comme un garçon robuste »

"The Kotwal's son grew up a hardy boy"

« Et il tomba amoureux de la femme »

"And he fell in love with the woman"

« Et maintenant il se tient sur le toit »

"And now he stands on the roof"

« Et il a l'intention d'avoir la femme »

"And he's intent on having the woman"

Tout cela, le fils de Kotwal l'entendit.

All this the Kotwal's son heard.

Et il fut frappé d'horreur.

And he was struck with horror.

Il descendit aussitôt du chaume.

He forthwith got down from the thatch.

Et il rentra chez son père.

And he went home to his father.

Et il dit qu'il devait parler au roi.

And he said he must speak with the king.

Le père a protesté contre la demande.

The father protested against the request.

Mais il a obtenu un entretien avec le roi.
But he got an interview with the king.
Il parla au roi de l'affaire des deux veaux.
He told the king about the two calves.
Et il répéta toute l'histoire.
And he repeated the whole story.
Le roi se souvint alors de sa pauvre épouse.
The king now remembered his poor wife.
Un serviteur fut donc envoyé auprès du Brahman.
So a servant was sent to the Brahman.
Et le Brahman fut richement récompensé.
And the Brahman was richly rewarded.
Et sa femme fut ramenée au palais.
And his wife was brought back to the palace.
Sa femme a été remise à sa juste place.
His wife was put in her proper position.
Et elle devint reine du royaume.
And she became queen of the kingdom.
Le fils présumé du Kotwal a été réadopté.
The reputed son of the Kotwal was readopted.
Et il fut proclamé héritier du trône.
And he was proclaimed heir to the throne.
Basanta a été sorti du cachot.
Basanta was brought out of the dungeon.
Et le méchant marchand fut enterré vivant.
And the wicked merchant was buried alive.
Et des épines furent mises dans son tombeau.
And thorns were put in his burying-place.
Et tous vécurent heureux ensemble pendant de nombreuses années.
And all lived together happily for many years.
Swet, sa femme et son fils, et Basantas.
Swet, his wife and son, and Basantas.

Le mauvais œil de Sani
The Evil Eye of Sani

Il était une fois Sani et Lakshmi qui se disputaient.

Once upon a time Sani and Lakshmi fell out with each other.

Sani, également connu sous le nom de Saturne, est le dieu de la malchance.

Sani, also known as Saturn, is the God of bad luck.

Et Lakshmi est la déesse de la chance.

And Lakshmi is the Goddess of good luck.

Et ces deux dieux se sont disputés dans le ciel.

And these two Gods fell out with each other in heaven.

Sani a déclaré qu'il avait un rang supérieur à celui de Lakshmi.

Sani said he was higher in rank than Lakshmi.

Et Lakshmi a dit qu'elle était d'un rang supérieur à celui de Sani.

And Lakshmi said she was higher in rank than Sani.

Mais il y avait autant de dieux que de déesses.

But there were just as many Gods as there were Goddesses.

Le différend ne pouvait donc pas être réglé au ciel.

Therefore the dispute could not be settled in heaven.

Les divinités en conflit ont convenu de soumettre l'affaire aux humains.

The contending deities agreed to refer the matter to humans.

Les humains avaient un nom pour la sagesse et la justice.

The humans had a name for wisdom and justice.

Il vivait à cette époque sur terre un homme nommé Sribatsa.

There lived at that time upon earth a man named Sribatsa.

(Sri est un autre nom de Lakshmi).

(Sri is another name of Lakshmi).

(Et « batsa » est un autre mot pour enfant).

(And"batsa" is another word for child).

(donc Sribatsa signifie littéralement « l' enfant de la fortune »).

(so Sribatsa literally means"the child of fortune").

Sribatsa avait autant de sagesse que de richesse.

Sribatsa had as much wisdom as he had wealth.
Et il était aussi beau que riche.
And he was as fair as he was rich, too.
Il était donc un bon juge pour le litige.
He was therefore a good judge for the dispute.
Et le Dieu et la Déesse convinrent qu'il pouvait juger leur cas.
And the God and Goddess agreed he could judge their case.
Un jour, Sribatsa fut contacté.
One day, accordingly, Sribatsa was contacted.
On lui a dit que Sani et Lakshmi viendraient à lui.
He was told that Sani and Lakshmi would come to him.
Et on lui a dit qu'ils souhaitaient qu'il règle leur différend.
And he was told they wished for him to settle their dispute.
Cela a mis Sribatsa dans une situation délicate.
This put Sribatsa in a delicate situation.
Il pourrait dire que Sani avait un rang plus élevé que Lakshmi.
He could say Sani was higher in rank than Lakshmi.
Mais alors elle serait en colère contre lui et l'abandonnerait.
But then she would be angry with him and forsake him.
Il pourrait dire que Lakshmi avait un rang plus élevé que Sani.
He could say Lakshmi was higher in rank than Sani.
Mais alors Sani jetait son mauvais œil sur lui.
But then Sani would cast his evil eye upon him.
Il a décidé de ne rien dire directement.
He made up his mind not to say anything directly.
Le dieu et la déesse devaient observer ses actions.
The god and the goddess had to observe his actions.
Et à partir de ses actions, ils pouvaient recueillir leurs opinions.
And from his actions they could gather their opinions.
Sribatsa a commandé la fabrication de deux chaises.
Sribatsa ordered two chairs to be made.
L'une des chaises était en or.
One of the chairs was made from gold.

Et l'autre chaise était en argent.

And the other chair was made from silver.

Et il plaça les deux chaises à côté de lui.

And he placed the two chairs beside himself.

Le jour arriva où Sani et Lakshmi rendirent visite à Sribatsa.

The day came when Sani and Lakshmi visited Sribatsa.

Il dit à Sani de s'asseoir sur la chaise argentée.

He told Sani to sit upon the silver chair.

Et il dit à Lakshmi de s'asseoir sur la chaise en or.

And he told Lakshmi to sit upon the gold chair.

Sani devint fou de rage et parla avec colère ;

Sani became mad with rage, and spoke angrily;

« Vous me considérez comme d'un rang inférieur à celui de Lakshmi »

"You consider me lower in rank than Lakshmi"

« Je jetterai les yeux sur toi pendant trois ans »

"I will cast my eye on you for three years"

« Nous verrons comment vous vous en sortirez à la fin de cette période »

"We shall see how you fare at the end of that period"

Le dieu s'en alla alors en grande colère.

The god then went away in great anger.

Lakshmi, avant de partir, dit à Sribatsa :

Lakshmi, before she went away, said to Sribatsa;

« Mon enfant, n'aie pas peur. Je serai ton ami. »

"My child, do not fear. I'll befriend you"

Le dieu et la déesse s'en allèrent alors.

The god and the goddess then went away.

Sribatsa a parlé à sa femme, Chantamani ;

Sribatsa spoke to his wife, Chantamani;

« Chéri, le mauvais œil de Sani sera sur moi »

"Dearest, the evil eye of Sani will be upon me"

« Je ferais mieux de quitter la maison »

"I had better go away from the house"

« Si je reste, le mal nous arrivera, à toi et à moi. »

"If I stay evil will befall you and me"

« Mais si je pars, le mal ne fera que m'atteindre. »

"But if I go, evil will overtake me only"
Chintamani a dit : « ça ne peut pas être comme ça »
Chintamani said, "it cannot be that way"
«Où que tu ailles, j'irai avec toi»
"Wherever you go, I will go with you"
« Ta chance sera ma chance »
"Your good luck shall be my good luck"
« Et ta malchance sera ma malchance »
"And your bad luck shall be my bad luck"
Le mari a fait de gros efforts pour persuader sa femme de rester.
The husband tried hard to persuade his wife to stay.
Mais tous ses efforts furent vains.
But all his efforts were of no use.
Elle a refusé d'abandonner son mari.
She refused to abandon her husband.
Sribatsa a dit à sa femme de faire une ouverture dans leur matelas.
Sribatsa told his wife to make an opening in their mattress.
Et il lui a dit de cacher tout leur argent et leurs bijoux.
And he told her to stow away all their money and jewels.
À la veille de quitter leur maison, Sribatsa invoqua Lakshmi.
On the eve of leaving their house, Sribatsa invoked Lakshmi.
Après avoir été invoquée, Lakshmi apparut immédiatement.
Upon being invoked, Lakshmi forthwith appeared.
« Mère Lakshmi, le mauvais œil de Sani est sur nous »
"Mother Lakshmi, the evil eye of Sani is upon us"
« Nous partons en exil »
"We are going away into exile"
« S'il vous plaît, soyez notre ami et prenez soin de nos biens »
"Please befriend us, and take care of our property"
La déesse de la chance répondit.
The goddess of good luck answered.
« N'aie pas peur, je serai ton ami. »
"Do not fear; I'll befriend you"

« À la fin, tout ira bien »
"In the end all will be right"
Ils se mirent alors en route.
They then set out on their journey.
Sribatsa a enroulé le matelas et l'a mis sur sa tête.
Sribatsa rolled up the mattress and put it on his head.
Ils n'avaient pas parcouru beaucoup de kilomètres lorsqu'ils aperçurent une rivière.
They had not gone many miles when they saw a river.
Il y avait un canoë avec un homme assis dedans.
There was a canoe with a man sitting in it.
Les voyageurs ont demandé au passeur de les faire traverser.
The travelers requested the ferryman to take them across.
Le passeur a dit qu'il ne pouvait en prendre qu'un à la fois.
The ferryman said he could only take one at a time.
« Vous êtes trois », objecta-t-il.
"Tere are three of you," he objected.
« Il y a toi, ta femme et ton matelas »
"There is you, your wife, and your mattress"
Sribatsa a proposé dans quel ordre ils devraient traverser la rivière.
Sribatsa proposed in what order they should ferry over the river.
« Il faut d'abord faire traverser la rivière à ma femme. »
"First my wife should be taken across the river"
« Après ma femme, emportez le matelas de l'autre côté de la rivière »
"After my wife, take the mattress across the river"
« Et ensuite tu pourras m'emmener de l'autre côté de la rivière. »
"And then you can take me across the river"
Mais le passeur ne voulait rien entendre.
But the ferryman would not hear of it.
« Un seul à la fois », répéta-t-il.
"Only one at a time," he repeated.
« Laissez-moi d'abord prendre le matelas. »
"First let me take across the mattress"

Sribatsa n'a vu aucune raison de s'opposer à la proposition.
Sribatsa saw no reason to object to the proposal.
Le passeur a commencé à transporter le matelas de l'autre côté de la rivière.
The ferryman started taking the mattress across the river.
Il avait atteint la moitié du chemin traversant la rivière.
He had reached halfway across the river.
Mais alors, de nulle part, une violente tempête s'est levée.
But then, from nowhere, a fierce gale arose.
Le passeur a perdu le contrôle de son canot.
The ferryman lost control of his canoe.
Le matelas a été emporté par le vent dans la rivière.
The mattress was blown into the river.
La rivière a tout emporté avec elle.
The river carried everything away with it.
Et les passeurs, le canot et le matelas ne furent plus jamais revus.
And the ferrymen, canoe, and mattress were never seen again.
Mais ce n'était même pas l'événement le plus étrange.
But that was not even the strangest events.
Parce que la rivière a également disparu dans les airs.
Because the river also disappeared into thin air.
Là où il y avait de l'eau, il y avait maintenant de la terre sèche.
Where there was water there was now dry ground.
Sribatsa savait que le mauvais œil de Sani l'observait.
Sribatsa knew the evil eye of Sani had been watching.

Sribatsa et sa femme n'avaient pas un sou dans leurs poches.
Sribatsa and his wife had not a pice in their pockets.
Ensemble, appauvris, ils se rendirent dans un village voisin.
Together, impoverished, they went to a nearby village.
Le village était habité principalement par des bûcherons.
The village was dwelt in mostly by wood-cutters.
Au lever du soleil, les bûcherons allaient couper du bois.
At sunrise the woodcutters went to cut wood.

Et le bois qu'ils coupaient, ils le vendaient dans une ville lointaine.
And the wood they cut they sold in a faraway town.
Sribatsa a demandé à travailler avec les bûcherons.
Sribatsa asked to work with the wood-cutters.
Et les bûcherons acceptèrent de le laisser couper du bois.
And the wood-cutters agreed to let him cut wood.
Il pouvait abattre des arbres aussi bien que les meilleurs d'entre eux.
He could fell trees as well as the best of them.
Mais Sribatsa était différent des bûcherons.
But Sribatsa was different from the wood-cutters.
Les bûcherons coupent toutes sortes de bois.
The wood-cutters cut any and every sort of wood.
Mais Sribatsa ne coupait que les essences de bois précieuses.
But Sribatsa cut only the precious types of wood.
Ses efforts se concentrèrent sur l'abattage du bois de santal.
His efforts were focused on cutting down sandal-wood.
Les bûcherons apportaient au marché de grandes quantités de bois commun.
The wood-cutters brought to market large loads of common wood.
Sribatsa n'a apporté que quelques morceaux de bois de santal au marché.
Sribatsa brought only a few pieces of sandal-wood to the market.
Il était payé beaucoup plus cher que les autres.
He was paid a great deal more money than the others.
Les choses continuèrent ainsi pendant quelques jours.
Things went on this way for some days.
Et les bûcherons devinrent jaloux de Sribatsa.
And the wood-cutters became jealous of Sribatsa.
Dans leur jalousie, ils complotèrent contre Sribatsa.
In their jealousy they plotted against Sribatsa.
Et finalement, ils ont chassé Sribatsa et sa femme du village.
And finally they drove Sribatsa and his wife from the village.

Sribatsa et sa femme se dirigèrent vers un autre village.
Sribatsa and his wife made their way to another village.
Dans ce village, il y avait beaucoup de femmes qui tissaient.
In this village there were many women that weaved.
Ici, Chintamani s'est rendue utile en filant du coton.
Here Chintamani made herself useful by spinning cotton.
Chintamani était une femme intelligente et habile.
Chintamani was an intelligent and skillful woman.
Elle filait donc un fil plus fin que les autres femmes.
So she spun finer thread than the other women.
Et elle était mieux payée que les autres femmes.
And she got paid more money than the other women.
Cela a suscité l'envie des femmes indigènes du village.
This roused the envy of the native women of the village.
Mais l'envie des autres femmes n'était pas tout.
But the envy of the other women was not all.
Sribatsa voulait gagner la bonne grâce des tisserands.
Sribatsa wanted to gain the good grace of the weavers.
Il invita donc les femmes qui filaient le coton à un festin.
So he invited the women that spun cotton to a feast.
Les plats de l'exploit ont tous été cuisinés par sa femme.
The dishes of the feat were all cooked by his wife.
Chintamani était un bon tisserand et un excellent cuisinier.
Chintamani was a good weaver, and an excellent in cook.
Elle a placé les délices devant les femmes.
She placed the delicacies before the women.
Et les tisserands barbares furent tout à fait charmés.
And the barbarous weavers were quite charmed.
Les hommes rentrèrent chez eux le ventre plein.
The men went to their homes with their bellies full.
Mais lorsqu'ils rentrèrent chez eux, ils firent des reproches à leurs femmes.
But when they got home, they reproached their wives.
« Pourquoi ne cuisines-tu pas comme la femme de Sribatsa ? »
"Why do you not cook like the wife of Sribatsa"
Et les hommes appelaient leurs femmes des bonnes à rien.

And the men called their wives good-for-nothing women.
Cela a fait que les femmes ont encore plus détesté Chintamani.
This made the women hate Chintamani the more.

Un jour, Chintamani se rendit au bord de la rivière.
One day Chintamani went to the river-side.
Elle voulait se baigner avec les autres femmes du village.
She wanted to bathe along with the other women of the village.
Un bateau était échoué sur la rive, échoué sur le sable.
A boat had been lying on the bank, stranded on the sand.
Le bateau était resté bloqué là-bas pendant plusieurs jours.
The boat had been stranded there for many days.
Ils avaient essayé de déplacer le bateau, mais en vain.
They had tried to move the boat, but in vain.
Il se trouve que Chintamani a touché le bateau.
It so happened that Chintamani touched the boat.
C'était un accident, car elle n'avait pas l'intention de toucher le bateau.
It was an accident, for she did not mean to touch the boat.
Mais qu'elle le veuille ou non, le bateau a bougé.
But whether she meant to or not, the boat moved.
Et bientôt le bateau se dirigeait vers la rivière.
And soon the boat was heading off to the river.
Les bateliers furent étonnés de ce qu'ils avaient vu.
The boatmen were astonished by what they had seen.
Ils pensaient que la femme avait un pouvoir hors du commun.
They thought that the woman had uncommon power.
Et ils ont donc pensé qu'elle pourrait être utile à l'avenir.
And so they thought she might be useful in future.
Ils l'ont donc saisie, contre sa volonté.
They therefore caught hold of her, against her will.
Et ils la mirent dans la barque, et partirent.
And they put her in the boat, and rowed off.

Les femmes du village étaient présentes lors de cet enlèvement.
The women of the village were present for this kidnapping.
Mais ils n'ont offert aucune aide à Chintamani.
But they did not offer Chintamani any assistance.
Parce que Chintamani les avait mis sous un mauvais jour.
Because Chintamani had put them in a bad light.

Sribatsa a entendu dire que sa femme avait été emmenée par des bateliers.
Sribatsa heard how his wife had been carried away by boatmen.
Je vous laisse imaginer comment il est devenu fou de chagrin.
I will let you imagine how he became mad with grief.
Il quitta le village et se rendit au bord de la rivière.
He left the village and went to the river-side.
Et il résolut de suivre le cours du ruisseau.
And he resolved to follow the course of the stream.
Le long du ruisseau, il était sûr de rencontrer le bateau des ravisseurs.
Along the stream he was sure to meet the kidnappers' boat.
Il voyagea encore et encore, le long de la rivière.
He travelled on and on, along the side of the river.
Et il voyagea jusqu'à ce qu'il fasse enfin nuit.
And he travelled till it eventually became dark.
Là où il se trouvait, il n'y avait aucune hutte en vue.
Where he was there were no huts to be seen.
Il grimpa donc dans un arbre pour dormir la nuit.
So he climbed into a tree to sleep for the night.
Le lendemain matin, il descendit de l'arbre.
In the next morning he got down from the tree.
Au pied de l'arbre, il vit une vache Kapila.
At the foot of the tree he saw a Kapila-cow.
Une vache Kapila n'a jamais de veaux.
A Kapila-cow never has any calves of her own.
Mais elle peut être traite à toute heure de la journée.

But she can be milked at all hours of the day.
Sribatsa a trait la vache sans qu'elle s'y oppose.
Sribatsa milked the cow without her objecting.
Et il but le lait à sa guise.
And he drank the milk to his heart's content.
Et puis il a remarqué autre chose à propos de la vache.
And then he noticed something else about the cow.
La bouse de vache était d'une couleur jaune vif.
The dung of the cow was of a bright yellow color.
En fait, la bouse de vache était faite d'or pur.
In fact, the dung of the cow was made of pure gold.
La bouse de vache dorée était encore molle.
The golden cow dung was still in a soft state.
Il a donc pu écrire son nom dans le fumier doré.
So he was able to write his name in the golden dung.
Au cours de la journée, le fumier a durci.
During the course of the day the dung hardened.
Et finalement, le fumier ressemblait à un lingot d'or.
And finally the dung looked like a brick of gold.
L'arbre dans lequel il avait dormi poussait au bord de la rivière.
The tree he had slept in grew on the river-side.
Et la vache Kapila lui fournissait du lait toute la journée.
And the Kapila-cow supplied him with milk all day.
Sribatsa a donc décidé d'attendre le bateau là-bas.
So Sribatsa decided to wait there for the boat.
Le matin, la vache déposa le précieux objet.
In the morning the cow deposited the precious article.
Et la nuit, la vache déposa le précieux objet.
And at night the cow deposited the precious article.
Ainsi, les lingots d'or augmentaient chaque jour.
So the gold bricks increased every day.
Et sur chaque brique d'or, il avait gravé son nom.
And on each golden brick he had engraved his name.
Il a empilé les briques les unes sur les autres.
He stacked the bricks on top of each other.
De loin, cela ressemblait à une colline d'or.

From a distance it looked like a hillock of gold.

Mais maintenant, nous devons laisser Sribatsa accumuler son or.
But now we must leave Sribatsa to stack his gold.
Et nous devons tourner notre attention vers Chintamani.
And we must turn our attention to Chintamani.
Chintamani était une femme gracieuse d'une grande beauté.
Chintamani was a graceful woman of great beauty.
Elle craignait que sa beauté ne la ruine.
She had worried her beauty might be her ruin.
Elle a donc fait une prière alors qu'elle était kidnappée.
So she offered a prayer as she was being kidnapped.
« Lakshmi, ô Mère Lakshmi ! Aie pitié de moi. »
"Lakshmi, O Mother Lakshmi! have pity upon me"
« Tu m'as rendu belle, tu l'as fait »
"Thou hast made me beautiful, you have"
« Mais maintenant, ma beauté sera sans aucun doute ma ruine »
"But now my beauty will undoubtedly be my ruin"
« Je suis condamné à perdre mon honneur et ma chasteté »
"I am bound to loss my honor and my chastity"
« Je vous en prie donc, gracieuse Mère ; »
"I therefore beseech thee, gracious Mother;"
« Enlève-moi ma beauté et rends-moi laid »
"Take my beauty from me, and make me ugly"
« Couvre mon corps d'une maladie répugnante »
"Cover my body with some loathsome disease"
« De cette façon, les bateliers pourraient ne pas me toucher. »
"That way the boatmen might not touch me"
Chintamani était dans les bras des bateliers.
Chintamani was in the arms of the boatmen.
Mais la déesse de la bonne fortune entendit sa prière.
But the Goddess of good fortune heard her prayer.
En un clin d'œil, sa forme changea.
In the twinkling of an eye her form changed.
Sa forme naturellement belle s'est estompée.

Her naturally beautiful form faded away.
Et elle fut transformée en une carcasse immonde.
And she was turned into a vile carcass.
Les bateliers la déposaient dans le bateau.
The boatmen were putting her down in the boat.
Ils ont découvert que son corps était couvert de plaies répugnantes.
They found her body was covered with loathsome sores.
Et les plaies dégageaient une odeur dégoûtante.
And the sores were giving out a disgusting stench.
Ils la jetèrent donc dans la cale du bateau.
They therefore threw her into the hold of the boat.
Et ils la laissèrent parmi la cargaison du navire.
And they left her amongst the cargo of the ship.
Matin et soir, ils lui envoyaient de la nourriture.
Morning and evening they sent her some food.
Un peu de riz bouilli et un peu d'eau à boire.
A little boiled rice, and some water to drink.
Chintamani était malheureux dans la coque du navire.
Chintamani was miserable in the hull of the ship.
Mais elle préférait largement la misère à l'alternative.
But she greatly preferred misery to the alternative.
Elle préférerait être malheureuse plutôt que de perdre sa chasteté.
She would rather be miserable than loss her chastity.

Les bateliers étaient allés dans un port pour vendre leur cargaison.
The boatmen had gone to some port to sell cargo.
En revenant, ils aperçurent quelque chose.
While sailing back they caught sight something.
Au bord de la rivière, il semblait y avoir une montagne d'or.
By the river-side there seemed to be a hillock of gold.
Sribatsa montait la garde près de la rivière.
Sribatsa had been keeping watch by the river.
Il fut donc ravi de voir un bateau s'approcher de lui.
So he was delighted to see a boat approach him.

Parce qu'il imaginait avec tendresse que sa femme pourrait être à bord.

Because he fondly imagined his wife might be on board.

Les bateliers se dirigèrent avec avidité vers la colline d'or.

The boatmen went greedily to the hillock of gold.

Bien sûr, Sribatsa leur a dit que l'or était à lui.

Of course Sribatsa told them the gold was his.

Mais cela n'a pas beaucoup aidé Sribatsa.

But that didn't help Sribatsa very much.

Les marins l'ont fait prisonnier sur le bateau.

The sailors took him prisoner on the boat.

Et ils chargèrent l'or sur leur navire.

And they loaded the gold onto their vessel.

Il se trouve qu'ils l'ont emprisonné à côté de la femme laide.

They happened to imprison him close to the ugly woman.

Bien sûr, le mari et la femme se sont reconnus.

Of course the husband and wife recognized each other.

Malgré le changement que Chintamani avait subi.

In spite of the change Chintamani had undergone.

Et malgré leur excitation, ils ont gardé leur sang-froid.

And despite their excitement they kept their composure.

Et ils pensèrent qu'il était prudent de ne pas se parler.

And they thought it prudent not to speak to each other.

Au lieu de cela, ils communiquaient leurs idées par des gestes.

Instead they communicated their ideas through gestures.

Il y a quelque chose que vous devez savoir sur les bateliers.

There is something you should know about the boatmen.

Ces bateliers aimaient beaucoup jouer aux dés.

These boatmen were very fond of playing at dice.

Sribatsa leur apparut comme un homme respectable.

Sribatsa appeared to them to be a respectable man.

Ils lui demandaient donc toujours de se joindre au jeu.

So they always asked him to join in the game.

Sribatsa s'est avéré être un joueur de dés expert.

Sribatsa happened to be an expert dice player.

Malgré leurs efforts, il a remporté presque tous les matchs.

Despite their efforts he won almost every game.

Vous pouvez imaginer ce que les marins ont ressenti après avoir perdu.

You can imagine how the sailors felt about losing.

Et, jaloux, les bateliers le jetèrent par-dessus bord.

And in jealousy the boatmen threw him overboard.

Chintamani a vu les hommes jeter son mari par-dessus bord.

Chintamani saw the men throw her husband overboard.

Heureusement pour Sribatsa, sa femme avait une grande présence d'esprit.

Fortunately for Sribatsa, his wife had great presence of mind.

Les bateliers lui avaient permis d'avoir un oreiller pour reposer sa tête.

The boatmen had allowed her a pillow to rest her head.

Et elle a simultanément jeté cet oreiller dans l'eau.

And she simultaneously threw this pillow into the water.

Sribatsa a réussi à attraper l'oreiller.

Sribatsa was able to grab hold of the pillow.

Et l'oreiller l'a aidé à flotter sur le ruisseau.

And the pillow helped him float down the stream.

Jusqu'à la tombée de la nuit, la rivière l'emporta en aval.

Up until nightfall the river carried him downstream.

À la tombée de la nuit, il arriva à ce qui semblait être un jardin.

At nightfall he arrived at what seemed to be a garden.

Comme il faisait sombre, il ne pouvait rien faire.

Because it was dark there was nothing he could do.

Il resta donc toute la nuit dans le jardin, froid et humide.

So all night he stayed in the garden, cold and wet.

Je devrais vous dire à qui appartenait ce jardin.

I should tell you who this garden belonged to.

C'était le jardin d'une vieille veuve.

This was the garden of an old widowed woman.

Cette femme fournissait des fleurs au roi.

This woman used to supply flowers for the king.

Mais un jour, une maladie s'est abattue sur son jardin.

But one day some blight had come over her garden.

Presque tous les arbres et les plantes ont cessé de fleurir.
Almost all the trees and plants ceased flowering.
Elle avait donc abandonné l'entreprise qu'elle possédait.
She had therefore given up the business she had.
Et elle n'était plus la fournisseur de fleurs royales.
And she was no longer the royal flower supplier.
Cependant, l'arrivée de Sribatsa avait rajeuni son jardin.
However, Sribatsa's arrival had rejuvenated her garden.
Elle pouvait à peine en croire ses yeux le matin.
She could scarcely believe her eyes in the morning.
Tout le jardin était à nouveau en feu avec des fleurs.
The whole garden was ablaze with flowers again.
Il n'y avait aucune plante qui ne soit en fleur.
There was no plant that was not in bloom.
Et chaque arbre qu'elle avait était orné de fleurs.
And every tree she had was begemmed with flowers.
Elle n'avait aucun moyen de connaître la cause du miracle.
She had no way of knowing the cause of the miracle.
Et ainsi elle fit une promenade dans le jardin.
And so she took a walk through the garden.
Mais elle a vite trouvé la cause de toutes ces fleurs.
But she soon found the cause of all the flowers.
**Au bord de son jardin se trouvait un homme froid et
mouillé.**
At the edge of her garden was a cold, wet man.
Il tremblait et était presque mort d'hypothermie.
He was shivering and almost dead from hypothermia.
Elle a immédiatement amené l'homme dans son chalet.
She immediately brought the man into to her cottage.
Et elle alluma un feu pour lui donner un peu de chaleur.
And she lighted a fire to give him some warmth.
**Elle l'a soigné et lui a témoigné toutes les attentions
possibles.**
She nursed him and showed him every attention.
Et elle attribua le miracle à sa présence.
And she ascribed the miracle to his presence.
Elle l'a mis aussi à l'aise qu'elle le pouvait.

She made him as comfortable as she could.
Et puis elle courut au palais du roi.
And then she ran to the king's palace.
Elle a demandé à parler au principal serviteur du roi.
She asked to speak to the king's chief servant.
Et elle lui raconta la bonne fortune qu'elle avait eue.
And she told him the good fortune she had had.
« Je peux à nouveau fournir des fleurs au palais »
"I can again supply the palace with flowers"
Ses fleurs avaient beaucoup manqué au palais.
Her flowers had been very much missed at the palace.
Elle fut donc immédiatement rétablie dans son ancien poste.
So she was immediately restored to her former position.
Elle était à nouveau la femme-fleur de la maison royale.
She was again the flower-woman of the royal household.

Sribatsa a passé quelques jours supplémentaires à récupérer sa santé.
Sribatsa spent a few more days recovering his health.
Et finalement, il a retrouvé toute sa vitalité.
And eventually he had all his vitality back.
Il a demandé à la femme s'il pouvait parler à un ministre.
He asked the woman if he could speak with a minister.
Alors la femme l'emmena avec elle au palais.
So the woman took him to the palace with her.
Un des ministres du roi lui donna rendez-vous.
One of the king's ministers gave him an appointment.
Et il s'est immédiatement avéré être un homme intelligent.
And he was at once found to be a man of intelligence.
On lui a donc proposé un poste au service du roi.
So was offered a position in the king's service.
En fait, il avait le droit de choisir le travail qu'il voulait.
In fact, he was allowed to choose what job he wanted.
Il a demandé à être collecteur de péages sur le fleuve.
He asked to be collector of tolls on the river.
Le ministre était heureux de confier ce poste à Sribatsa.
The minister was happy to give Sribatsa the job.

Le royaume avait besoin de quelqu'un pour collecter les péages fluviaux.
The kingdom needed someone to collect river-tolls.
Et Sribatsa a immédiatement commencé son nouveau travail.
And Sribatsa immediately started his new job.
Il ne fallut pas longtemps avant que son plan ne se concrétise.
It wasn't long before his plan came to fruition.
Le bateau sur lequel se trouvait sa femme descendait la rivière.
The boat his wife was on was coming down the river.
Sous l'autorité du roi, il a retenu le bateau.
Under the king's authority he detained the boat.
Et il accusait les bateliers d'avoir volé des briques d'or.
And he charged the boatmen with the theft of gold-bricks.
Le roi aimait le bruit d'un bateau rempli d'or.
The king liked the sound of a boat full of gold.
Le roi lui-même se rendit donc au bord de la rivière.
So the king himself came to the river-side.
Lui-même fut étonné par la quantité d'or qu'ils possédaient.
Even he was amazed by the quantity of gold they had.
Et chaque brique d'or portait l'inscription de Sribatsa.
And every gold brick had Sribatsa's inscription.
Au même moment, il sauva sa femme des mains des bateliers.
At the same time he rescued his wife from the boatmen.
De retour sur la terre ferme, elle retrouva sa beauté d'antan.
Back on dry land she returned to her previous beauty.
Il raconta au roi l'histoire de leur malheur.
He told the king the story of their misfortune.
Et le roi les reçut comme invités dans son palais.
And the king had them as a guest in his palace.
Le roi leur offrit des chevaux et des éléphants en cadeau.
The king gave them presents of horses and elephants.
Et sur les chevaux et les éléphants, ils sont partis vers leur pays.
And on the horses and elephants they rode to their country.

Le mauvais œil de Sani s'était maintenant détourné de Sribatsa.

The evil eye of Sani was now turned away from Sribatsa.

Et il redevint ce qu'il était autrefois.

And he again became what he formerly was.

Il était à nouveau Sribatsa, l'Enfant de la Fortune.

He was again Sribatsa; the Child of Fortune.

Le garçon que sept mères ont allaité
The Boy whom Seven Mothers Suckled

Il était une fois un roi qui avait sept reines.
Once on a time there reigned a king who had seven queens.
Il était très triste, car les sept reines étaient toutes stériles.
He was very sad, for the seven queens were all barren.
Un jour, cependant, il rencontra un saint mendiant.
One day, however, he met a holy mendicant.
Le saint mendiant parla au roi d'une certaine forêt.
The holy mendicant told the king about a certain forest.
Dans cette forêt poussait une espèce d'arbre particulière.
In this forest there grew a special kind of tree.
Sur une branche de cet arbre pendaient sept mangues.
On a branch of this tree hung seven mangoes.
Ces mangues pourraient restaurer la fertilité de ses reines.
These mangos could restore the fertilities of his queens.
Mais le roi a dû cueillir les mangues lui-même.
But the king had to pluck the mangoes himself.
Le roi suivit le conseil du mendiant.
The king followed the advice of the mendicant.
Et il partit pour aller dans la forêt avec le manguier.
And he set off to go to the forest with the mango tree.
Bientôt, il trouva l'arbre dont parlait le mendiant.
Soon he had found the tree the mendicant spoke of.
Et il cueillit les sept mangues qui poussaient sur une branche.
And he plucked the seven mangoes that grew upon one branch.
Il a donné une mangue à manger à chacune des reines.
He gave a mango to each of the queens to eat.
En peu de temps, le cœur du roi fut rempli de joie.
In a short time the king's heart was filled with joy.
On lui dit que les sept reines étaient toutes enceintes.
He was told that the seven queens were all with child.

Un jour, le roi était à la chasse.

One day the king was out hunting.
Sur son chemin, il vit une jeune femme d'une beauté incomparable.
On his path he saw a young lady of peerless beauty.
Il tomba instantanément amoureux de la belle femme.
He instantly fell in love with the beautiful woman.
Et il l'amena dans son palais, et l'épousa.
And he brought her to his palace, and married her.
Cette dame n'était cependant pas un être humain.
This lady was, however, not a human being.
Mais cette femme était une Rakshasi.
But what this woman was was a Rakshasi.
Mais le roi ne le savait évidemment pas.
But the king of course did not know this.
Le roi se prit d'affection pour elle.
The king became dotingly fond of her.
Et il a fait tout ce qu'elle lui a dit de faire.
And he did whatever she told him to do.
Un jour, elle fit une demande très particulière au roi.
One day she made a very particular request of the king.
« Tu dis que tu m'aimes plus que quiconque »
"You say that you love me more than anyone else"
« Laisse-moi voir si tu m'aimes vraiment autant que tu le dis. »
"Let me see whether you really love me as much as you say"
« Si tu m'aimes, rends tes sept autres reines aveugles »
"If you love me, make your seven other queens blind"
« Et une fois qu'ils seront aveugles, qu'ils soient tués »
"And once they are blind, let them be killed"
Le roi devint très triste à cause de cette terrible demande.
The king became very sad at the terrible request.
Il était particulièrement triste parce que les reines étaient toutes enceintes.
He was especially sad because the queens were all pregnant.
Mais il n'avait pas d'autre choix que d'accéder à sa demande.
But he had no choice but to comply with her request.

Les yeux des reines ont été arrachés de leurs orbites.
The eyes of the queens were plucked out of their sockets.
Et les reines furent livrées au premier ministre.
And the queens were delivered up to the chief minister.
C'était au ministre en chef de détruire les reines.
It was up to the chief minister to destroy the queens.
Mais le ministre en chef était un homme miséricordieux.
But the chief minister was a merciful man.
Sur le flanc de la colline se trouvait une grotte secrète.
In the side of the hill there was secret a cave.
Au lieu de tuer les reines, le ministre les a cachées.
Instead of killing the queens, the minister hid them.
Au fil du temps, l'aînée des sept reines donna naissance.
In course of time the eldest of the seven queens gave birth.
« Que vais-je faire de l'enfant ? » dit-elle.
"What shall I do with the child," said she.
« Nous sommes aveugles et mourons de faim ? »
"we are blind and are dying for want of food?"
« Laissez-moi tuer l'enfant », proposa-t-elle.
"Let me kill the child," she proposed.
« Mangeons tous de la chair de l'enfant », ajouta-t-elle.
"let us all eat of the child's flesh" she added.
Comme elle l'avait dit, elle a tué le nourrisson.
Just as she said she would, she killed the infant.
Elle donna à chacune de ses sœurs-reines une partie de l'enfant.
She gave to each of her sister-queens a part of the child.
Et les reines sœurs mangèrent leur part de l'enfant.
And the sister queens ate their part of the child.
Mais la plus jeune reine n'a pas mangé sa part.
But the youngest queen did not eat her share.
Au lieu de cela, elle a posé sa part d'enfant à côté d'elle.
Instead, she laid her part of the child beside her.
Quelques jours plus tard, la deuxième reine accoucha également d'un enfant.
In a few days the second queen also was delivered of a child.

Elle a fait avec son enfant ce que sa sœur aînée avait fait avec le sien.

She did with her child as her eldest sister had done with hers.

Il en fut de même pour la troisième, la quatrième, la cinquième et la sixième reine.

So did the third, the fourth, the fifth, and the sixth queen.

Finalement, la septième reine donna naissance à un fils.

Eventually the seventh queen gave birth to a son.

Mais elle ne suivit pas l'exemple de ses sœurs-reines.

But she did not follow the example of her sister-queens.

Au lieu de cela, elle a décidé d'élever l'enfant.

Instead, she resolved to raise the child.

Les autres reines exigeaient leurs parts des nouveau-nés.

The other queens demanded their portions of the newly-born.

Mais elle avait encore les portions qu'elle n'avait pas mangées.

But she still had the portions she had not eaten.

Et elle rendit à ses sœurs-reines les parties de leurs enfants.

And she gave her sister-queens back their children's parts.

Les autres reines s'aperçurent aussitôt que leurs portions étaient sèches.

The other queens at once perceived that their portions were dry.

Par conséquent, les parties ne pouvaient pas provenir du nouveau-né.

Therefore the parts could not be of the newly born child.

« J'ai décidé de ne pas tuer mon enfant », a-t-elle expliqué.

"I have decided not to kill me child," she explained.

« Je ne le mangerai pas, mais j'essaierai plutôt de l'élever »

"I will not eat him, but try to raise him instead"

Les autres étaient heureux d'entendre cette nouvelle.

The others were glad to hear this news.

Ils ont tous dit qu'ils l'aideraient à soigner l'enfant.

They all said that they would help her in nursing the child.

Et ainsi l'enfant fut allaité par sept mères.

And so the child was suckled by seven mothers.

Et l'enfant devint le garçon le plus robuste et le plus fort qui ait jamais vécu.

And the child became the hardiest and strongest boy that ever lived.

Pendant ce temps, la reine Rakshasi faisait d'innombrables méfaits.

In the meantime the Rakshasi-queen was doing infinite mischief.

Et elle a attiré toutes sortes d'ennuis à la maison royale.

And she got the royal household into all sorts of trouble.

Ce qu'elle mangeait à la table royale ne remplissait pas son estomac spacieux.

What she ate at the royal table did not fill her capacious stomach.

Elle partit donc à la chasse dans l'obscurité de la nuit.

She therefore, in the darkness of night, went hunting.

Peu à peu, elle a dévoré tous les membres de la famille royale.

Gradually she ate up all the members of the royal family.

Elle mangea tous les serviteurs du roi et ses serviteurs.

She ate all the king's servants, and his attendants.

Elle a mangé tous ses chevaux, ses éléphants et son bétail.

She ate all his horses, elephants, and cattle.

Et finalement, il ne resta plus que son époux royal et le roi.

And eventually only her royal consort and the king were left.

Après cela, elle avait l'habitude de sortir le soir en ville.

After that she used to go out in the evenings into the city.

Et elle mangeait les êtres humains errants partout où elle en trouvait.

And she ate up stray human beings wherever she found any.

Le roi se retrouva sans aucun serviteur.

The king was left without any servants.

Il n'y avait plus personne pour lui cuisiner.

There was no person left to cook for him.

Parce que personne n'accepterait ce travail.

Because no one would accept this job.

Mais finalement, quelqu'un s'est porté volontaire pour offrir ses services.

But at last someone volunteered their services.

Le garçon qui avait été allaité par sept mères.

The boy who had been suckled by seven mothers.

Il était désormais devenu un jeune homme courageux.

He had now grown up to be a stalwart youth.

Il servait le roi et préparait sa nourriture.

He attended on the king and prepared his food.

Mais il prenait toutes les précautions possibles lorsqu'il était avec la reine.

But he took every care while with the queen.

Et il s'assura qu'elle ne l'engloutisse pas.

And he made sure that she did not swallow him up.

La reine Rakshasi ne capturait ses victimes que la nuit.

The Rakshasi-queen seized her victims only at night.

Le garçon rentra donc chez lui bien avant la tombée de la nuit.

So the boy he went home long before nightfall.

Elle a donc dû trouver un autre moyen de se débarrasser du garçon.

So she had to find another way to get rid of the boy.

Le garçon se vantait toujours de pouvoir faire n'importe quel travail.

The boy always boasted that he could do any work.

La reine s'est donc inventé une maladie.

So the queen invented a disease for herself.

Elle a dit qu'il y avait un remède à sa maladie.

She said that there was a cure for her disease.

Mais elle a déclaré que le remède n'était pas facile à trouver.

But she said the cure was not easy to get.

Cela a rendu le garçon encore plus intéressé par la tâche.

This made the boy even more interested in the task.

Elle a dit qu'il y avait un melon qui guérissait sa maladie.

She said there was a melon which cured her disease.

Le melon mesurait douze coudées de longueur.

The melon was twelve cubits in length.

Mais le noyau du citron avait treize coudées de long.

But the stone of the lemon was thirteen cubits long.

Le fruit ne pouvait être obtenu que de sa mère.

The fruit could only be gotten from her mother.

Et sa mère vivait de l'autre côté de l'océan.

And her mother lived on the other side of the ocean.

Elle lui a donné une lettre de présentation à sa mère.

She gave him a letter of introduction to her mother.

Mais en fait, la note lui disait de manger le garçon.

But actually the note told her to eat the boy.

Le garçon avait soupçonné qu'il y avait eu un acte criminel.

The boy had suspected there was some foul play.

Il déchira donc la lettre et continua son voyage.

So he tore up the letter and proceeded on his journey.

Le jeune homme intrépide a traversé de nombreux pays.

The dauntless youth passed through many lands.

Après un long voyage, il se retrouva sur le rivage de l'océan.

After much travel he stood on the shore of the ocean.

De l'autre côté de l'océan se trouvait le pays des Rakshasis.

On the other side of the ocean was the country of the Rakshasis.

Il hurla alors aussi fort qu'il put et dit :

He then bawled as loud as he could, and said;

« Grand-mère ! Grand-mère ! Viens sauver ta fille. »

"Granny! granny! come and save your daughter"

« Votre fille, ma mère, est dangereusement malade »

"Your daughter, my mother, is dangerously ill"

De l'autre côté de l'océan, un vieux Rakshasi l'entendit.

On the other side of the ocean an old Rakshasi heard him.

Le vieux Rakshasi traversa l'océan pour rejoindre le garçon.

The old Rakshasi crossed the ocean to the boy.

Le garçon lui a raconté le message de la reine.

The boy told her the message of the queen.

Et la Rakshasi prit le garçon sur son dos.

And the Rakshasi took the boy on her back.

Elle a retraversé l'océan jusqu'au pays des Rakshasi.

She re-crossed the ocean to the land of the Rakshasi.
Et le garçon reçut aussitôt le melon médicinal.
And the boy was at once given the medicinal melon.
La Rakshasi lui dit de retourner rapidement auprès de sa fille.
The Rakshasi told him to hurry back to her daughter.
Mais le garçon a dit qu'il était trop fatigué pour continuer à voyager.
But the boy said he was too tired to keep travelling.
Et il a supplié qu'on lui permette de se reposer un jour.
And he begged to be allowed to rest one day.
La vieille Rakshasi a consenti aux souhaits de son petit-fils.
The old Rakshasi consented to her grandson's wishes.

Le garçon a remarqué des choses intéressantes dans la chambre de Rakshasi.
The boy noticed interesting things in the Rakshasi's room.
Il y avait une grosse massue et une corde suspendues dans la pièce.
There was a stout club and a rope hanging in the room.
Le garçon demanda à quoi servaient la grosse massue et la corde.
The boy inquired what the stout club and rope were for.
« Enfant, avec cette massue et cette corde, je traverse l'océan »
"Child, with that club and rope I cross the ocean"
« Il suffit de prendre le club et la corde dans ses mains »
"One just has to take the club and the rope in his hands"
« Et puis vous devez dire les mots magiques suivants : »
"And then you have to say the following magical words:"
« Ô massue robuste ! Ô corde solide ! »
"O stout club! O strong rope!"
« Emmène-moi immédiatement de l'autre côté »
"Take me at once to the other side"
« Ensuite, ils l'emmèneront de l'autre côté de l'océan. »
"Then they will take him to the other side of the ocean"

Le garçon a remarqué une autre chose intéressante dans la pièce.
The boy noticed another interesting thing in the room.
Il y avait un oiseau dans une cage dans le coin de la pièce.
There was a bird in a cage in the corner of the room.
Le garçon voulait également savoir à quoi servait cet oiseau.
The boy also wanted to know what this bird was for.
« L'oiseau contient un secret, mon enfant »
"The bird contains a secret, my child"
« Mais ce secret ne doit pas être révélé aux mortels »
"But that secret must not be disclosed to mortals"
« Mais comment puis-je cacher ce secret à mon propre petit-enfant ? »
"But how can I hide this secret from my own grandchild?"
« Cet oiseau, mon enfant, contient la vie de ta mère.
"That bird, child, contains the life of your mother.
« Si l'oiseau est tué, ta mère mourra immédiatement. »
"If the bird is killed, your mother will at once die"
Armé de ces secrets, le garçon se coucha ce soir-là.
Armed with these secrets, the boy went to bed that night.

Le lendemain matin, le vieux Rakshasi partit pour des pays lointains.
Next morning the old Rakshasi went to distant countries.
Avec tous les autres Rakshasis, elle partit à la recherche de nourriture.
Together with all the other Rakshasis, she went to forage.
Le garçon a enlevé la cage à oiseaux du plafond.
The boy took down the bird-cage from the ceiling.
Et le garçon prit le gourdin et la corde.
And the boy took the club and the rope.
Et puis il a prononcé les mots magiques au club et à la corde.
And then he spoke the magic words to the club and rope.
« Ô massue robuste ! Ô corde solide ! »
"O stout club! O strong rope!"
« Emmène-moi immédiatement de l'autre côté »
"Take me at once to the other side"

En un clin d'œil, le garçon fut placé de ce côté de l'océan.
In the twinkling of an eye the boy was put on this side of the ocean.
Il revint ensuite sur ses pas, jusqu'à la reine.
He then retraced his steps, back to the queen.
À sa grande surprise, il avait vraiment du citron médicinal.
To her astonishment he really had the medicinal lemon.
Mais l'oiseau dans la cage, il le gardait soigneusement caché.
But the bird in the cage he kept carefully concealed.

Au fil du temps, les habitants de la ville vinrent vers le roi.
In the course of time the people of the city came to the king.
Et ils racontèrent au roi leurs malheurs.
And they told the king of their troubles.
« Un oiseau monstrueux sort du palais tous les soirs »
"A monstrous bird comes from the palace every evening"
« L'oiseau saisit les gens dans les rues »
"The bird seizes the people in the streets"
« Et l'oiseau engloutit le peuple tout entier »
"And the bird swallows the people up whole"
« Cela dure depuis longtemps »
"This has been going on for a long time"
« Et maintenant la ville est devenue presque désolée »
"And now the city has become almost desolate"
Le roi ne savait pas ce qu'était cet oiseau monstrueux.
The king did not know what this monstrous bird was.
Mais le serviteur du roi, le garçon, dit qu'il le savait.
But the king's servant, the boy, said he knew.
« Je tuerai l'oiseau monstrueux », proposa-t-il.
"I will kill the monstrous bird," he offered.
« Mais la reine doit être à nos côtés », a-t-il ajouté.
"But the queen has to stand beside us," he added.
Le roi ne voyait aucune raison de s'opposer à la proposition.
The king saw no reason to object to the proposal.
Et ainsi la reine fut obligée de se tenir à côté du roi.
And so the queen was made to stand beside the king.
Le garçon a ensuite sorti l'oiseau de sa cage.

The boy then took the bird out from its cage.
En voyant l'oiseau, elle tomba dans un évanouissement.
On seeing the bird she fell into a fainting fit.
Alors le garçon se tourna vers le roi et parla.
Then the boy turned to the king, and spoke.
« Roi, tu comprendras bientôt qui est l'oiseau monstrueux »
"King, you will soon perceive who the monstrous bird is"
« Tu verras ce qui dévore ton peuple chaque soir »
"You will see what devours your people every evening"
« J'arrache chaque membre de cet oiseau »
"I tear off each limb of this bird"
« Le membre correspondant du mangeur d'hommes tombera »
"The corresponding limb of the man-eater will fall off"
Le garçon a ensuite arraché une patte de l'oiseau qu'il tenait dans sa main.
The boy then tore off one leg of the bird in his hand.
Tous ceux qui étaient réunis furent étonnés de ce qui se passa ensuite.
All assembled were astonished at what happened next.
Une des jambes de la reine est tombée.
One of the legs of the queen fell off.
Puis le garçon serra la gorge de l'oiseau.
Then the boy squeezed the throat of the bird.
Et tandis qu'il serrait l'oiseau, la reine rendit l'âme.
And as he squeezed the bird, the queen gave up the ghost.
Le garçon raconta alors son histoire au roi.
The boy then retold his history to the king.
« Tu avais sept femmes stériles »
"You used to have seven barren wives"
« Pour soigner leur stérilité, tu leur as donné à chacun une mangue »
"To treat their barrenness, you gave them each a mango"
« Et chacune de vos femmes est tombée enceinte d'un enfant »
"And each of your wives fell pregnant with a child"

« Cependant, vous avez ensuite épousé une huitième femme
»

"However, you then married an eighth wife"

« Cette femme vous a ordonné de rendre aveugles vos autres
femmes »

"This wife ordered you to blind your other wives"

« Et elle vous a ordonné de faire tuer vos autres femmes. »

"And she ordered you to have your other wives killed"

« Votre ministre a aveuglé vos sept femmes »

"Your minister blinded your seven wives"

« Mais il avait trop bon cœur pour tuer vos femmes. »

"But he was too good hearted to kill your wives"

« Vos sept femmes ont été emmenées dans une cachette »

"Your seven wives were taken to a hiding place"

« Et dans cette cachette, elles ont chacune donné naissance »

"And in this hiding place they each gave birth"

« Mais ils ont été forcés de manger leurs enfants nouveau-
nés »

"But they were forced to eat their newly born children"

« Seule ma mère ne m'a pas laissé manger »

"Only my mother did not let me be eaten"

« Au lieu de cela, j'ai été allaité par sept mères »

"Instead, I was suckled by seven mothers"

« Et j'ai grandi fort et capable »

"And I grew up strong and capable"

« Finalement, je suis venu travailler dans votre palais »

"Eventually I came to work in your palace"

« Votre femme, ma belle-mère, m'a envoyé en mission »

"Your wife, my stepmother, sent me on a mission"

« Elle m'a envoyé chez sa mère pour un médicament »

"She sent me to her mother for a medicine"

« Cependant, sa mère était une Rakshasi »

"However, her mother was a Rakshasi"

« C'est d'elle que j'ai découvert le secret de la vie de ta
femme. »

"From her I found the secret of your wife's life"

« Et donc j'ai apporté l'oiseau qui tenait la vie de ta femme »

"And so I brought the bird that held your wife's life"
Le roi avait écouté l'histoire que son fils lui avait racontée.
The king had listened to the story his son told him.
Les sept reines furent ramenées au palais.
The seven queens were brought back to the palace.
Et leurs yeux furent miraculeusement restaurés.
And their eyes were miraculously restored.
Le garçon qui a été allaité par sept mères a été couronné.
The boy that was suckled by seven mothers was crowned.
Et il fut reconnu par le roi comme son héritier légitime.
And he was recognized by the king as his rightful heir.
Et ils vécurent heureux ensemble.
And they lived together happily.

L'histoire du prince Sobur
The Story of Prince Sobur

Il était une fois un marchand.
Once upon a time there lived a merchant.
Ce marchand avait sept filles.
This merchant had seven daughters.
Un jour, le marchand leur a posé une question.
One day the merchant asked them a question.
« De la fortune de qui vis-tu ? »
"From whose fortune do you live?"
La fille aînée a répondu en premier.
The eldest daughter answered first.
« Papa, je vis de ta fortune »
"Papa, I live from your fortune"
La deuxième fille a donné la même réponse.
The second daughter gave the same answer.
La même réponse a été donnée par la troisième fille.
The same answer was given by the third daughter.
Sa quatrième fille vivait également de sa fortune.
His fourth daughter also lived from his fortune.
Sa cinquième fille n'était pas différente.
His fifth daughter was no different.
Et sa sixième fille était comme les autres.
And his sixth daughter was like the rest.
Mais sa plus jeune fille l'a surpris.
But his youngest daughter surprised him.
Elle avait une réponse très différente.
She had a very different answer.
« Je vis de ma propre fortune »
"I live from my own fortune"
Il n'a pas aimé cette réponse.
He did not like this answer.
Sa réponse a mis le marchand très en colère.
Her answer made the merchant very angry.
« Tu es très ingrate », lui dit-il.
"You are very ungrateful," he told her.

« Voyez comment vous vous en sortez par vous-même »
"See how well you do on your own"
« Je te mets à la porte de chez moi »
"I am kicking you out of my house"
« Tu n'auras pas une roupie dans ta poche »
"You will not have a rupee in your pocket"
Il a appelé ses palanquins à venir.
He called his palanquins to come.
Et il leur ordonna d'emmener la fille.
And he ordered them to take the girl away.
« Laissez-la au milieu d'une forêt »
"Leave her in the midst of a forest"
La fille a supplié qu'on lui permette une chose.
The girl begged to be allowed one thing.
« S'il vous plaît, laissez-moi prendre ma boîte à travail »
"Please let me take my work-box"
« Dans la boîte se trouvent mes aiguilles et mes fils »
"In the box are my needles and threads"
Son père lui a permis de prendre sa boîte.
Her father allowed her to take her box.
Elle monta sur le siège des palanquins.
She got into the seat of the palanquins.
Et les porteurs la soulevèrent.
And the bearers lifted her up.
Et ils la mirent sur leurs épaules.
And they put her onto their shoulders.
Pendant que les porteurs couraient, ils chantaient.
As the bearers ran they chanted.
« Hoon ! Hoon ! Hoon ! Hoon ! Hoon ! »
"hoon! hoon! hoon! hoon! hoon!"
Mais ils ne sont pas allés très loin.
But they didn't get very far.
Une vieille femme se tenait sur leur chemin.
An old woman stood in their way.
Elle s'est approchée de la voiture.
She came up to the carriage.
« Où emmenez-vous ma fille ? »

“Where are you taking my daughter?”
Elle était la servante de l'enfant.
She was the maid of the child.
« Nous avons reçu des ordres du marchand »
“We have been given orders by the merchant”
« Il nous a dit de l'emmener »
“He told us to take her away”
« Nous la laisserons dans une forêt »
“We will leave her in a forest”
« Nous allons exécuter ses ordres »
“We are going to do his bidding”
« Je dois l'accompagner », dit la vieille femme.
“I must go with her,” said the old woman.
Mais les porteurs n'étaient pas sûrs.
But the bearers were not sure.
Les porteurs courent lorsqu'ils transportent une chaise à porteurs.
Bearers run when they carry a sedan chair.
« Comment parviendrez-vous à suivre notre rythme ? »
“How will you be able to keep pace with us?”
La vieille femme ne s'est pas laissée décourager.
The old woman was not deterred.
« Peu importe comment je le fais »
“It does not matter how I do it”
« Je dois aller là où va ma fille »
“I must go where my daughter goes”
La plus jeune fille supplia les porteurs.
The youngest daughter begged the bearers.
« S'il vous plaît, portez ma mère avec moi »
“Please carry my mother with me”
Et les porteurs acceptèrent gracieusement.
And the bearers gracefully agreed.
Ils ont transporté la mère et l'enfant dans la forêt.
They carried mother and child to the forest.
« Hoon ! Hoon ! Hoon ! Hoon ! Hoon ! »
“hoon! hoon! hoon! hoon! hoon!”
Dans l'après-midi, ils atteignirent une forêt dense.

In the afternoon they reached a dense forest.
Ils s'enfonçaient de plus en plus profondément dans la forêt.
They went deeper and deeper into the forest.
Vers le coucher du soleil, ils atteignirent leur objectif.
Towards sunset they reached their goal.
Ils s'arrêtèrent au pied d'un vieil arbre.
They stopped at the foot of an old tree.
Ils ont descendu la fille et la vieille femme.
They lowered the girl and the old woman.
Et ils les laissèrent dans la forêt.
And they left them in the forest.
Puis ils revinrent sur leurs pas pour rentrer chez eux.
Then they retraced their steps home.

La plus jeune fille du marchand regarda autour d'elle.
The merchant's youngest daughter looked around.
Vous n'auriez pas voulu être à sa place.
You would not have wanted to be in her shoes.
Sa situation était vraiment pitoyable.
Her situation was truly pitiable.
Elle avait à peine quatorze ans.
She was hardly fourteen years old.
Elle avait grandi dans le luxe.
She had grown up in luxury.
Mais maintenant, elle n'avait plus de luxe.
But now there was no luxury for her.
Elle était au cœur d'une forêt sombre.
She was in the heart of a dark forest.
Elle n'avait pas une roupie dans sa poche.
She had not a rupee in her pocket.
Et elle n'avait rien pour se protéger.
And she had nothing for protection.
Rien d'autre qu'une vieille femme décrépite.
Nothing except an old, decrepit, woman.
Même les arbres de la forêt avaient pitié d'elle.
Even the trees of the forest pitied her.
La jeune fille et la vieille femme étaient assises ensemble.

The young girl and old woman sat together.
Ils étaient au pied d'un vieil arbre.
They were at the foot of an old tree.
Et ensemble, ils pleurèrent leur situation.
And together they cried over their situation.
Je dois dire que tout cela s'est passé il y a longtemps.
I should say this all happened long ago.
À cette époque, les arbres pouvaient parler.
In these times the trees could talk.
Et le vieil arbre parla à la fille.
And the old tree spoke to the girl.
« Malheureuses femmes, je vous plains beaucoup »
"Unhappy women, I much pity you"
« Il y a des bêtes sauvages dans cette forêt »
"There are wild beasts in this forest"
« Bientôt, ils sortiront de leurs tanières »
"Soon they will come out of their lairs"
« Ils erreront à la recherche de proies »
"They will roam about for prey"
« Et ils sont sûrs de vous dévorer tous les deux »
"And they are sure to devour you two"
« Mais je peux t'aider, si tu veux »
"But I can help you, if you want"
« Je vais faire une ouverture pour toi »
"I will make an opening for you"
« Quand vous voyez l'ouverture, entrez-y »
"When you see the opening, go into it"
« Et puis je fermerai l'ouverture »
"And then I will close the opening up"
« Tant que tu es en moi , tu seras en sécurité »
"As long as you are in me you'll be safe"
« De cette façon, les bêtes sauvages ne peuvent pas vous toucher. »
"This way the wild beasts can't touch you"
Et puis l'arbre s'est divisé en deux.
And then the tree split itself in two.
Les deux femmes sont entrées dans l'arbre.

The two women went inside the tree.
Et le vieil arbre reprit sa forme naturelle.
And the old tree resumed its natural shape.

L'ombre de la nuit assombrissait la forêt.
The shade of night darkened the forest.
Tout ce que l'arbre avait dit était vrai.
Everything the tree had said was true.
Les bêtes sauvages sortirent de leurs tanières.
The wild beasts came out of their lairs.
Le tigre féroce est sorti la nuit.
The fierce tiger came out at night.
L'ours sauvage a quitté sa tanière.
The wild bear left his lair.
Le rhinocéros parcourait la forêt.
The rhinoceros roamed the forest.
L'ours touffu était là cette nuit-là.
The bushy bear was there that night.
On pouvait entendre le grand éléphant.
The great elephant could be heard.
Et il y avait le buffle à cornes.
And there was the horned buffalo.
Ils grognèrent tous en faisant le tour de l'arbre.
They all growled as they circled the tree.
Ils avaient senti l'odeur du sang humain.
They had gotten the scent of human blood.
Ils pouvaient entendre les grognements des bêtes.
They could hear the growls of the beasts.
Les bêtes se sont précipitées contre l'arbre.
The beasts came dashing against the tree.
Ils ont cassé les branches du vieil arbre.
They broke the old tree's branches.
Leurs cornes transpercèrent le tronc de l'arbre.
Their horns pierced the tree's trunk.
Ils ont gratté son écorce avec leurs griffes.
They scratched its bark with their claws.
Mais tous leurs efforts furent vains.

But all their efforts were in vain.
La fille et la femme étaient en sécurité dans l'arbre.
The girl and woman were safe in the tree.
Vers l'aube, les bêtes sauvages s'en allèrent.
Towards dawn the wild beasts went away.
Après le lever du soleil, le bon arbre parla à nouveau.
After sunrise the good tree spoke again.
« Les bêtes sauvages sont revenues »
"The wild beasts have gone back"
« Ils sont de nouveau dans leurs tanières »
"They are in their lairs again"
« Mais ils ont fait de leur mieux pour me tourmenter »
"But they did their best to torment me"
« Le soleil s'est levé à nouveau »
"The sun has risen up again"
« Alors tu peux sortir maintenant »
"So you can come out now"
L'arbre s'est à nouveau divisé en deux.
The tree split itself into two again.
La fille et la vieille femme sortirent.
The girl and the old woman came out.
Ils ont vu l'étendue des dégâts.
They saw the extent of the damage.
Les branches de l'arbre avaient été cassées.
The tree's branches had been broken off.
Le tronc de l'arbre avait été percé.
The tree's trunk had been pierced.
L'écorce avait été arrachée.
The bark had been stripped off.
« Bonne mère, nous te remercions »
"Good mother, we thank you"
« Vous avez été très gentil avec nous »
"You have been very kind to us"
« Tu nous as donné un abri contre les bêtes »
"You gave us shelter from the beasts"
« Mais cela a eu un coût très élevé pour vous-même. »
"But it was at a great cost to yourself"

« Tu as de nombreuses blessures causées par les bêtes sauvages »

"You have many wounds from the wilds beasts"

« Tu dois avoir très mal ? »

"You must be in great pain?"

Tout près, il y avait une rivière qui coulait.

Close by there was a flowing river.

La jeune fille se rendit au bord de la rivière.

The young girl went to the river bank.

Au bord de la rivière, elle trouva de la boue.

At the bank of the river she found mud.

Elle a recouvert l'arbre de boue.

She covered the tree with the mud.

Elle a particulièrement couvert les parties endommagées.

She especially covered the damaged parts.

L'arbre la remercia pour le traitement.

The tree thanked her for the treatment.

« Ma bonne fille, je te remercie »

"My good girl, I thank you"

« Je suis grandement soulagé de ma douleur »

"I am greatly relieved of my pain"

« Je suis cependant plus inquiet pour vous »

"I am, however, more concerned for you"

« Tu dois avoir faim »

"You must be hungry"

« Tu n'as pas mangé depuis hier »

"You have not eaten since yesterday"

« Mais que puis-je vous donner ? »

"But what can I give you?"

« Je n'ai pas de fruits à moi »

"I have no fruit of my own"

« Mais j'ai quelques conseils à vous donner. »

"But I do have some advice"

« Donne à la vieille femme tout l'argent que tu as »

"Give the old woman whatever money you have"

« Qu'elle aille en ville »

"Let her go into the city"

« En ville, elle peut acheter de la nourriture »
"In the city she can buy some food"
Ils ont expliqué leur situation à l'arbre.
They explained their situation to the tree.
« Nous avons été envoyés sans argent »
"We have been sent out with no money"
Mais elle a quand même fouillé dans sa boîte à ouvrage.
But she searched through her work-box anyway.
Et dans la boîte , elle trouva cinq cauris.
And in the box she found five cowries.
L'arbre continua à donner ses conseils.
The tree continued to give its advice.
« Allez à la ville avec vos cauris »
"Go with your cowries to the city"
« Utilisez les cauris pour acheter du riz frit »
"Use the cowries to buy some fried rice"
Alors la vieille femme se rendit à la ville.
So the old woman went to the city.
Heureusement, la ville n'était pas loin.
Fortunately the city was not far away.
Elle se rendit chez le premier commerçant qu'elle trouva.
She went to the first shopkeeper she found.
« S'il vous plaît, donnez-moi du riz d'une valeur de cinq
cauris »
"Please give me five cowries worth of rice"
Le commerçant s'est moqué d'elle.
The shopkeeper laughed at her.
« Où peut-on trouver du riz pour cinq cauris ? »
"Where can rice be had for five cowries?"
« Va-t'en, vieille sorcière », lui dit-il.
"Be off, you old hag," he told her.
Elle a donc essayé de faire du troc dans un autre magasin.
So she tried to barter at another shop.
Ce commerçant pouvait voir sa détresse.
This shopkeeper could see her distress.
Et le commerçant eut pitié d'elle.
And the shopkeeper took pity on her.

Elle lui a donné une grande quantité de riz.
She gave her a large quantity of rice.
La vieille femme revint avec le riz.
The old woman returned with the rice.
Et l'arbre a donné d'autres instructions.
And the tree gave further instructions.
« Mangez moins de la moitié du riz »
"Eat less than half of the rice"
« Allez sur les quais de la rivière »
"Go to the embankments of the river bank"
« Jetez le riz restant sur la rive du fleuve »
"Cast the remaining rice on the river bank"
Ils n'en ont pas compris le sens.
They did not understand the sense of it.
« Pourquoi semer du riz sur les berges de la rivière ? »
"Why sow the riverbank with rice?"
Mais ils ont fait ce qu'on leur avait conseillé.
But they did as they were advised.
Et ils jetèrent leur riz par terre.
And they threw their rice onto the ground.

Ils ont passé la journée à se lamenter sur leur sort.
They spent the day lamenting their fate.
Tout comme avant, les bêtes sortaient la nuit.
Just as before the beasts came out at night.
L'arbre les a de nouveau hébergés à l'intérieur de son tronc.
The tree housed them inside of its trunk again.
Ils ont à nouveau mutilé et torturé l'arbre.
Again they mutilated and tortured the tree.
Mais cette nuit-là, quelque chose d'autre s'est produit.
But that night something else happened.
Les femmes ne l'ont vu que le lendemain.
The women only saw it the next day.
Le riz avait attiré des centaines de paons.
The rice had attracted hundreds of peacocks.
Les paons se disputaient le riz.
The peacocks competed for the rice.

Et leurs plumes tombèrent sur le sol.
And their feathers fell on the floor.
L'arbre savait ce qui allait arriver.
The tree had known what would happen.
Et l'arbre leur a conseillé ce qu'ils devaient faire ensuite.
And the tree advised them what to do next.
« Retourne au bord de la rivière »
"Go back to the bank of the river"
« Va là où tu as jeté le riz »
"Go to where you cast the rice"
« Là, vous verrez beaucoup de plumes »
"There you will see many feathers"
« Ramassez toutes les plumes que vous pouvez trouver »
"Collect all the feathers you can find"
« Utilisez les plumes pour fabriquer un bel éventail »
"Use the feathers to make a beautiful fan"
« Et prends l'éventail en plumes pour aller en ville »
"And take the feather-fan to the city"
Les deux femmes firent ce qu'on leur avait conseillé.
The two women did as they were advised.
Heureusement que la fille avait pris sa boîte à ouvrage.
It was good the girl had taken her work-box.
Dans sa boîte à ouvrage se trouvait de la ficelle.
In her work-box was some string.
Ils ont attaché les plumes ensemble.
The tied the feathers together.
Et elle avait fabriqué un éventail avec les plumes.
And she had made a fan from the feathers.
Elle a emmené l'éventail en plumes en ville.
She took the feather fan to the city.
Le fils du roi se trouvait là par hasard.
The son of the king happened to be there.
Il admirait beaucoup les plumes.
He admired the feathers greatly.
Il a payé une grosse somme d'argent pour les plumes.
He paid a large sum of money for the feathers.

Chaque matin, une certaine quantité de plumes était collectée.
Each morning a quantity of feathers was collected.
Et chaque jour, un éventail de plumes était fabriqué et vendu.
And each day a feather fan was made and sold.
En peu de temps, les deux femmes sont devenues riches.
Within a short time the two women got rich.
L'arbre leur conseilla alors de construire une maison.
The tree then advised them to build a house.
« Employez des hommes pour brûler des briques pour vous »
"Employ men to burn bricks for you"
« Demandez-leur de couper des poutres et des chevrons »
"Get them to cut beams and rafters"
« Faites-leur enduire les murs de chaux »
"Make them plaster the walls with lime"
En quelques mois, une maison majestueuse fut construite.
In a few months a stately house was built.
L'arbre était content pour les femmes.
The tree was pleased for the women.
« Tu devrais ajouter un jardin à ta maison »
"You should add a garden to your house"
« Et vous voulez pouvoir stocker de l'eau »
"And you want to be able to store water"
« Creusez un réservoir d'eau dans votre jardin »
"Dig a water tank in your garden"

La fille n'avait pas eu beaucoup de temps.
The girl had not had much time.
Alors elle n'a pas pensé à sa famille.
So she didn't think of her family.
La chance du marchand avait tourné.
The merchant's luck had taken a turn.
La déesse de la richesse le regarda de travers.
The goddess of wealth frowned upon him.
Il fut frappé par un malheur soudain.

He was struck by a sudden misfortune.
D'un seul coup, il a perdu tout son argent.
All at once he lost all of his money.
Il a été obligé de vendre sa maison.
He was forced to sell his house.
Mais il a subi une grande perte sur la propriété.
But he made a great loss on the property.
Lui et sa famille se sont retrouvés sans le sou.
He and his family were left penniless.
Ils ont donc été obligés de vivre ailleurs.
So they were forced to live elsewhere.
Ils ont déménagé par hasard dans un village voisin.
They happened to move to a nearby village.
Le palais n'était pas loin de leur nouvelle maison.
The palace was not far from their new house.
Mais le marchand n'était plus riche.
But the merchant was not rich anymore.
Et il devait encore subvenir aux besoins de sa famille.
And he still had to support his family.
Il avait été réduit à faire des travaux manuels.
He had been reduced to doing manual labour.
Il a postulé pour un emploi au palais.
He applied for the job at the palace.
Il allait creuser le trou pour l'eau.
He was going to dig the hole for the water.
Sa femme lui a également proposé de travailler avec lui.
His wife also offered to work with him.
Mais ils sont arrivés trop tard pour travailler.
But they got there too late to work.
Le réservoir d'eau était déjà terminé.
The water tank had already been finished.
Et ils ne savaient pas à qui appartenait cette maison.
And they did not know whose house it was.
La fille du marchand regardait par la fenêtre.
The merchant's daughter was looking out the window.
Elle a vu ses parents par hasard dans le jardin.
She happened to see her parents in the garden.

Elle pouvait voir les haillons qu'ils portaient.
She could see the rags they were wearing.
Ses yeux se remplirent de larmes à cette vue.
Her eyes filled with tears at the sight.
Elle ne pouvait pas croire ce qu'elle voyait.
She could not believe what she saw.
Ses parents étaient venus la voir pour travailler.
Her parents had come to her for work.
Elle appela immédiatement ses serviteurs.
She immediately called her servants.
« Dehors, dans le jardin, il y a mes parents »
"Outside in the garden are my parents"
« S'il vous plaît, offrez-leur ces beaux vêtements »
"Please offer them these fine clothes"
« Et demandez-leur d'entrer dans le palais »
"And ask them to come into the palace"
Ses serviteurs firent ce qu'on leur avait dit.
Her servants did as they were told.
Mais ses parents étaient effrayés au-delà de toute mesure.
But her parents were frightened beyond measure.
Ils avaient vu que le char était terminé.
They had seen that the tank was finished.
Il y avait autrefois une étrange tradition.
There used to be a strange tradition.
À cette époque, on offrait des sacrifices humains.
In those days human sacrifices were offered.
L'une de ces occasions s'est produite après avoir creusé une piscine.
One of those occasions was after digging a pool.
Vous pouvez imaginer la peur de ses parents.
You can imagine her parents' fear.
Ils étaient venus pour creuser le réservoir d'eau.
They had come to dig the water tank.
Mais maintenant, les serviteurs les appelaient.
But now servants were calling them.
Ils pensaient qu'ils allaient être sacrifiés.
They thought they going to be sacrificed.

« Jetez vos chiffons », disaient-ils.
"Throw away your rags" they said.
« Tiens, porte ces beaux vêtements »
"Here, wear these fine clothes"
Et leurs craintes ont encore augmenté.
And their fears increased even more.
Mais ils n'eurent pas à craindre longtemps.
But they did not have to fear for long.
Leur fille riche est venue à leur rencontre.
Their rich daughter came out to meet them.
Elle a serré ses parents dans ses bras et les a embrassés.
She hugged and kissed her parents.
Et elle leur raconta tout ce qui s'était passé.
And she told them everything that had happened.
Le père estimait qu'elle avait raison.
The father felt that she had been right.
« Vous vivez de votre propre fortune »
"You do live from your own fortune"
La fille n'a pas blâmé son père.
The daughter did not blame her father.
Et elle lui a donné une grande fortune.
And she gave him a large fortune.
Avec l'argent, il est retourné en ville.
With the money he moved back to the city.
Bientôt, il redevint commerçant.
Soon he became a merchant again.
Et il partit dans des pays lointains pour faire du commerce.
And he went to distant countries for trade.

Un jour, il se préparait à se lancer dans une nouvelle
aventure commerciale.
One day he got ready for another business venture.
Mais ce jour-là, quelque chose d'étrange s'est produit.
But that day something strange happened.
Le navire était prêt à quitter le port.
The ship was ready to leave the port.
Mais pour une raison quelconque, le navire ne bougeait pas.

But for some reason the ship did not move.
Personne ne pouvait expliquer ce qui se passait.
No one could explain what was happening.
Mais le marchand avait une idée.
But the merchant had an idea.
« Peut-être que mes filles aimeraient des cadeaux »
"Perhaps my daughters would like presents"
« Je dois leur demander ce qu'ils aimeraient »
"I need to ask them what they would like"
Il est allé voir ses filles.
He went to see his daughters.
Il leur a demandé ce qu'ils voulaient.
He asked them what they would like.
Et il promit de leur apporter des cadeaux.
And he promised to bring them presents.
Mais le navire ne bougeait toujours pas.
But the ship would still not move.
Il n'avait pas demandé à toutes ses filles.
He had not asked all his daughters.
Sa plus jeune fille n'était pas là.
His youngest daughter was not there.
Elle vivait dans une autre ville.
She was living in a different city.
Il ordonna donc à ses serviteurs de se rendre à son palais.
So he ordered his servants go to her palace.
Le messager est arrivé au mauvais moment.
The messenger came at the wrong time.
La jeune fille était engagée dans des dévotions.
The young girl was engaged in devotions.
Mais le messager lui a quand même demandé.
But the messenger asked her anyway.
Elle lui a juste dit « sobur »
She just told him "sobur"
La signification de cela était « attendez ».
The meaning of this was "wait"
Mais le messager ne le savait pas.
But the messenger didn't know this.

Il pensait qu'elle voulait quelque chose appelé « sobur ».

He thought she wanted something called"sobur"

Il retourna donc à la ville du marchand.

So he went back to the city of the merchant.

Et il a transmis le message qu'il a reçu.

And he delivered the message he received.

« Votre fille veut quelque chose appelé « sobur » »

"Your daughter wants something called 'sobur'"

Cette fois, le navire pouvait à nouveau bouger.

This time the ship could move again.

Le marchand se mit donc en route.

So the merchant started on his travels.

Il a visité de nombreux ports au cours de son voyage.

He visited many ports on his journey.

Et il a réalisé de bons profits grâce à ses transactions.

And he made good profits from his trades.

Trouver les cadeaux n'était pas difficile.

Finding the presents was not difficult.

Il a trouvé tout ce que ses filles aînées voulaient.

He found everything his oldest daughters wanted.

Mais le souhait de sa plus jeune fille était difficile à réaliser.

But his youngest daughter's wish was difficult.

Il n'a pas pu trouver la chose appelée « sobur »

He could not find the thing called"sobur"

Il posait des questions à chaque port où il arrivait.

He asked at every port he came to.

« Est-ce que vous avez quelque chose qui s'appelle "sobur" ? »

"Do you have something called 'sobur'?"

Mais tous les marchands secouèrent la tête.

But the merchants all shook their heads.

« Nous n'avons jamais entendu parler de « sobur » »

"We've never heard of 'sobur'"

Son voyage était presque arrivé à son terme.

His voyage had almost come to its end.

Il allait bientôt rentrer chez lui.

He was soon going to head back home.

Mais il voulait du « sobur » pour sa fille.
But he wanted"sobur" for his daughter.
Il partit donc en criant dans les rues.
So he went calling through the streets.
« Sobur, quelqu'un a du sobur ?! »
"Sobur, does anyone have sobur?!"
Le fils du roi était dans son château.
The son of the King was in his castle.
Il se trouvait qu'il regardait par la fenêtre.
He happened to be looking out the window.
Et les appels ont attiré son attention.
And the calls attracted his attention.
Parce que son nom était Sobur.
Because his name happened to be Sobur.
Il est venu chez le marchand pour lui parler.
He came to the merchant to speak with him.
« J'ai le Sobur que tu veux »
"I have the Sobur that you want"
« Prends cette boîte, mais fais attention avec elle »
"Take this box, but be careful with it"
« Dans la boîte se trouvent un éventail de plumes magique
et un miroir »
"In the box is a magical feather fan and mirror"
« C'est le Sobur que votre fille souhaite »
"This is the Sobur your daughter wishes for"
Le marchand remercia le prince pour la boîte.
The merchant thanked the prince for the box.
Et il retourna dans son pays.
And he returned back to his country.

Il a donné la boîte à sa fille.
He gave the box to his daughter.
Mais la fille n'y a pas pensé.
But the daughter didn't think about it.
Elle pensait que c'était juste une boîte ordinaire.
She thought it was just a common box.
Elle avait oublié le messager.

She had forgotten about the messenger.
Mais un jour, elle a décidé d'ouvrir la boîte.
But one day she decided to open the box.
À l'intérieur de la boîte, elle a trouvé un bel éventail.
Inside the box she found a beautiful fan.
Dans l'éventail en plumes, il y avait un beau miroir.
In the feather fan there was a beautiful mirror.
Elle agita l'éventail en plumes pour se rafraîchir.
She waved the feather fan to cool herself.
Et le prince Sobur apparut devant elle.
And Prince Sobur appeared before her.
« Tu m'as appelé, alors me voici », dit-il.
"You called me, so here I am," he said.
« Que souhaites-tu ? » demanda-t-il.
"What is it you wish for?" he asked.
Elle était étonnée de ce qu'elle voyait.
She was astonished at what she saw.
Un beau prince était soudainement apparu !
A handsome prince had suddenly appeared!
« Qui es-tu ? » demanda-t-elle au prince.
"Who are you?" she asked the prince.
« Et comment es-tu apparu soudainement ? »
"And how did you suddenly appear?"
Le prince expliqua ce qui s'était passé.
The Prince explained what had happened.
« Ton père cherchait « sobur » »
"Your father was looking for 'sobur'"
« Je suis le prince Sobur », a-t-il expliqué.
"I am prince Sobur," he explained.
« J'ai donné une boîte à ton père »
"I gave your father a box"
« Dans cette boîte, il y a un éventail en plumes et un miroir »
"In this box there is a feather fan and mirror"
« Quand tu secoueras l'éventail de plumes, j'apparaîtrai »
"When you shake the feather fan I will appear"
Elle a demandé au prince de rester en tant qu'invité.
She asked the prince to stay as a guest.

Et pendant deux jours, le prince resta avec elle.
And for two days the prince stayed with her.
Et elle le reçut dans son palais.
And she entertained him in her palace.
Pendant ce temps, les deux sont tombés amoureux.
During that time the two fell in love.
Ils ont fait leurs vœux à chacun.
They made their vows to each.
Et ils devinrent mari et femme.
And they became husband and wife.
Après cela, le prince retourna auprès de son père.
After this the prince returned to his father.
Il lui a dit qu'il avait choisi une épouse.
He told him that he had selected a wife.
Le jour du mariage a été décidé.
The day for the wedding was decided.
Toute la famille était invitée.
All the family was invited.
Et ils ont eu un beau mariage.
And they had a beautiful wedding.

Mais il y a eu un décès dans le lit conjugal.
But there was a death in the marriage bed.
Les six filles du marchand étaient envieuses.
The six daughters of the merchant were envious.
Ils étaient jaloux du succès de leur sœur.
They were jealous of their sister's success.
Ils ont donc décidé de détruire son bonheur.
So they decided to destroy her happiness.
Ils ont cassé plusieurs bouteilles en verre.
They broke several glass bottles.
Et ils ont broyé le verre en fine poudre.
And they ground the glass into fine powder.
Ensuite, ils ont dispersé la poudre sur le lit.
Then they scattered the powder on the bed.
Le prince ne soupçonnait aucun danger.
The prince suspected no danger.

Il s'est allongé dans le lit.
He laid himself down in the bed.
Bientôt, il ressentit une douleur aiguë.
Soon he felt an acute pain.
Tout son corps lui faisait mal.
All of his whole body ached.
La poudre avait traversé sa peau.
The powder had gone through his skin.
Le prince devint agité à cause de la douleur.
The prince became restless through pain.
Et il a commencé à donner des coups de pied et à crier.
And he started to kick and scream.
Il a été emmené dans son propre pays.
He was taken away to his own country.
Le roi et la reine étaient très inquiets.
The king and queen were very worried.
Ils consultèrent tous les médecins du royaume.
They consulted all the kingdom's physicians.
Mais leurs efforts furent vains.
But their efforts were in vain.
Jour et nuit, le jeune prince criait .
Day and night the young prince was screaming.
Personne n'a pu identifier la maladie.
No one could ascertain the disease.
Ils n'avaient donc aucun moyen de connaître le remède.
So they had no way of knowing the remedy.
Vous pouvez imaginer le chagrin de sa femme.
You can imagine the grief of his wife.
Le mariage venait tout juste d'être noué.
The marriage knot had only just been tied.
Elle pensait qu'une terrible maladie l'avait attaqué.
She thought a terrible disease had attacked him.
Puis il a été transporté à des centaines de kilomètres.
Then he was carried hundreds of miles away.
Elle n'était jamais allée dans son pays.
She had never been to his country.
Mais elle était déterminée à y aller.

But she was determined to go there.
Et elle était déterminée à mieux le soigner.
And she was determined to nurse him better.
Elle a revêtu l'habit d'un Sannyasi.
She put on the garb of a Sannyasi.
Et elle portait un poignard dans sa main.
And she carried a dagger in her hand.
Et puis elle s'est mise en route.
And then she set out on her journey.

La princesse était encore relativement jeune.
The princess was still relatively young.
Elle n'était pas habituée aux longs voyages.
She was unaccustomed to long journeys.
Et elle n'avait pas l'habitude de marcher si loin.
And she wasn't used to walking so far.
Elle s'est vite lassée de marcher.
She soon got weary of walking.
Elle s'assit donc sous un arbre pour se reposer.
So she sat under a tree to rest.
Au sommet de l'arbre, il y avait un nid.
On the top of the tree there was a nest.
C'était le nid de deux oiseaux divins.
It was the nest of two divine birds.
Bihangami et Bihangama vivaient ici.
Bihangami and Bihangama lived here.
Ils n'étaient pas dans leur nid à ce moment-là.
They were not in their nest at the time.
Mais deux de leurs poussins étaient dans le nid.
But two of their chicks were in the nest.
Soudain, les poussins ont poussé un cri.
Suddenly the chicks gave a scream.
Cela réveilla la princesse à moitié endormie.
This roused the half-drowsy princess.
Les petits oiseaux avaient vu un énorme serpent.
The little birds had seen huge serpent.
Le serpent était sur le point de grimper à l'arbre.

The snake was about to climb the tree.
Cela aurait été la fin des oiseaux.
This would have been the end of the birds.
Mais la Sannyasi sortit son poignard.
But the Sannyasi took out her dagger.
Et elle coupa le serpent en deux.
And she cut the serpent in two.
Bien sûr, même cela effrayait les jeunes oiseaux.
Of course even this frightened the young birds.
Et ils s'envolèrent du nid en criant.
And they flew from the nest screaming.
Bihangama et Bihangami étaient sur le chemin du retour.
Bihangama and Bihangami were on their way back.
Ils sont venus en volant dans les airs.
They came sailing through the air.
Ils pensaient déjà savoir ce qui s'était passé.
They thought they already knew what had happened.
« Je ne m'attends pas à voir nos enfants »
"I don't expect to see our children"
« Le nid sera à nouveau vide »
"The nest will be empty again"
« Tous nos enfants précédents ont été mangés »
"All our previous children were eaten"
« Ils ont été mangés par notre grand ennemi le serpent »
"They were eaten by our great enemy the serpent"
« Ils auront connu le même sort »
"They will have met the same fate"
« Je n'entends pas les cris de mes petits »
"I do not hear the cries of my young ones"
Les deux oiseaux sont arrivés à leur nid.
The two birds got to their nest.
Et comme prévu, le nid était vide.
And as predicted, the nest was empty.
Cela semble confirmer leurs soupçons.
This seemed to confirm their suspicions.
Mais bientôt les jeunes oiseaux revinrent.
But soon the young birds returned.

Les oiseaux divins ont été agréablement surpris.
The divine birds were pleasantly surprised.
Les jeunes oiseaux leur ont raconté ce qui s'était passé.
The young birds told them what had happened.
« Il y avait un jeune Sannyasi sous l'arbre »
"There was a young Sannyasi under the tree"
« Il détruisit le serpent »
"He destroyed the serpent"
« Il coupa le serpent en deux avec son poignard »
"He cut the snake in two with his dagger"
Les parents sont allés au pied de l'arbre.
The parents went to foot of the tree.
Les deux moitiés du serpent étaient toujours là.
Two halves of the snake were still there.
« Le jeune Sannyasi a sauvé notre progéniture »
"The young Sannyasi has saved our offspring"
« J'aimerais que nous puissions lui rendre service en retour »
"I wish we could do him some service in return"
L'oiseau divin Bihangama répondit.
The divine bird Bihangama replied.
« Nous lui rendrons service »
"We shall do our service to HER"
« Le Sannyasi sous l'arbre n'est pas un homme »
"The Sannyasi under the tree is not a man"
« Le Sannyasi sous l'arbre est une femme »
"The Sannyasi under the tree is a woman"
« Hier soir, elle s'est mariée avec le prince Sobur »
"Last night she got married to Prince Sobur"
« Peu de temps après leur mariage, il a été empoisonné »
"Shortly after their marriage he was poisoned"
« Sa peau était percée de petits éclats de verre »
"His skin was pierced with small shards of glass"
« Ses belles-sœurs enviaient sa femme »
"His sisters-in-law envied his wife"
« Ses sœurs ont répandu la poudre sur le lit »
"Her sisters spread the powder over the bed"
« Il souffre encore de sa douleur »

"He is still suffering from his pain"
« Mais il est dans son pays natal »
"But he is in his native land"
« Et maintenant, il est sur le point de mourir »
"And now he is at the point of death"
« Sous l'arbre se trouve son épouse héroïque »
"Beneath the tree is his heroic bride"
« Elle porte l'habit d'une Sannyasi »
"She is wearing the garb of a Sannyasi"
« Et elle va l'allaiter »
"And she is going to nurse him"
Le Bihangami a demandé au Bihangama.
The Bihangami asked the Bihangama.
« N'y a-t-il pas de remède pour le prince ? »
"Is there no cure for the prince?"
« Oui, il existe un remède », répondit le Bihangama.
"Yes, there is a cure" replied the Bihangama.
« Il y a du fumier durci sur le sol »
"There is hardened dung lying on the ground"
« Elle doit prendre cette bouse durcie »
"She must take this hardened dung"
« Ensuite, elle doit réduire le fumier en poudre »
"Then she must reduce the dung to powder"
« Et puis elle doit baigner le prince »
"And then she must bathe the prince"
« Elle doit le baigner dans sept jarres d'eau »
"She must bathe him in seven jars of water"
« Ensuite, elle doit le baigner dans sept pots de lait. »
"Then she must bathe him in seven jars of milk"
« Ensuite, elle doit appliquer la poudre sur son corps »
"Then she must apply the powder to his body"
« Après cela, le prince Sobur se rétablira. »
"After this Prince Sobur will get well"
« Je n'ai aucun doute sur ce remède »
"I have no doubts about this remedy"
Le Bihangami a cependant vu un problème.
The Bihangami saw a problem though.

« La princesse n'est qu'une jeune fille »
"The princess is but a young girl"
« Elle ne peut pas marcher sur une telle distance »
"She cannot walk such a distance"
« Le voyage lui prendrait plusieurs jours »
"The journey would take her many days"
« À ce moment-là, le pauvre prince sera mort. »
"By that time the poor prince will have died"
« Je peux », répondit le Bihangama.
"I can," replied the Bihangama.
« Je prendrai la jeune femme sur mon dos »
"I will take the young lady on my back"
« Je l'emmènerai à la ville du prince Sobur »
"I will fly her to Prince Sobur's city"
« Si elle n'accepte pas de cadeaux, je la ramènerai en avion. »
"If she takes no presents, I will fly her back"
La fille du marchand entendit cette conversation.
The merchant's daughter heard this conversation.
Elle a supplié le Bihangama de la prendre sur son dos.
She begged the Bihangama to take her on his back.
Et bien sûr, l'oiseau a volontairement consenti.
And of course the bird willingly consented.
a d'abord ramassé quelques excréments d' oiseaux .
First she gathered some of the birds dung.
Et puis elle réduisit la bouse en fine poudre.
And then she reduced the dung to fine powder.
Elle était armée de ce médicament puissant.
She was armed with this potent drug.
Et elle monta sur le dos du gentil oiseau.
And she got on the back of the kind bird.

Le Bihangama volait aussi vite que l'éclair.
The Bihangama flew as fast as lightning.
Ils atteignirent bientôt la ville du prince Sobur.
They soon reached Prince Sobur's city.
Le jeune Sannyasi monta au palais.
The young Sannyasi went up to the palace.

Et elle parla aux gardes à la porte.

And she spoke to the guards at the gate.

« Faites savoir au roi que j'ai un médicament »

"Send word to the king that I have a drug"

« Ce médicament sauvera la vie du prince »

"This drug will save the prince's life"

« Dans quelques heures, j'aurai guéri le prince »

"Within hours I will have cured the prince"

Le roi avait essayé tous les meilleurs médecins.

The king had tried all the best doctors.

Mais aucun médecin n'avait pu guérir son fils.

But no doctor had been able to cure his son.

Il n'a donc pas cru les paroles du Sannyasi.

So he didn't believe the Sannyasi's words.

Mais ses conseillers lui ont conseillé le contraire.

But his councilors advised him otherwise.

Le Sannyasi a commandé sept jarres d'eau.

The Sannyasi ordered for seven jars of water.

Et sept pots de lait ont été commandés.

And seven jars of milk were ordered.

Il versa une cruche d'eau sur le prince.

He poured a jar of water on the prince.

Et il versa une jarre de lait sur le prince.

And he poured a jar of milk on the prince.

Il avait une plume de l'oiseau divin.

He had a feather from the divine bird.

Et il a utilisé la plume pour appliquer la poudre.

And he used the feather to apply the powder.

Tout le corps du prince était couvert.

All of the prince's body was covered.

Cela a été répété six autres fois.

This was repeated another six times.

Le dernier traitement a fait de la magie.

The last treatment did the magic.

Le prince commença à se sentir bien à nouveau.

The prince started to feel well again.

Le roi était plus heureux que les mots ne peuvent le décrire.

The king was happier than words can describe.

« Offrez au Sannyasi les plus beaux trésors »

"Give the Sannyasi the finest treasures"

Mais le Sannyasi refusa de prendre des cadeaux.

But the Sannyasi refused to take presents.

« Laisse-moi mettre la bague au doigt du prince »

"Let me have the ring on the prince's finger"

Le roi et le prince étaient heureux.

The king and the prince were happy.

Et ils lui ont donné ce qu'il voulait.

And they gave him what he wanted.

La fille du marchand revint en hâte.

The merchant's daughter hastened back.

Le Bihangama attendait au bord de la mer.

The Bihangama was waiting at the sea-shore.

Ils atteignirent l'arbre des oiseaux divins.

They reached the tree of the divine birds.

La jeune mariée retourna à son palais.

The young bride walked back to her palace.

Le lendemain, elle secoua l'éventail de plumes magique.

The following day she shook the magical feather fan.

Comme auparavant, son mari est apparu.

Just as before, her husband appeared.

Bien sûr, il était heureux de voir sa femme.

Of course he was happy to see his wife.

Mais il fut infiniment surpris.

But he was infinitely surprised.

Elle avait sa bague à son doigt.

She had his ring on her finger.

Sa propre femme était son médecin.

His own wife was his doctor.

C'est sa femme qui l'avait guéri !

It was his wife that had cured him!

Le prince emmena sa fiancée dans son palais.

The prince took his bride to his palace.

Il a pardonné à ses belles-sœurs.

He forgave his sisters-in-law.
Ils vécurent heureux pendant de nombreuses années.
They lived happily for many years.
Et ils furent bénis avec des enfants.
And they were blessed with children.

Les origines de l'opium
The Origins of Opium

Il était une fois un Rishi.
Once upon on a time there lived a Rishi.
Il vivait sur les rives du Gange sacré.
He lived on the banks of the holy Ganges.
Ce Rishi était un homme très religieux.
This Rishi was a very religious man.
Il passait ses journées à accomplir des rites religieux.
He spent his days performing religious rites.
Du lever au coucher du soleil, il s'asseyait sur la rive du fleuve.
From sunrise to sunset he sat on the river bank.
Pendant tout ce temps, il était assis, plongé dans la dévotion.
For the whole time he sat engaged in devotion.
La nuit, il se réfugiait dans sa hutte.
At night he took shelter in his hut.
Sa hutte était faite de feuilles de palmier.
His hut was made from palm-leaves.
Les palmiers qu'il avait fait pousser à partir de jeunes arbres.
The palms he had grown from saplings.
Il n'y avait personne à des kilomètres à la ronde.
There was no one around for miles.
Cependant, dans la cabane, il y avait une souris.
However, in the hut there was a mouse.
Elle a vécu de ce que le Rishi lui a laissé.
She lived from what the Rishi left for her.
Le Rishi était un homme au bon cœur.
The Rishi was a kind-hearted man.
Il ne ferait de mal à aucun être vivant.
He would not hurt any living thing.
Donc notre souris ne s'est jamais enfuie de lui.
So our mouse never ran away from him.
En fait, notre souris est allée vers lui.
In fact, our mouse went to him.
Elle a touché ses pieds alors qu'il était assis.

She touched his feet when he was sitting.
Et elle aimait jouer avec lui.
And she enjoyed playing with him.
Le Rishi aimait aussi la petite souris.
The Rishi also liked the little mouse.
Alors il voulait être gentil avec elle.
So he wanted to be kind to her.
Et il voulait parler à quelqu'un.
And he wanted someone to talk to.
Il lui a donc donné le pouvoir de parler.
So he gave her the power of speech.

Une nuit, la souris s'est levée.
One night the mouse stood up.
Elle s'est mise sur ses pattes arrière.
She got onto her hind legs.
Et elle se tenait devant le Rishi.
And she stood in front of the Rishi.
Et elle a joint ses pattes avant.
And she put her front paws together.
« Saint Sage, tu as été gentil avec moi »
"Holy Sage, you have been kind to me"
« Et tu m'as donné le langage humain »
"And you have given me human language"
« J'espère que cela ne déplaît pas à Votre Révérence »
"I hope it doesn't displease your reverence"
« Mais j'ai encore une faveur à demander »
"But I have one more boon to ask"
Le Rishi écoutait sa souris.
The Rishi listened to his mouse.
« Qu'est-ce que c'est ? » demanda le Rishi.
"What is it?" asked the Rishi.
« Dis ce que tu veux, petite souris »
"Say what you want, little mouse"
La souris répondit au Rishi.
The mouse answered the Rishi.
« Le jour, votre révérence va à la rivière »

"By day your reverence goes to the river"
« Et là, vous pratiquez vos dévotions »
"And there you practice your devotions"
« Pendant ce temps, un chat arrive à la cabane »
"During this time a cat comes to the hut"
« Ce chat a essayé de m'attraper »
"This cat has been trying to catch me"
« Elle a encore un peu peur de votre révérence »
"She still has some fear of your reverence"
« Sinon, elle m'aurait mangé depuis longtemps. »
"Otherwise she would have eaten me long ago"
« Mais j'ai peur que le chat me mange un jour. »
"But I fear the cat will eat me someday"
« J'ai donc une prière à vous demander »
"So I have one prayer to ask of you"
« S'il vous plaît, puis-je être transformé en chat ! »
"Please may I be changed into a cat!"
« Alors je serais à la hauteur de mon ennemi »
"Then I would be a match for my foe"
Le Rishi comprit le sort de la souris.
The Rishi understood the mouse's plight.
Il a jeté de l'eau bénite sur la souris.
He threw some holy water on the mouse.
Et la souris s'est instantanément transformée en chat.
And the mouse instantly turned into a cat.

Elle avait vécu comme un chat pendant quelques jours.
She had lived as a cat for some days.
Une nuit, elle se rendit à nouveau chez le Rishi.
One night she went to the Rishi again.
Et le Rishi parla à son animal de compagnie.
And the Rishi spoke to his pet.
« Eh bien, petit chaton, comment vas-tu ! »
"Well, little kitty, how are you!"
« Comment trouvez-vous votre vie actuelle ! »
"How do you like your present life!"
Le chat réfléchissait à ce qu'il allait dire.

The cat thought about what to say.
Mais elle n'avait rien à dire.
But she didn't have to say anything.
Le Rishi pouvait le dire à son expression.
The Rishi could tell by her expression.
« Pourquoi ne l'aimes-tu pas ? » demanda le sage.
"Why don't you like it?" asked the sage.
« N'es-tu pas aussi fort que les autres chats ! »
"Are you not as strong as the other cats!"
« Oui, je suis assez fort », répondit le chat.
"Yes, I am strong enough," answered the cat.
« Votre révérence a fait de moi un chat fort »
"Your reverence has made me a strong cat"
« Aussi fort que n'importe quel chat du monde »
"As strong as any cat in the world"
« Maintenant, je n'ai plus peur des chats »
"Now I do not fear cats anymore"
« Mais maintenant, j'ai un nouvel ennemi »
"But now I have got a new foe"
« Le jour, votre révérence va à la rivière »
"By day your reverence goes to the river"
« Pendant ce temps, les chiens viennent à la cabane »
"During this time dogs come to the hut"
« Ces chiens aboyaient après moi »
"These dogs have been barking at me"
« Et j'ai eu peur pour ma vie »
"And I have been frightened for my life"
« J'ai donc une dernière prière à vous demander. »
"So I have one more prayer to ask of you"
« S'il vous plaît, puis-je être transformé en chien ! »
"Please may I be changed into a dog!"
Le Rishi comprit la situation difficile du chat.
The Rishi understood the cat's plight.
Il a jeté de l'eau bénite sur le chat.
He threw some holy water on the cat.
Et le chat est instantanément devenu un chien.
And the cat instantly became a dog.

Elle a vécu comme un chien pendant quelques jours.
She lived as a dog for some days.
Mais une nuit, elle parla au Rishi.
But one night she spoke to the Rishi.
« Je ne pourrai jamais assez remercier votre révérence »
"I cannot thank your reverence enough"
« Vous avez été très gentil avec moi »
"You have been most kind to me"
« Je n'étais qu'une pauvre souris »
"I was but a poor mouse"
« Tu ne m'as pas seulement donné la parole »
"You not only gave me speech"
« Mais tu m'as aussi transformé en chat »
"But you also turned me into a cat"
« Et votre gentillesse ne s'arrête pas là »
"And your kindness didn't end there"
« Alors tu m'as transformé en chien »
"Then you changed me into a dog"
« En tant que chien, cependant, je souffre beaucoup. »
"As a dog, however, I suffer greatly"
« Je ne mange pas à ma faim »
"I do not get enough to eat"
« Ma seule nourriture est ce que tu me laisses »
"My only food is what you leave me"
« C'était bien quand j'étais une souris »
"That was fine when I was a mouse"
« Mais tu m'as rendu beaucoup plus grand »
"But you have made me much larger"
« Et cela ne suffit pas à remplir ma bouche »
"And it is not enough to fill my mouth"
« OH votre révérence, comme j'envie ces singes »
"OH your reverence, how I envy those monkeys"
« Ils sautent d'arbre en arbre »
"They jump about from tree to tree"
« Ils mangent toutes sortes de fruits délicieux ! »
"They eat all sorts of delicious fruits!"

« S'il vous plaît, que la révérence ne se fâche pas »
"Please may reverence not get angry"
« Je prie pour être transformé en singe »
"I pray to be changed into an monkey"
Le sage était un homme très compréhensif.
The sage was a very understanding man.
Son cœur était rempli de patience.
His heart was filled with patience.
Il était heureux d'exaucer le souhait de son animal de compagnie.
He was happy to grant his pet's wish.
Il a jeté de l'eau bénite sur le chien.
He threw some holy water on the dog.
Et le chien est instantanément devenu un singe.
And the dog instantly became an monkey.

Notre singe était au début fou de joie.
Our monkey was at first wild with joy.
Elle sauta d'un arbre à l'autre.
She leaped from one tree to another.
Elle a sucé tous les fruits succulents.
She sucked every luscious fruit.
Mais sa joie fut encore de courte durée.
But her joy was short-lived again.
L'été avait apporté avec lui sa sécheresse.
Summer had brought with it its drought.
Les singes ont du mal à descendre.
Monkeys find it hard to climb down.
Elle ne pouvait donc pas boire l'eau de la rivière.
So she couldn't drink from the river.
Elle a vu comment vivaient les sangliers.
She saw how the wild boars lived.
Toute la journée, ils ont pataugé dans l'eau.
All day they splashed in the water.
Elle enviait leur vie maintenant.
She envied their life now.
« Oh, comme ces sangliers sont heureux ! »

"Oh how happy those wild boars are!"
« Leurs corps sont refroidis toute la journée »
"All day their bodies are cooled"
« Toute la journée, ils sont rafraîchis par l'eau »
"All day they are refreshed by water"
« Comme j'aimerais être un sanglier »
"How I wish I were a wild boar"
Cette nuit-là, elle se rendit chez le Rishi.
That night she went to the Rishi.
Elle lui raconta ses ennuis.
She recounted her troubles to him.
Elle lui a tout raconté sur les sangliers.
She told him all about the wild boars.
« Oh, comme leur vie doit être agréable »
"Oh how pleasant their lives must be"
Et elle a supplié d'être changée à nouveau.
And she begged to be changed again.
« Je prie pour être transformé en sanglier »
"I pray to be changed into a wild boar"
La gentillesse du sage ne connaissait pas de limites.
The sage's kindness knew no bounds.
et il a accédé à la demande de son animal de compagnie.
and he complied with his pet's request.
Il a jeté de l'eau bénite sur le singe.
He threw some holy water on the monkey.
Et le singe devint instantanément un sanglier.
And the monkey instantly became a wild boar.

Notre sanglier était maintenant très content.
Our boar was now very content.
Elle gardait son corps trempé.
She kept her body soaking wet.
Chaque jour, elle allait à la rivière.
Every day she went to the river.
Elle pataugeait dans son élément préféré.
She splashed about in her favorite element.
Mais la vie n'est pas sûre pour les sangliers.

But life is not safe for wild boars.
Un jour, le roi était à la chasse.
One day the king was out hunting.
Il montait un éléphant décoré.
He was riding on an adorned elephant.
C'est seulement par chance que notre sanglier a pu s'échapper.
Only by luck did our wild boar escape.
Elle a beaucoup réfléchi à son expérience.
She thought a lot about her experience.
Elle s'attardait sur les dangers de sa vie.
She dwelt on the dangers of her life.
Et elle enviait le majestueux éléphant.
And she envied the stately elephant.
L'éléphant a eu plus de chance qu'elle.
The elephant was more fortunate than her.
Il a pu porter le roi sur son dos.
He got to carry the king on his back.
Maintenant, elle rêvait d'être un éléphant.
Now she longed to be an elephant.
Et la nuit, elle supplia le Rishi.
And at night she besought the Rishi.

Notre éléphant errait dans la nature.
Our elephant was roaming the wilderness.
Au cours de ses aventures, elle a vu le roi.
On her adventures she saw the king.
Notre éléphant se dirigea vers la suite du roi.
Our elephant went towards the king's suite.
Elle avait bien l'intention de se faire prendre.
She had every intention of being caught.
Le roi vit l'éléphant de loin.
The king saw the elephant from a distance.
Il ne pouvait s'empêcher d'admirer sa beauté.
He couldn't help but admire her beauty.
Il donna ses ordres à ses serviteurs.
He gave his orders to his servants.

« Attrapez et apprivoisez cet éléphant »
"Catch and tame this elephant"
Notre éléphant a été facilement attrapé.
Our elephant was easily caught.
Elle a été emmenée dans les écuries royales.
She was taken into the royal stables.
Et elle a été apprivoisée sans aucun problème.
And she was tamed without any trouble.

Un jour, la reine fit un souhait.
One day the queen had a wish.
Elle souhaitait se rendre au Gange sacré.
She wished to go to the holy Ganges.
Elle souhaitait se baigner dans les eaux sacrées.
She wished to bathe in the holy waters.
Le roi voulait accompagner sa femme.
The king wanted to accompany his wife.
Il donna donc ses ordres à ses serviteurs.
So he made his orders to his servants.
« Apportez-nous l'éléphant nouvellement capturé »
"Bring us the newly caught elephant"
Le roi et la reine montèrent sur son dos.
The king and queen mounted on her back.
Notre éléphant a réalisé son souhait.
Our elephant had gotten her wish.
Eh bien... elle semble avoir obtenu ce qu'elle souhaitait.
Well... she seemed to have gotten her wish.
Le roi était monté sur son dos.
The king had mounted on her back.
Mais non, l'éléphant n'a pas obtenu ce qu'il souhaitait.
But no, the elephant didn't get her wish.
Elle se considérait comme une bête seigneuriale.
She looked upon herself as a lordly beast.
Elle ne pouvait pas porter une femme sur son dos.
She could not a woman riding on her back.
Ce n'était pas suffisant qu'elle soit reine.
It wasn't enough that she was a queen.

Elle ne pouvait pas supporter cette idée.
She could not bear the idea of it.
Elle avait le sentiment d'avoir été dégradée.
She felt she had been degraded.
Elle a bondi aussi violemment que les éléphants peuvent le faire.
She jumped up as violently as elephants can.
Le roi et la reine tombèrent tous deux à terre.
Both the king and queen fell to the ground.
Le roi prit soigneusement la reine dans ses bras.
The king carefully picked up the queen.
Il prit la reine dans ses bras.
He took the queen in his arms.
Il lui a demandé si elle avait été blessée.
He asked her whether she had been hurt.
Il a essuyé la poussière de ses vêtements.
He wiped off the dust from her clothes.
Et il l'embrassa tendrement cent fois.
And he tenderly kissed her a hundred times.
Notre éléphant a été témoin des caresses du roi.
Our elephant witnessed the king's caresses.
Et elle s'est précipitée dans les bois.
And she scampered off to the woods.
Elle a couru aussi vite que ses jambes pouvaient la porter.
She ran as fast as her legs could carry her.
Tandis qu'elle courait, elle pensait en elle-même :
As she ran, she thought within herself;
« J'ai vécu de nombreuses vies différentes »
"I have experienced many different lives"
« Et j'ai connu un bonheur différent »
"And I have experienced different happiness"
« Mais ces vies ne peuvent être comparées »
"But those lives cannot be compared"
« Une reine est la créature la plus heureuse de toutes »
"A queen is the happiest creature of all"
« De quelle considération infinie est-elle l'objet ! »
"Of what infinite regard is she the object of!"

« Le roi la souleva du sol »
"The king lifted her off the ground"
« Et il la prit délicatement dans ses bras »
"And he carefully took her in his arms"
« Il lui adressa de nombreuses questions tendres. »
"He made many tender inquiries to her"
« Et il essuya la poussière de ses vêtements »
"And he wiped off the dust from her clothes"
« Et il l'a embrassée cent fois ! »
"And he kissed her a hundred times!"
« Oh, le bonheur d'être une reine ! »
"Oh, the happiness of being a queen!"
« Je dois demander au Rishi de faire de moi une reine ! »
"I must ask the Rishi to make me a queen!"

Le soleil était sur le point de se coucher.
The sun was just about to set.
Notre éléphant est revenu à la hutte.
Our elephant made it back to the hut.
Le Rishi venait de terminer ses dévotions.
The Rishi had just finished his devotions.
Elle tomba à terre à ses pieds.
She fell on the ground at his feet.
Elle était toujours la petite souris.
She was still the little mouse.
Et il était toujours le saint sage.
And he was still the holy sage.
« Quelles sont les nouvelles ? » demanda le Rishi.
"What's the news?" inquired the Rishi.
« Pourquoi as-tu quitté le palais du roi ! »
"Why have you left the king's palace!"
Notre éléphant a réfléchi à ses paroles.
Our elephant thought about her words.
« Que dirai-je à votre révérence ! »
"What shall I say to your reverence!"
« Tu as été très gentil avec moi »
"You have been very kind to me"

« Tu as exaucé tous mes vœux »
"You have granted every wish of mine"
« J'étais une souris et tu m'as donné la parole »
"I was a mouse and you gave me speech"
« Mais en tant que souris, ma vie était en danger »
"But as a mouse my life was in danger"
« Tu m'as sauvé en me transformant en chat »
"You saved me by turning me into a cat"
« Mais en tant que chat, ma vie n'était pas plus sûre »
"But as a cat my life was no safer"
« Et tu m'as aidé à devenir un chien »
"And you helped me become a dog"
« Mais en tant que chien, je n'avais pas assez à manger »
"But as a dog I had not enough to eat"
« Tu as encore pourvu à mes besoins »
"You provided for me again"
« Et tu m'as transformé en singe »
"And you turned my into a monkey"
« J'ai mangé tout ce que je pouvais désirer »
"I had all I could wish to eat"
« Mais je n'avais aucun moyen de refroidir mon corps »
"But I had no way of cooling my body"
« Tu m'as aidé avec ça aussi »
"You helped me with this too"
« Et tu m'as transformé en sanglier »
"And you turned me into a wild boar"
« Les sangliers ont une vie confortable »
"Wild boars have a comfortable life"
« Mais ils ne vivent pas sans danger »
"But they don't live without danger"
« Et encore une fois tu m'as protégé »
"And again you protected me"
« Et tu m'as transformé en éléphant »
"And you turned me into an elephant"
« Être un éléphant a augmenté ma masse »
"Being an elephant has increased my bulk"
« Mais être un éléphant n'a pas augmenté mon bonheur »

"But being an elephant has not increased my happiness"
« J'ai encore une faveur à vous demander »
"I have one more boon to ask of you"
« Ce sera la dernière faveur que je demanderai. »
"It will be the last boon I ask for"
« Je vois maintenant qui est la créature la plus heureuse »
"I see now who the happiest creature is"
« Une reine est la plus heureuse du monde »
"A queen is the happiest in the world"
« Saint-Père, s'il vous plaît, faites de moi une reine »
"Holy father, please make me a queen"
« Enfant stupide », répondit le Rishi.
"Silly child," answered the Rishi.
« Comment puis-je faire de toi une reine ! »
"How can I make you a queen!"
« Où puis-je te trouver un royaume ! »
"Where can I get a kingdom for you!"
« Où pourrais-je trouver un mari royal ! »
"Where would I find a royal husband!"
Mais le Rishi était toujours patient.
But the Rishi was still patient.
« Il y a une chose que je peux faire pour toi »
"There is one thing I can do for you"
« Je peux te transformer en une belle fille »
"I can change you into a beautiful girl"
« Tu seras belle comme une reine »
"You will be as beautiful as a queen"
« Vous posséderez tous les charmes dont vous avez besoin »
"You will possess all the charms you need"
« Vos charmes peuvent captiver le cœur d'un prince »
"Your charms can captivate a prince's heart"
« Mais vous devez attendre ce que les dieux décident. »
"But you must wait for what the gods decide"
« Ils vous accorderont un entretien »
"They will grant you an interview"
« Tu auras ta chance avec un prince ! »
"Tou will have your chance with a prince!"

Notre éléphant a accepté le changement.
Our elephant agreed to the change.
La bête a été transformée par le Rishi.
The beast was transformed by the Rishi.
Et maintenant, elle était une belle jeune femme.
And now she was a beautiful young lady.
Le saint sage la nomma Postomani.
The holy sage named her Postomani.
Son nom signifiait « la dame aux graines de pavot ».
Her name meant 'the poppy-seed lady'.

Postomani vivait dans la hutte du Rishi.
Postomani lived in the Rishi's hut.
Elle passait son temps à s'occuper des fleurs.
She spent her time tending the flowers.
Et elle a arrosé les plantes du jardin.
And she watered the plants in the garden.
Un jour, elle était assise à la cabane.
One day she was sitting at the hut.
Le Rishi était au bord du Gange sacré.
The Rishi was at the holy Ganges.
Un homme richement vêtu s'est dirigé vers le cottage.
A richly dressed man came towards the cottage.
Elle se leva pour accueillir l'homme.
She stood up to welcome the man.
Et elle demanda à l'étranger qui il était.
And she asked the stranger who he was.
« Pourquoi es-tu venu ? » demanda-t-elle.
"What have you come for?" she asked.
« J'étais à la chasse »
"I have been on a hunt"
« Mais nous avons chassé le cerf en vain »
"But we chased the deer in vain"
« Maintenant, j'ai soif à cause de la chaleur »
"Now I am thirsty from the heat"
« Je pensais qu'un Rishi vivait ici »
"I thought that a Rishi lives here"

« J'étais venu lui demander de l'eau »
"I had come to ask him for water"
« Mais maintenant je vois que tu vis ici »
"But now I see you live here"
Postomani répondit à l'étranger.
Postomani answered the stranger.
« **Considérez cette hutte comme la vôtre** »
"Look upon this hut as your own"
« **Je suis désolé, mais nous sommes pauvres** »
"I am sorry, but we are poor"
« **Nous ne pouvons vous offrir aucun divertissement** »
"We cannot offer you any entertainment"
« **Mais laissez-moi rendre votre visite confortable** »
"But let me make your visit comfortable"
« **Parce que je crois que tu es un roi** »
"Because, I believe you are a king"
« **Si je ne me trompe pas** », a-t-elle ajouté.
"If I am not mistaken," she added.
L'étranger sourit en signe de reconnaissance.
The stranger smiled in recognition.

Postomani apporta ensuite une casserole d'eau.
Postomani then brought a pot of water.
Elle est allée laver les pieds de son invité royal.
She went to wash her royal guest's feet.
Mais le visiteur ne la laissa pas faire.
But the visitor did not let her do this.
« **Sainte servante, ne touche pas mes pieds** »
"Holy maid, do not touch my feet"
« **Je ne suis qu'un Kshatriya** », a-t-il avoué.
"I am only a Kshatriya," he confessed.
« **Et tu es la fille d'un saint sage** »
"And you are the daughter of a holy sage"
« **Noble monsieur** », commença à confesser Postomani.
"Noble sir;" Postomani begun to confess.
« **Je ne suis pas la fille du Rishi** »
"I am not the daughter of the Rishi"

« Et je ne suis pas non plus une fille brahmane ? »
"And am I not a Brahmani girl either"
« Il n'y a aucun mal à ce que je touche tes pieds »
"There is no harm in me touching your feet"
« De plus, tu es mon invité »
"Besides, you are my guest"
« Et je suis obligé de te laver les pieds »
"And I am bound to wash your feet"
« Pardonnez mon impertinence », souhaita le roi.
"Forgive my impertinence," the king wished.
« À quelle caste appartenez-vous ? » demanda-t-il.
"What caste do you belong to?" he asked.
« Je ne sais que ce que le sage m'a dit »
"I only know what the sage told me"
« J'ai entendu dire que mes parents étaient des Kshatriyas »
"I heard my parents were Kshatriyas"
L'étranger voulait en savoir plus.
The stranger wanted to know more.
« Puis-je vous demander si votre père était roi ! »
"May I ask whether your father was a king!"
« Tu as une beauté peu commune », dit-il.
"You have an uncommon beauty," he said.
« Et vous possédez un comportement majestueux »
"And you possess a stately demeanor"
« Ces qualités ne peuvent pas être acquises par le travail »
"These qualities cannot be worked for"
« Cela montre que tu es née princesse »
"It shows that you were born a princess"
Postomani a évité de répondre à la question.
Postomani avoided answering the question.
Au lieu de cela, elle est entrée dans la hutte.
Instead she went inside the hut.
Elle a sorti un plateau de délicieux fruits.
She brought out a tray of delicious fruits.
Et elle déposa les fruits devant le roi.
And she set the fruits before the king.
Le roi, cependant, ne toucha pas aux fruits.

The king, however, did not touch the fruits.

Il a attendu que sa question reçoive une réponse.

He waited until his question was answered.

« Je ne sais que ce que dit le saint sage »

"I only know what the holy sage says"

« Il dit que mon père était roi »

"He says that my father was a king"

« Mais il a été vaincu dans une bataille »

"But he was overcome in a battle"

« Alors, lui et ma mère s'enfuirent dans les bois. »

"So he, with my mother, fled into the woods"

« Mon pauvre père a été mangé par un tigre »

"My poor father was eaten by a tiger"

« Ma mère fermait les yeux tandis que j'ouvrais les miens »

"My mother closed her eyes as I opened mine"

« Il y avait une ruche sur l'arbre »

"There was a bee-hive on the tree"

« Je me suis couché au pied de cet arbre »

"I lay at the foot of that tree"

« Des gouttes de miel sont tombées dans ma bouche »

"Drops of honey fell into my mouth"

« Le miel a maintenu l'étincelle en moi »

"The honey maintained the spark inside me"

« Et puis le gentil Rishi m'a trouvé »

"And then the kind Rishi found me"

« Le saint sage m'a amené dans sa hutte »

"The holy sage brought me into his hut"

« C'est l'histoire simple de cette misérable fille »

"This is the simple story of this wretched girl"

« La jeune fille qui se tient maintenant devant le roi »

"The girl who now stands before the king"

« Ne vous dites pas malheureux », répondit le roi.

"Call not yourself wretched," replied the king.

« Tu es la plus belle des femmes »

"You are the most beautiful of women"

« Et tu es la plus belle des femmes »

"And you are the loveliest of women"

« Tu ornerais les plus grands palais »
"You would adorn the grandest palaces"

Postomani avait obtenu son entretien.
Postomani had gotten her interview.
Elle est tombée amoureuse du roi.
She fell in love with the king.
Et le roi tomba amoureux d'elle.
And the king fell in love with her.
Les Rishi les ont unis par le mariage.
The Rishi joined them in marriage.
Postomani devint la reine préférée du roi.
Postomani became the king's favourite queen.
Et l'ancienne reine était en disgrâce.
And the former queen was in disgrace.
Mais le bonheur de Postomani fut de courte durée.
But Postomani's happiness was short-lived.
Un jour, alors qu'elle se tenait près d'un puits.
One day as she was standing by a well.
Elle fut prise d'un moment de vertige.
She was overcome by a moment of giddiness.
Le hasard l'a fait tomber à l'eau.
Fortune had her fall into the water.
Et elle mourut dans l'eau du puits.
And she died in the water of the well.
Le Rishi vint alors vers le roi.
The Rishi then came to the king.
« Ô roi, ne t'afflige pas du passé »
"O king, grieve not over the past"
« Ce qui est fixé par le destin doit arriver »
"What is fixed by fate must come to pass"
« La reine s'est noyée dans ton puits »
"The queen drowned in your well"
« Mais elle n'était pas de sang royal »
"But she was not of royal blood"
« Elle est née dans une famille de souris »
"She was born to a family of mice"

« Chaque soir, elle venait dans ma cabane »
"Each evening she came to my hut"
« Et je lui ai donné la parole »
"And I gave her the power of speech"
« Avec la parole, elle pouvait exprimer ses souhaits »
"With speech she could express her wishes"
« Je l'ai changée selon ses souhaits »
"I changed her according to her wishes"
« Comme une souris, elle craignait le chat »
"As a mouse she feared the cat"
« Et donc je l'ai transformée en chat »
"And so I changed her into a cat"
« En tant que chat, elle avait peur des chiens »
"As a cat she feared the dogs"
« Et donc je l'ai transformée en chien »
"And so I changed her into a dog"
« En tant que chien, elle n'avait pas assez à manger »
"As a dog she had not enough to eat"
« Et donc je l'ai transformée en singe »
"And so I changed her into a monkey"
« En tant que singe, elle ne supportait pas la chaleur »
"As a monkey she couldn't bear the heat"
« Et donc je l'ai transformée en sanglier »
"And so I changed her into a wild boar"
« En tant que sanglier, sa vie n'était pas en sécurité »
"As a boar her life was not safe"
« Et donc je l'ai transformée en éléphant »
"And so I changed her into an elephant"
« C'est l'éléphant que tu as attrapé »
"That was the elephant you caught"
« Mais en tant qu'éléphant, elle n'était pas aimée »
"But as an elephant she was not loved"
« Et donc je l'ai changée une dernière fois »
"And so I changed her one last time"
« Je l'ai transformée en une belle fille »
"I changed her into a beautiful girl"
« C'est la fille que tu as épousée »

"That is the girl that you married"
« Et c'est la fille qui s'est noyée »
"And that is the girl that drowned"
« Prends en grâce ton ancienne reine »
"Take into favor your former queen"
« Et ne vous inquiétez pas pour ma fille »
"And don't worry for my daughter"
« Je rendrai son nom immortel »
"I will make her name immortal"
« Que son corps reste dans le puits »
"Let her body remain in the well"
« Remplissez le puits avec de la terre »
"Fill the well up with earth"
« Dans sa chair il y a une semence »
"In her flesh there is a seed"
« De ses os naîtra un arbre »
"From her bones a tree will grow"
« Nous donnerons son nom à cet arbre »
"We will name this tree after her"
« L'arbre s'appellera 'Posto' »
"The tree shall be called 'Posto'"
« Cela signifie « l'arbre aux coquelicots » »
"This means 'the Poppy tree'"
« De cet arbre naîtra une drogue »
"From this tree there will come a drug"
« Cette drogue s'appellera opium »
"This drug will be called opium"
« L'opium sera un médicament puissant »
"Opium will be a powerful medicine"
« Les gens consommeront de l'opium à chaque époque »
"People will consume opium in every epoch"
« L'opium sera soit avalé, soit fumé »
"Opium will either be swallowed or smoked"
« Et l'opium sera un merveilleux narcotique »
"And opium will be a wonderful narcotic"
« L'opium sera utilisé jusqu'à la fin des temps »
"Opium will be used till the end of time"

« **Vous reconnaîtrez le fumeur d'opium** »
"You will recognize the opium smoker"
« **Il aura de nombreuses qualités différentes** »
"He will have many different qualities"
« **Une qualité pour chaque animal** »
"One quality for each of the animals"
« **Les animaux sous lesquels Postomani avait vécu** »
"The animals which Postomani had lived as"
« **Il sera espiègle, comme une souris** »
"He will be mischievous, like a mouse"
« **Il sera friand de lait, comme un chat** »
"He will be fond of milk, like a cat"
« **Il sera querelleur, comme un chien** »
"He will be quarrelsome, like a dog"
« **Il sera sale, comme un singe** »
"He will be filthy, like a monkey"
« **Il sera sauvage, comme un sanglier** »
"He will be savage, like a boar"
« **Il sera confiant, comme un éléphant** »
"He will be confident, like an elephant"
« **Et il sera colérique, comme une reine** »
"And he will be high-tempered, like a queen"

Frappez, mais écoutez d'abord
Strike, but Listen First

Il était une fois un roi qui avait trois fils.
There was once a king who had three sons.
Ses sujets royaux vinrent un jour le trouver et lui dirent :
His royal subjects came to him one day and said;
« Ô incarnation de la justice ! entends notre appel. »
"Oh incarnation of justice! hear our plea"
« Le royaume est infesté de voleurs et de brigands »
"The kingdom is infested with thieves and robbers"
« Nos biens ne sont pas à l'abri de leur vol »
"Our property is not safe from their thievery"
« Nous prions Votre Majesté d'arrêter ces voleurs »
"We pray your majesty to catch hold of these thieves"
« Nous vous prions de les punir avec toute la rigueur de la loi »
"We beg you punish them to the full extent of the law"
Le roi dit à ses fils : « Oh, mes fils, je suis vieux »
The king said to his sons, "Oh, my sons, I am old"
« Mais vous êtes tous dans la fleur de l'âge »
"But you are all in the prime of manhood"
« Comment se fait-il que mon royaume soit plein de voleurs ? »
"How is it that my kingdom is full of thieves?"
« Je compte sur vous pour attraper ces voleurs »
"I look to you to catch hold of these thieves"
Les trois princes prirent alors leur décision.
The three princes then made up their minds.
Ils allaient patrouiller la ville chaque nuit.
They were going to patrol the city every night.
Ils ont installé un poste de surveillance à la périphérie de la ville.
They set up a watch out in the outskirts of the city.
Le début de la nuit était arrivé.
The early part of the night had arrived.
Le prince aîné prit donc ses fonctions.

So the eldest prince took on his duties.
Il traversa toute la ville à cheval.
He rode upon his horse through the whole city.
Mais il n'a vu aucun voleur où qu'il ait regardé.
But did not see a single thief anywhere he looked.
Il est revenu au commissariat.
He came back to the policing station.
Le milieu de la nuit était arrivé.
The middle part of the night had arrived.
Le deuxième prince prit donc ses fonctions.
So the second prince took on his duties.
Et lui aussi traversa chaque partie de la ville.
And he too rode through every part of the city.
Mais il n'a vu ni entendu parler d'un seul voleur.
But he did not see or hear of a single thief.
Il est également revenu au commissariat.
He came also back to the policing station.
La dernière partie de la nuit était arrivée.
The latter part of the night had arrived.
Le plus jeune prince prit donc ses fonctions.
So the youngest prince took on his duties.
Il s'approcha de la porte du palais de son père.
He went near the gate of his father's palace.
Là, il vit une belle femme quitter le palais.
There he saw a beautiful woman leaving the palace.
Le prince demanda à la femme : « Qui êtes-vous ? »
The prince asked the woman, "who are you?"
« Où vas-tu à cette heure de la nuit ? »
"Where are you going at this hour of the night?"
La femme répondit au jeune prince.
The woman answered the young prince.
« Je suis Rajlakshmi, la divinité gardienne de ce palais. »
"I am Rajlakshmi, the guardian deity of this palace"
« Le roi sera tué cette nuit »
"The king will be killed this night"
« Je ne suis donc pas nécessaire ici »
"I am therefore not needed here"

« Et c'est pourquoi je m'en vais »
"And that is why I am going away"
Le prince ne savait pas quoi penser de ce message.
The prince did not know what to make of this message.
Après un moment de réflexion, il dit à la déesse :
After a moment's reflection he said to the goddess;
« Mais supposons que le roi ne soit pas tué ce soir. »
"But, suppose the king is not killed tonight"
« Avez-vous une objection à retourner au palais ? »
"Have you any objection to return to the palace?"
« Je n'ai aucune objection », répondit la déesse.
"I have no objection," replied the goddess.
Le prince supplia alors la déesse de revenir.
The prince then begged the goddess to go back.
Et il a promis de faire de son mieux pour protéger le roi.
And he promised to do his best to protect the king.
Puis la déesse entra à nouveau dans le palais.
Then the goddess entered the palace again.
En un instant, elle disparut dans le palais.
Within a moment she disappeared into the palace.

Le prince entra lui aussi directement dans le palais.
The prince went straight into the palace too.
Et il entra dans la chambre de son père royal.
And he went into the bedroom of his royal father.
Là, son père gisait plongé dans un profond sommeil.
There his father lay immersed in deep sleep.
Le roi avait une deuxième épouse, plus jeune.
The king had a second, younger wife.
Cette femme était la belle-mère de notre prince.
This woman was the stepmother of our prince.
Elle dormait dans un autre lit de la chambre.
She was sleeping in another bed in the room.
Il y avait une lumière qui brûlait faiblement.
There was a light that was burning dimly.
Mais alors le prince vit quelque chose qui le surprit !
But then the prince saw something that surprised him!

Un énorme cobra tourne en rond autour du lit doré.
A huge cobra going round and round the golden bedstead.
Le lit sur lequel dormait son père.
The bedstead on which his father was sleeping.
Le prince avec son épée coupa le serpent en deux.
The prince with his sword cut the serpent in two.
Mais il ne se contenta pas de tuer le cobra.
But he was not satisfied with killing the cobra.
Il coupa donc le cobra en cent morceaux.
So he cut the cobra up into a hundred pieces.
Et il mit les morceaux du cobra dans une casserole.
And he put the pieces of the cobra inside a pan.
Mais alors qu'il coupait le cobra, un malheur se produisit.
But while cutting the cobra a misfortune happened.
Une goutte de sang tomba sur la poitrine de sa belle-mère.
A drop of blood fell on the breast of his stepmother.
Le prince était très affligé par ce qui s'était passé.
The prince was in great distress by what had happened.
« J'ai sauvé mon père, mais j'ai tué ma belle-mère »
"I have saved my father, but killed my stepmother"
Comment pourrait-il retirer la goutte de sang de sa poitrine ?
How could he remove the drop of blood from her breast?
Il enroula autour de sa langue un morceau de tissu sept fois plié.
He wrapped round his tongue a piece of cloth sevenfold.
Et avec le tissu, il lécha la goutte de sang.
And with the cloth he licked up the drop of blood.
Mais le sommeil de sa belle-mère n'était pas si profond.
But his stepmother's sleep was not so deep.
Et dans sa tentative de la sauver, il l'a réveillée.
And in his attempt to save her he awoke her.
En ouvrant les yeux, elle vit que c'était son beau-fils.
When opening her eyes she saw it was her stepson.
Le jeune prince se précipita hors de la pièce.
The young prince rushed out of the room.
La reine détestait son beau-fils, le plus jeune prince.
The queen, hated her stepson, the youngest prince.

Et elle avait bien l'intention de ruiner sa réputation.
And she had every intention to ruin his reputation.
Elle appela son mari : « Mon seigneur, mon seigneur »
She called out to her husband, "My lord, my lord"
« Es-tu réveillé ? Es-tu réveillé ? Réveille-toi »
"Are you awake? are you awake? Rouse yourself up"
« Voici une bonne nouvelle pour vous »
"Here is a nice piece of news for you"
Le roi, en se réveillant, demanda ce qui se passait.
The king on awaking inquired what the matter was.
«Qu'est-ce qui se passe, mon seigneur, laissez-moi vous le dire»
"What the matter is, my lord, let me tell you"
« Votre digne fils était juste ici dans cette pièce »
"Your worthy son was just here in this room"
« Le plus jeune prince, dont vous parlez si bien »
"The youngest prince, of whom you speak so highly"
« Je l'ai surpris en train de me toucher la poitrine. »
"I caught him in the act of touching my breast"
« Je ne doute pas qu'il soit venu avec de mauvaises intentions. »
"I don't doubt he came with wicked intents"
Le roi fut horrifié par ce qu'il entendit.
The king was horror-struck by what he heard.
Le prince retourna là où ses frères montaient la garde.
The prince went back to where his brothers kept watch.
Mais il ne leur dit rien de ce qui s'était passé.
But he told them nothing of what had happened.

Tôt le matin, le roi appela son fils aîné.
Early in the morning the king called his eldest son.
« Je confie ma vie et mon honneur aux hommes »
"I entrust my life and my honor to men"
« Mais que se passerait-il si l'un de ces hommes se révélait infidèle ?
"But what if one of these men prove faithless?
« Comment un tel homme devrait-il être puni ? »

"How should such a man be punished?"
Le prince aîné répondit à son père, le roi.
The eldest prince replied to his father, the king.
« Il faut sans doute couper la tête d'un tel homme. »
"Doubtless such a man's head should be cut off"
« Mais d'abord, vous devez établir les faits »
"But first you should establish the facts"
« Il faut voir si l'homme est vraiment infidèle »
"You must see whether the man is really faithless"
« Que voulez-vous dire ? » demanda le roi.
"What do you mean?" inquired the king.
« Que Votre Majesté veuille bien écouter »
"Let your majesty be pleased to listen"
Il était une fois un orfèvre.
Once upon on a time there lived a goldsmith,
Cet orfèvre avait un fils qui avait une femme.
This goldsmith had a son who had a wife.
Sa femme avait la rare faculté de comprendre les bêtes.
His wife had the rare faculty of understanding beasts.
Mais elle n'a jamais parlé à personne de son don inhabituel.
But she never told anyone about her uncommon gift.
Même son mari ne savait pas qu'elle pouvait comprendre les animaux.
Not even her husband knew she could understand animals.
Une nuit, elle était allongée dans son lit à côté de son mari.
One night she was lying in bed beside her husband.
Depuis la rivière près de leur maison, elle entendit un hurlement de chacal.
From the river by their house she heard a jackal howl.
« Voilà une carcasse flottant sur la rivière »
"There goes a carcass floating on the river"
« Il y a une bague en diamant au doigt du mort »
"There's a diamond ring on the dead man's finger"
« Quelqu'un pourrait-il prendre l'anneau et me donner le cadavre ? »
"Will anyone take the ring and give me the corpse?"
La femme comprenait le langage du chacal.

The woman understood the jackal's language.
Elle se leva du lit et se rendit au bord de la rivière.
She got up from bed and went to the river-side.
Le mari n'avait pas dormi profondément.
The husband had not been in deep sleep.
Ainsi, avec les mouvements de sa femme, il s'est réveillé aussi.
So with his wife's movements he woke up too.
Et il suivit sa femme pour voir où elle allait.
And he followed his wife to see where she went.
Mais il gardait ses distances pour pouvoir l'observer.
But he kept his distance, so that he could observe her.
La femme est entrée dans l'eau à côté de leur maison.
The woman went into the water next to their house.
Elle tira le cadavre flottant vers le rivage.
She tugged the floating corpse towards the shore.
Et elle vit la bague en diamant à son doigt.
And she saw the diamond ring on the finger.
Elle n'a pas réussi à desserrer l'anneau avec sa main.
She was unable to loosen the ring with her hand.
Parce que les doigts du cadavre avaient gonflé.
Because the fingers of the dead body had swelled.
Alors elle s'est arraché le doigt avec ses dents.
So she bit off the finger with her teeth.
Et elle déposa le corps mort sur la terre, pour le chacal.
And she put the dead body upon land, for the jackal.
Puis elle retourna au lit, où se trouvait déjà son mari.
Then she returned to bed, where her husband already was.
Le jeune orfèvre était presque pétrifié par la peur.
The young goldsmith lay almost petrified with fear.
Il était convaincu qu'il était allongé à côté d'un Rakshasi.
He was convinced he was lying next to a Rakshasi.
Il a passé le reste de la nuit à se retourner dans son lit.
He spent the rest of the night tossing in his bed.
Et tôt le matin, il parla à son père.
And early in the morning spoke to his father.
« La femme que tu m'as donnée n'est pas une vraie femme »

"The woman thou hast given me is not a real woman"
« La femme que tu m'as donnée pour épouse est une Rakshasi. »
"The woman thou hast given me to wife is a Rakshasi"
« Hier soir, j'étais au lit avec elle. »
"Last night I was lying in bed with her"
« Au bord de la rivière, j'ai entendu le hurlement d'un chacal »
"By the river I heard the howl of a jackal"
« Ma femme aussi a entendu le hurlement du chacal »
"My wife too, heard the howl of the jackal"
« Pensant que je dormais, elle s'est dirigée vers le hurlement »
"Thinking I was asleep; she went towards the howl"
« J'ai été surpris de la voir sortir du lit seule »
"I was surprised to see her go out of bed alone"
Soupçonnant une sorte de mal, je l'ai suivie dehors.
"Suspecting some sort of evil, I followed her outside"
« Mais elle ne pouvait pas voir que je l'avais suivie. »
"But she could not see that I had followed her"
« Qu'a-t-elle fait, à ton avis ? Ô horreur des horreurs ! »
"What did she do, do you think? O horror of horrors!"
« Elle a sorti un cadavre du ruisseau. »
"From the stream she dragged a dead body out"
« Et que penses-tu qu'elle a fait du cadavre ? »
"And what do you think she did with the dead body?"
« Elle n'a pas perdu de temps à dévorer le mort ! »
"She wasted no time devouring the dead man!"
« Tout cela, j'ai eu le malheur de le voir de mes propres yeux »
"All this I had the misfortune to see with my own eyes"
« Pendant qu'elle se régalait de la carcasse, je suis retourné me coucher. »
"While she feasted on the carcass I went back to bed"
« Quelques minutes plus tard, elle retourna également au lit »
"In a few minutes she also returned to bed"

« Elle a verrouillé la porte et s'est allongée à côté de moi. »

"She bolted the door shut, and lay beside me"

« Oh mon père, comment puis-je vivre avec un Rakshasi ? »

"Oh my father, how can I live with a Rakshasi?"

« Elle va certainement me tuer et me dévorer une nuit. »

"She will certainly kill me and eat me up one night"

Vous pouvez imaginer le choc du vieil orfèvre.

You can imagine the shock of the old goldsmith.

Le père et le fils étaient tous deux d'accord sur ce qui devait être fait.

Both father and son agreed about what should be done.

La femme doit être emmenée au plus profond de la forêt.

The woman should be taken deep into the forest.

Et elle devrait être abandonnée aux bêtes sauvages pour être dévorée.

And she should be left for wild beasts to devoured.

En conséquence, le jeune orfèvre parla à sa femme.

Accordingly, the young goldsmith spoke to his wife.

« Mon cher amour », dit-il à sa femme.

"My dear love," he said to his wife.

« Tu ferais mieux de ne pas trop cuisiner ce matin »

"You had better not cook much this morning"

« Faites bouillir un peu de riz et brûlez un brin d'aubergine »

"Boil a little rice and burn a brinjal"

« Parce qu'aujourd'hui nous allons voir tes parents »

"Because today we are going to see your parents"

«Tes parents meurent d'envie de te voir»

"Your mother and father are dying to see you"

La femme était pleine de joie à l'annonce de cette nouvelle inattendue.

The woman was full of joy at the unexpected news.

Elle aimait retourner dans la maison de son père.

She loved returning to her father's house.

Et elle a fini de cuisiner en un rien de temps.

And she finished the cooking in no time.

Le mari et la femme ont pris un petit-déjeuner rapide.

The husband and wife snatched a hasty breakfast.
Et peu de temps après le petit-déjeuner, ils commencèrent leur voyage.
And soon after breakfast they started their journey.
Le chemin vers la maison de son père traversait une jungle dense.
The way to her father's house was through dense jungle.
C'était l'endroit parfait pour abandonner sa femme.
It was the perfect place to abandon his wife.
Elle était vouée à être dévorée par des bêtes sauvages.
She was bound to be eaten up by wild beasts there.
Mais pendant qu'ils marchaient, la femme entendit un serpent.
But while they were walking the woman heard a snake.
« Oh passant, dans ce trou-là il y a une grenouille »
"Oh passer-by, in yonder hole there is a frog"
« Comme je te serais reconnaissant si tu attrapais la grenouille ! »
"How thankful I would be if you caught the frog"
« Et le trou est plein d'or et de pierres précieuses »
"And the hole is full of gold and precious stones"
« Donne-moi la grenouille et prends le trésor pour toi »
"Give me the frog, and take the treasure for yourself"
La femme se rendit aussitôt au trou de la grenouille.
The woman forthwith went to the frog's hole.
Et elle a commencé à creuser le trou avec un bâton.
And she began digging the hole with a stick.
Le jeune orfèvre tremblait maintenant de peur.
The young goldsmith was now quaking with fear.
Il pensait que sa femme Rakshasi était sur le point de le tuer.
He thought his Rakshasi-wife was about to kill him.
Et puis sa femme l'a appelé pour qu'il l'aide.
And then his wife called for him to help her.
« Prenez tout cet or et ces pierres précieuses »
"Take all this gold and these precious stones"
L'orfèvre ne comprit pas sa demande.

The goldsmith did not understand her request.
Timidement, il se dirigea vers l'endroit où elle avait creusé le trou.
Timidly he went to where she had dug the hole.
Mais il fut infiniment surpris par ce qu'il vit.
But he was infinitely surprised by what he saw.
Le trou était plein d'or et de pierres précieuses.
The hole was full of gold and precious stones.
« Comment as-tu su qu'il y avait un trésor ici ? »
"How did you know there was a treasure here?"
Et finalement sa femme lui a parlé de son don.
And finally his wife told him of her gift.
« Je peux comprendre toutes les bêtes de la forêt »
"I can understand all the beasts in the forest"
« Juste là-bas, il y a un serpent enroulé »
"Just over there, there is a snake coiled up"
« Elle m'avait dit qu'il y avait un trésor ici »
"She had told me there was a treasure here"
Le mari se sentait désormais très béni avec sa femme.
The husband now felt very blessed with his wife.
« Mon amour, il se fait très tard aujourd'hui »
"My love, it has gotten very late today"
« Je ne pense pas que nous atteindrons la maison de ton père »
"I don't think we will reach your father's house"
« La nuit nous rattrapera avant que nous arrivions. »
"Nightfall will catch us before we get there"
« Si nous restons, nous risquons d'être dévorés par des bêtes sauvages. »
"If we stay we might be devoured by wild beasts"
« Je propose donc que nous rentrions tous les deux chez nous. »
"I propose therefore that we both return home"
Vous pouvez imaginer la déception de la femme.
You can imagine the wife's disappointment.
Mais elle était d'accord avec l'évaluation de son mari.
But she agreed with her husband's assessment.

Il leur a fallu beaucoup de temps pour rentrer chez eux.

It took them a long time to reach home.

Ils étaient chargés d'une grande quantité d'or.

They were laden with a large quantity of gold.

Et ils transportaient beaucoup de pierres précieuses.

And they were carrying many precious stones.

Mais finalement, ils se sont rapprochés de leur maison.

But eventually the got close to their home.

« Ma chère, va par la porte de derrière », dit l'orfèvre.

"My dear, go by the back door," said the goldsmith.

« J'irai par la porte d'entrée et je verrai mon père »

"I will go by the front door and see my father"

« Et je lui montrerai tout ce trésor »

"And I will show him all this treasure"

Elle entra donc dans la maison par la porte de derrière.

So she entered the house by the back door.

Mais le vieil orfèvre avait aussi des raisons d'être là.

But the old goldsmith had reason to be there too.

Il était allé là-bas pour récupérer un marteau.

He had gone there to collect a hammer.

Le vieil orfèvre vit sa belle-fille Rakshasi.

The old goldsmith saw his Rakshasi daughter-in-law.

Il a conclu qu'elle avait englouti son fils.

He concluded she had swallowed up his son.

Et il la frappa donc avec le marteau.

And he therefore struck her with the hammer.

Le coup a tué immédiatement sa belle-fille.

The blow immediately killed his daughter-in-law.

À ce moment-là, le fils entra dans la maison.

At that moment the son came into the house.

Mais il était trop tard pour qu'il puisse s'expliquer.

But it was too late for him to explain.

Et ainsi se termina l'histoire du prince aîné.

And so the eldest prince's story concluded.

« Il faudra peut-être couper la tête d'un homme »

"You might have to cut a man's head off"

« Mais d'abord, vous devez établir les faits »

"But first you should establish the facts"
« Il faut voir si l'homme est vraiment infidèle »
"You must see whether the man is really faithless"

Le roi appela alors son deuxième fils.
The king then called his second son to him.
« Je confie ma vie et mon honneur aux hommes »
"I entrust my life and my honor to men"
« Mais que se passerait-il si l'un de ces hommes se révélait infidèle ?
"But what if one of these men prove faithless?
« Comment un tel homme devrait-il être puni ? »
"How should such a man be punished?"
Le deuxième prince répondit à son père, le roi.
The second prince replied to his father, the king.
« Il faut sans doute couper la tête d'un tel homme. »
"Doubtless such a man's head should be cut off"
« Mais d'abord, vous devez établir les faits »
"But first you should establish the facts"
« Que voulez-vous dire ? » demanda le roi.
"What do you mean?" inquired the king.
« Que Votre Majesté veuille bien écouter »
"Let your majesty be pleased to listen"
Il était une fois un roi.
Once upon a time there reigned a king.
Ce roi aimait beaucoup aller à la chasse.
This king was very fond of going out hunting.
Un jour, son cheval l'emmène dans une forêt dense.
One day his horse took him into a dense forest.
Il s'éloigna de ses disciples, au plus profond des bois.
He went far from his followers, deep into the woods.
Il continua à chevaucher à travers la forêt infinie et silencieuse.
He rode on and on through the endless, quiet forest.
Il ne vit ni villages ni villes, seulement des arbres.
He saw neither villages nor towns, only trees.
Au cours de ce long et solitaire voyage, il eut très soif.

On the long, lonely journey he became very thirsty.

Il ne pouvait voir ni étang, ni lac, ni ruisseau.

He could see no pond, nor lake, nor stream.

Mais ensuite, il vit quelque chose couler d'un arbre.

But then he saw something dripping from a tree.

Il a conclu qu'il s'agissait d'eau de pluie stagnant dans une cavité.

He concluded it was rainwater resting in a cavity.

Il se tenait à cheval sous l'arbre, une coupe à la main.

He stood on horseback beneath the tree, cup in hand.

Il attrapa les gouttes qui coulaient lentement dans la petite tasse.

He caught the drops slowly dripping into the small cup.

L'eau, cependant, n'était pas de la pluie tombée du ciel.

The water, however, was not rain from the sky.

Un énorme cobra était assis au sommet du grand arbre.

A huge cobra sat on top of the tall tree.

Le serpent avait frappé l'arbre avec rage avec ses crocs acérés.

The snake had struck the tree in rage with its sharp fangs.

Le venin du serpent sortit et tomba en grosses gouttes.

The snake's poison came out and fell downward in heavy drops.

Le roi pensait que le liquide qui tombait était simplement de l'eau de pluie.

The king thought the falling liquid was simple rainwater.

Le cheval sentit le danger et essaya de l'avertir.

The horse sensed the danger and tried to warn him.

La coupe était presque remplie du venin mortel du serpent.

The cup was nearly filled with the deadly snake-poison.

Le roi leva la coupe et se prépara à boire.

The king raised the cup and prepared to drink.

Mais le cheval se déplaçait sauvagement, avec le roi sur son dos.

But the horse moved wildly, with the king on its back.

La coupe tomba de sa main et le poison se répandit.

The cup fell from his hand, and the poison spilled.

Le roi se mit en colère et frappa le cou du cheval.
The king became angry and struck the horse's neck.
Le coup d'épée tua immédiatement son cheval.
The blow from the sword immediately killed his horse.
Et ainsi se termina l'histoire du deuxième prince.
And so the second prince's story concluded.
« Il faudra peut-être couper la tête d'un homme »
"You might have to cut a man's head off"
« Mais d'abord, vous devez établir les faits »
"But first you should establish the facts"
« Il faut voir si l'homme est vraiment infidèle »
"You must see whether the man is really faithless"

Le roi appela alors à lui son troisième plus jeune fils.
The king then called to him his third youngest son.
« Je confie ma vie et mon honneur aux hommes »
"I entrust my life and my honor to men"
« Mais que se passerait-il si l'un de ces hommes se révélait
infidèle ?
"But what if one of these men prove faithless?
« Comment un tel homme devrait-il être puni ? »
"How should such a man be punished?"
« Il faut sans doute couper la tête d'un tel homme. »
"Doubtless such a man's head should be cut off"
« Mais d'abord, vous devez établir les faits »
"But first you should establish the facts"
« Que voulez-vous dire ? » demanda le roi.
"What do you mean?" inquired the king.
« Que Votre Majesté veuille bien écouter »
"Let your majesty be pleased to listen"
Il y a bien longtemps régnait un roi sage et noble.
Once long ago there reigned a wise and noble king.
Dans son palais, il gardait un oiseau de l'espèce Suka.
In his palace he kept a bird of Suka species.
Un jour, l'oiseau s'envola dans les champs.
One day the bird went out flying into the fields.
Là, il vit son père et sa mère l'appeler d'en haut.

There he saw his father and mother calling from above.
Ils lui ont demandé de venir leur rendre visite dans leur nid.
They asked him to come visit them in their nest.
Le nid était loin, dans un pays lointain et caché.
The nest was far away in a distant hidden land.
Le Suka dit : « Je viendrai si j'obtiens la permission du roi »
The Suka said, "I'll come if I get king's leave"
« Je parlerai au roi aujourd'hui et je reviendrai demain »
"I'll speak to the king today and return tomorrow"
« Veuillez attendre au même endroit demain matin. »
"Please wait at this same spot in the morning"
Ce jour-là même, Suka parla avec le roi doux et gentil.
That very day, Suka spoke with the gentle, kind king.
Le roi a donné la permission à l'oiseau de partir.
The king gave permission for the bird to leave.
Bien qu'il soit triste de se séparer de son oiseau.
Although he was sad to part with his bird.
Le lendemain matin, Suka a de nouveau rencontré ses parents.
The next morning, Suka met his parents again.
Il s'est envolé avec eux jusqu'à leur nid sur un grand arbre.
He flew with them to their nest on a tall tree.
Les trois oiseaux vivaient ensemble heureux et paisiblement.
The three birds lived together happily in peaceful joy.
Ils restèrent ainsi pendant quinze jours de beaux jours.
They stayed like this for a fortnight of lovely days.
Mais même ces jours calmes et agréables devaient prendre fin.
But even those quiet and pleasant days had to end.
Suka dit : « Mes chers parents, le roi m'a donné deux semaines. »
Suka said, "Beloved parents, the king gave me two weeks"
« Ce temps est maintenant révolu, je dois donc revenir demain »
"That time is now over, so I must return tomorrow"
Son père et sa mère ont accepté et béni sa décision.
His father and mother agreed and blessed his decision.

Ils lui ont dit d'apporter un cadeau pour le roi.
They told him to carry a gift for the king.
Après quelques discussions, ils ont choisi des fruits comme cadeau.
After some talk, they chose some fruit as a gift.
Le fruit avait poussé sur l'arbre de l'immortalité.
The fruit had grown from the Immortality Tree.
Tôt le lendemain matin, Suka se rendit à l'arbre.
Early the next morning, Suka went to the tree.
Et il cueillit un fruit magique et brillant.
And he plucked a magical glowing fruit.
Il tenait doucement le fruit dans son bec, plein d'attention.
He held the fruit gently in his beak, full of care.
Le fruit était lourd et ralentissait son rythme de vol rapide.
The fruit was heavy and slowed his swift flying pace.
Il ne put atteindre la ville avant la nuit.
He could not reach the city before night arrived.
Suka s'est arrêté pour se reposer dans un arbre le long du chemin.
Suka stopped to rest in a tree along the way.
Il craignait que le fruit ne tombe pendant son sommeil.
He feared the fruit might drop while he slept.
S'il gardait le fruit dans son bec, il pourrait tomber.
If he kept the fruit in his beak, it could fall.
Mais il vit un trou dans le tronc de l'arbre.
But he saw a hole in the trunk of the tree.
Il a placé le fruit en toute sécurité à l'intérieur de l'arbre sombre.
He placed the fruit safely inside the dark tree.
Mais à l'intérieur du trou, vivait un serpent noir venimeux.
But inside the hole, there lived a poisonous black snake.
Dans la nuit, le serpent a mordu le fruit avec du venin.
In the night, the snake bit the fruit with venom.
Et le fruit fut enduit d'un poison mortel.
And the fruit became smeared with deadly poison.
À l'aube, Suka reprit le fruit dans son bec.
At dawn Suka took the fruit back in his beak.

Il s'envola à nouveau pour son voyage vers le palais du roi.
He flew again on his journey to the king's palace.
Lorsqu'il arriva au palais, le roi était assis avec des ministres.
As he reached the palace the king was sitting with ministers.
Le roi était ravi de voir Suka revenir une fois de plus.
The king was overjoyed to see Suka return once more.
Il admirait beaucoup le beau fruit brillant offert en cadeau.
He greatly admired the beautiful, shining fruit gift.
Le fruit était agréable à regarder et à admirer.
The fruit was lovely to look at and admire.
C'était le meilleur fruit trouvé sur terre.
It was the finest fruit found across the earth.
Et quiconque mangeait du fruit recevait l'immortalité.
And anyone who ate the fruit was granted immortality.
Le roi était sur le point de manger le beau fruit.
The king was about to eat the beautiful fruit.
Mais ses ministres l'ont averti que le fruit pourrait être empoisonné.
But his ministers warned him the fruit might be poisoned"
« Il serait préférable de goûter le fruit avant de le manger »
"It would be better to test the fruit before you eat it"
Il a jeté le fruit à un corbeau assis sur le mur.
He threw the fruit to a crow sitting on the wall.
Le corbeau mangea le fruit et tomba mort sur le coup.
The crow ate from the fruit, and dropped dead instantly.
Le roi, pensant que Suka essayait de le tuer, devint furieux.
The king, thinking Suka tried to kill him, grew furious.
Il saisit l'oiseau et le tua à mains nues.
He seized the bird and killed him with his bare hands.
Il ordonna que la graine soit plantée à l'extérieur de la ville.
He ordered the seed to be planted outside the city.
La graine est devenue un arbre avec le même fruit brillant.
The seed became a tree with the same glowing fruit.
Le roi craignait que le fruit n'apporte davantage de morts.
The king feared the fruit would bring more death.
Il a donc fait clôturer et surveiller l'arbre.
So he had the tree fenced off and guarded.

Dans cette ville vivait un vieux et pauvre brahmane.
There lived in that city an old, poor Brahman man.
Lui et sa femme ne survivaient que grâce à la charité de la ville.
He and his wife survived only on the town's charity.
Un jour, le brahmane pleura sa longue et misérable vie.
One day the Brahman mourned his long, miserable, life.
Il a dit : « Au lieu de mendier, je mangerai des fruits empoisonnés. »
He said, "Instead of begging, I will eat poison fruit."
« Je finirai ma vie sous cet arbre mortel en silence. »
"I'll end my life beneath that deadly tree in silence."
Cette nuit-là même, il se leva doucement et quitta sa maison.
That very night, he rose quietly and left his home.
Sa femme soupçonna et le suivit en silence.
His wife suspected and followed behind in silence.
Elle avait décidé de mourir elle aussi, aux côtés de son triste mari.
She had decided to die too, alongside her sad husband.
Elle l'aimait profondément et ne voulait pas rester en arrière.
She loved him deeply and didn't wish to stay behind.
La garde du palais dormait cette nuit-là, ignorant la présence de visiteurs.
The palace guard was asleep that night, unaware of visitors.
Le brahmane atteignit le jardin et cueillit un fruit suspendu.
The Brahman reached the garden and plucked a hanging fruit.
Il l'a regardé une fois et a mangé le fruit entier.
He looked at it once and ate the entire fruit.
Sa femme a crié : « Si tu meurs, ma vie ne sera plus rien. »
His wife cried, "If you die, my life becomes nothing"
« Je mangerai et mourrai aussi ici avec toi maintenant »
"I will also eat and die here with you now"
En disant cela, elle cueillit un fruit et le mangea.
So saying she plucked a fruit and ate it.
Ils pensaient que le poison agirait lentement pendant la nuit.

They thought the poison would act slowly through the night.
Ils rentrèrent donc tous les deux chez eux et s'allongèrent tranquillement dans leur lit.
So they both went home and quietly lay down in bed.
Ils croyaient qu'ils ne se réveilleraient plus jamais.
They believed they would never again rise from sleep.
À leur grande surprise, ils se sont réveillés pleins de vie.
To their surprise, they woke up feeling full of life.
Non seulement ils étaient vivants, mais ils étaient à nouveau jeunes.
Not only were they alive, but they were young again.
Et ils étaient forts et avaient une nouvelle énergie.
And they were strong and had new found energy.
Les voisins les reconnaissaient à peine, tellement ils avaient changé.
Neighbors hardly recognized them, so changed they looked.
Le vieux brahmane était maintenant beau et plein de jeunesse.
The old Brahman was now handsome and full of youth.
Ses cheveux gris ont disparu et ont retrouvé leur couleur.
His grey hair vanished, and had colour again.
Ses joues ridées sont devenues lisses et sa peau a brillé.
His wrinkled cheeks turned smooth, and his skin shone.
Et quant à sa femme, elle devint extrêmement belle.
And as for his wife, she became extremely beautiful.
Elle était aussi belle que n'importe quelle dame de la cour.
She looked as beautiful as any lady of the court.
Le roi entendit parler de leur transformation miraculeuse.
The king heard of their miraculous transformation.
Il demanda à ses gardes de lui envoyer le Brahman.
He asked his guards to send the Brahman to him.
Et il demanda au Brahman la source de sa jeunesse.
And he asked the Brahman the source of his youth.
Le brahmane raconta au roi tous les détails de l'histoire.
The Brahman told the king every detail of the story.
Le roi pleura alors son pauvre et fidèle oiseau de compagnie.
The king then wept for his poor, loyal pet bird.

Il regrettait profondément d'avoir tué son fidèle oiseau.
He deeply regretted killing his faithful bird.
Et il aurait aimé connaître la loyauté de l'oiseau.
And he wished he had known the bird's loyalty.
Et ainsi se termina l'histoire du deuxième prince.
And so the second prince's story concluded.
« Il faudra peut-être couper la tête d'un homme »
"You might have to cut a man's head off"
« Mais d'abord, vous devez établir les faits »
"But first you should establish the facts"
« Il faut voir si l'homme est vraiment infidèle »
"You must see whether the man is really faithless"
« Je sais que Votre Majesté m'a soupçonné d'avoir fait le mal hier soir. »
"I know Your Majesty suspects me of evil last night"
« S'il vous plaît, permettez-moi de m'expliquer avant de me punir »
"Please allow me to explain myself before punishing me"
« En faisant ma ronde, j'ai vu une femme quitter le palais. »
"While making rounds I saw a woman leave the palace"
« Je l'ai arrêtée et elle a dit que son nom était Rajlakshmi. »
"I stopped her, and she said her name was Rajlakshmi"
« Elle prétendait être la divinité gardienne du palais »
"She claimed to be the guardian deity of the palace"
« Elle a dit qu'elle partait parce que la mort était proche. »
"She said she was leaving because death was near"
« Le roi », dit-elle, « serait tué plus tard dans la nuit. »
"The king," she said, "would be killed later that night"
« Je l'ai suppliée de retourner au palais »
"I begged her to go back into the palace"
« Et j'ai promis de faire de mon mieux pour te protéger. »
"And I promised to do my best to protect you."
« Je me suis précipité dans la chambre de Votre Majesté sans délai. »
"I ran quickly into Your Majesty's chamber without delay."
« Là, j'ai vu un cobra tourner autour de ton lit doré. »
"There I saw a cobra circling your golden bedstead."

« J'ai combattu le serpent et je l'ai tué avec ma lame. »
"I fought the snake and killed it with my blade."
« J'ai découpé le corps en plusieurs morceaux, exactement cent. »
"I chopped the body into many exactly one hundred pieces."
« J'ai placé ces morceaux dans la poêle pour preuve. »
"I placed those pieces inside the pan for proof."
« Mais quelque chose s'est produit pendant que je découpais le serpent. »
"But something occurred as I was cutting up the snake."
« Une goutte de sang est tombée sur la poitrine de votre femme. »
"A drop of blood fell onto the breast of your wife."
« Je craignais d'avoir sauvé mon père, mais j'ai tué ma belle-mère. »
"I feared I had saved my father, but killed my stepmother."
« J'ai enveloppé ma langue fermement avec du tissu sept fois. »
"I wrapped my tongue tightly with cloth seven times."
« Puis j'ai léché la goutte de sang venimeux. »
"Then I licked up the drop of venomous blood."
« Pendant que je léchais le sang, ma belle-mère s'est réveillée. »
"While I was licking the blood, my stepmother awoke."
« Elle m'a vu et a ouvert les yeux avec confusion. »
"She saw me and opened her eyes with confusion."
« C'est la vérité sur ce que j'ai fait hier soir. »
"This is the truth of what I did last night."
« Si Votre Majesté l'ordonne, alors coupez-moi la tête maintenant. »
"If Your Majesty commands, then cut off my head now."
Le roi, plein d'amour et de joie, embrassa son fils.
The king, full of love and joy, embraced his son.
À partir de ce moment-là, il l'aimait plus que jamais.
From that moment, he loved him more than ever before.